10/18

12, AVENUE D'ITALIE. PARIS XIIIe

Sur l'auteur

Viviane Moore est née en 1960 à Hong Kong, d'un père architecte et d'une mère maître-verrier. Elle débute sa carrière comme photographe à l'âge de dix-neuf ans. Elle devient ensuite journaliste indépendante, avant de se consacrer entièrement à l'écriture. Elle vit aujourd'hui près de Chartres. Sa série de romans historiques mettant en scène le chevalier Galeran de Lesneven l'a fait rapidement connaître du grand public, un succès confirmé avec « La Saga de Tancrède le Normand », dans la collection Grands Détectives des éditions 10/18.

Site de l'auteur : www.vivianemoore.com

VIVIANE MOORE

LA FEMME SANS TÊTE

INÉDIT

10/18

Grands détectives
créé par Jean-Claude Zylberstein

Du même auteur
aux Éditions 10/18

LE PEUPLE DU VENT, n° 3890
LES GUERRIERS FAUVES, n° 3891
LA NEF DES DAMNÉS, n° 4008
LE HORS VENU, n° 4084
LE SANG DES OMBRES, n° 4164
LES DIEUX DÉVOREURS, n° 4284
À L'ORIENT DU MONDE, n° 4388

LA SAGA DE TANCRÈDE LE NORMAND (recueil du *Peuple du vent*, des *Guerriers fauves* et de *La Nef des damnés* ainsi qu'une nouvelle inédite)

AINSI PUIS-JE MOURIR (grand format)
AINSI PUIS-JE MOURIR, n° 4774
▶ LA FEMME SANS TÊTE, n° 4727

© Éditions 10/18, Département d'Univers Poche, 2014.
ISBN-978-2-264-05882-9

*Vis en sorte de mériter
De voir l'éternelle lumière
qui ne projette d'ombre.*

Archélaüs, Ve siècle

Prologue

Tout a commencé par un signe tracé sur la porte de notre maison, la nuit du 23 août 1572. Un signe qui nous condamnait à mort, mon père Théophraste Le Noir, ma nourrice Jeanne, le vieux Gratien et moi. Un signe dont je ne comprendrais que bien plus tard l'origine.

De cette nuit-là – je n'avais que sept ans – j'ai gardé un souvenir étrange auquel se sont ajoutés ceux des autres qui, pendant des années, m'ont parlé avec horreur de ce qu'ils avaient vécu, vu ou entendu.

Tant et si bien que je ne sais plus ce qui vient de ma mémoire ou de la leur…

La semaine avait été marquée par les noces d'Henri de Navarre[1] et de Marguerite de Valois. Une union désirée par la reine Catherine de Médicis et désapprouvée autant par le peuple que par de nombreux seigneurs, catholiques et protestants. Les noces avaient été célébrées le 18, puis les invités avaient soupé au

1. Voir en fin d'ouvrage, dans les Annexes, le glossaire ainsi que des notes sur les personnages historiques et une courte bibliographie.

palais de la Cité. Les banquets, les danses – pavane et passemezzo –, les divertissements s'étaient succédé jusqu'au jeudi où Charles IX et ses frères avaient tournoyé face à Henri et à ses hommes. Dans Paris se croisaient de riches gentilshommes, des huguenots dans leurs sévères habits noirs et des paysans chassés des campagnes par la faim. Une ambiance violente, brutale, régnait dans les rues de la capitale, renforcée par une chaleur d'incendie. Jamais, me semblait-il, il n'avait fait si chaud qu'en cet été 1572.

Quelques gentilshommes avaient quitté la ville le vendredi. Les derniers, ce matin-là, se préparaient au départ…

Ma nourrice et moi étions sorties. Refrénant mon envie de courir, j'avais glissé ma main dans la sienne. Un sourire aux lèvres, elle marchait à grands pas, son panier calé sur la hanche, louvoyant entre les gens qui se pressaient aux étals, avançant sans prêter attention aux appels des colporteurs et des crieurs d'auberges. Le ciel était sans nuages. Devant nous, au sortir de la rue Pavée, la Seine scintillait. Sur la berge, en contrebas, des lavandières s'activaient autour de leurs cuviers, versant de l'eau fumante sur le linge. Un peu plus loin, d'autres, aux bras aussi musclés que ceux des tailleurs de pierres, tordaient les draps avant de les étendre sur des tréteaux. Jeanne rejoignit la Guyonne, sa laveuse. Je restai à les observer puis allai escalader un tas de bois d'où j'aurais une meilleure vue.

Ce moment est resté gravé en moi et, encore aujourd'hui, je pourrais décrire la buée qui montait des cuves, l'odeur sucrée des rhizomes d'iris que la Guyonne jetait dans sa lessive, le jaune acide des pissenlits dans le sol boueux des berges…

Mon regard avait glissé de l'île aux Vaches à l'île Louviers, où séchaient de hautes piles de bois flottés, à l'île de la Cité puis à l'île Notre-Dame. Une barque avait accosté au pied de l'escalier menant à l'Évêché, tandis qu'un peu plus loin, sous le cloître, des cavaliers faisaient boire leurs chevaux.

— Sybille !

J'avais sursauté en entendant mon prénom.

— Hâtez-vous, on s'en va !

Sortant de ma rêverie, j'avais dégringolé de mon perchoir pour rejoindre ma nourrice qui s'éloignait déjà, son panier en équilibre sur la tête.

— On ne passe pas voir grand-père ?

Je n'ai jamais connu ma grand-mère, mais mon grand-père vivait tout près, rue du Fouarre, dans une jolie maison proche de la faculté de médecine. Sa cuisinière, Robine, me faisait des beignets aux pommes qu'elle trempait dans du miel, un délice.

— Non, non ! répondit Jeanne.

Elle ne souriait plus et c'est d'un pas pressé que nous étions revenues chez nous. J'apprendrais plus tard que les lavandières lui avaient parlé des coups d'arquebuse tirés la veille sur le maréchal de Coligny.

Une fois rue Perdue, ma nourrice avait refermé la porte avec un soulagement visible. Je ne pouvais pas savoir, à ce moment-là, qu'elle resterait close pour moi pendant tant d'années avant de se rouvrir sur le monde.

Le soir venu – après une journée passée à jouer dans le jardin – j'avais mangé un morceau de pain trempé dans une soupe au lait et croqué une pomme.

Mon père n'était pas rentré. Quand il n'enseignait pas à la faculté, il soignait les pauvres avec l'argent de ses riches malades.

— Venez là vous coucher, damoiselle Sybille, venez ma p'tiote.

J'avais couru jusqu'à la chambre que nous partagions. Après m'avoir brossé les cheveux, fait répéter merci à Dieu et longuement embrassée, Jeanne m'avait souhaité bonne nuit et était retournée à son ouvrage.

La nuit n'avait apporté aucune fraîcheur, aucun souffle d'air.

Incapable de trouver le sommeil, je m'étais tournée et retournée, repoussant le drap avec mes pieds, chiffonnant l'oreiller que Jeanne avait empli de lavande. Les dernières lueurs du jour couraient le long du coffre sculpté en face du lit et achevaient de se perdre dans le miroir accroché au mur. Des ombres s'amassaient dans les recoins, une mouche s'agaçait à vouloir sortir du rideau dans les plis duquel elle était prisonnière.

Le couvre-feu avait retenti. Puis plus rien, pas même le pas lourd des gens du guet... J'avais dû m'endormir, car c'est la voix de mon père qui m'avait réveillée. Il parlait fort. Et c'était si inhabituel à cette heure tardive que je m'étais levée, entrouvrant pour mieux l'écouter.

— Hâte-toi, Gratien, et toi aussi, Jeanne ! ordonnait-il. Rassemblez les meubles près de l'entrée ! Je vais faire disparaître tout cela.

Et il était ressorti.

« Tout cela », je l'appris plus tard, c'étaient les marques qu'il avait trouvées sur notre porte comme sur bien d'autres maisons, commerces et auberges. Signe qu'il fallait exécuter ceux qui y logeaient. Huguenots a priori, mais aussi, je le compris plus tard, catholiques dont on désirait se venger. Et catholiques nous l'étions.

Enfin, mon père était revenu.

Ses cheveux noirs en bataille, les traits tirés... Je ne lui avais pas vu un visage comme celui-là depuis la mort de maman.

Aidé de Gratien et de Jeanne, il avait achevé d'empiler les meubles devant la porte d'entrée, clos les volets intérieurs, cloué des planches par-dessus. La maison se refermait sur nous comme une prison ou un fortin et j'avais essayé, en vain, d'imaginer quel danger rôdait dans les rues. Quelle créature monstrueuse ? J'étais trop jeune pour craindre autre chose que les personnages des histoires de ma nourrice. Ignorant que l'homme est capable de bien pire que les ogres, loups-garous ou sorcières des contes pour enfants.

J'étais restée là, tremblant de quelque chose qui n'était pas le froid, essayant de mettre un nom sur la douleur qui me tordait le ventre, incapable de comprendre que, pour la première fois de ma vie, j'avais peur. Une peur d'autant plus terrible qu'elle n'avait pas de forme.

Gratien s'était installé sur un tabouret dans l'antichambre et s'y était assis, le manche de sa hache coincé entre ses genoux. Père avait soudain paru se souvenir de moi.

— Où est ma fille ? avait-il demandé, la voix rauque.

J'ai failli reculer mais la curiosité est restée la plus forte et j'ai continué à les observer.

— Au lit, mon maître, avait répondu Jeanne.

— Avons-nous suffisamment de provisions ?

— Pour trois ou quatre jours, mon maître. Et même un peu plus, si nous faisons attention.

— C'est ce que nous ferons, sauf la petite, bien sûr. De l'eau dans la maison ?

À ces mots, j'avais compris que même le jardin, où nous possédions un puits, allait devenir territoire interdit. Et cela m'avait encore plus effrayée que le reste. Ce jardin, clos de murs, qui avait été celui de ma mère, était une forêt d'herbes hautes, de buissons, d'arbres anciens où fleurissait l'églantine. J'aimais m'y cacher, grimper, rêver...

— Oui, quelques jarres pleines de ce matin.
— Bien.

Il s'était tourné vers son serviteur.

— Va clouer la vieille porte, Gratien !

Cette poterne, qui ne servait jamais, donnait sur la rue de Bièvre et était coincée par un pied de lierre noueux où, à l'automne, nichaient des centaines de passereaux.

Mon père avait pris la dague qu'il portait à la ceinture et l'avait tendue à Jeanne.

— Quoi qu'il arrive, quoi que tu entendes, sois prête à défendre Sybille !

— Nul n'y portera la main, mon maître, avait répondu Jeanne d'une voix ferme.

J'avais couru jusqu'au lit, rabattant les draps sur moi au moment où elle entrait dans la pièce. Elle avait compris que je simulais le sommeil mais, au lieu de me gronder, elle s'était assise près de moi, caressant mes cheveux. Ma gorge était si serrée qu'aucun son n'en était sorti et que je m'étais pelotonnée contre elle.

J'avais fini par fermer les paupières, me disant qu'au réveil tout serait comme avant... Mais rien n'a jamais plus été comme avant.

Un lointain son de cloche m'avait réveillée.

— C'est matines, rendormez-vous, avait dit Jeanne.

Mais je n'avais pas pu.

Le signal que guettaient les hommes de la reine était venu de l'église de la paroisse royale de Saint-Germain-l'Auxerrois où l'on appelait les fidèles à l'office de l'apôtre Barthélemy.

Puis il y avait eu un silence qui m'avait semblé interminable mais que j'ai regretté quand les premiers cris ont retenti.

Dans Paris, le massacre – ce qu'on appellerait plus tard, non sans malaise, la Saint-Barthélemy – avait commencé.

Des bandes de mercenaires, le torse barré d'une écharpe blanche, des soldats, des seigneurs, des bourgeois poursuivaient sans merci les huguenots.

Rue de Béthisy, dans l'hôtel de Ponthieu, le maréchal de Coligny avait été le premier à mourir, poignardé et jeté par la fenêtre. Quant à ses familiers, ils avaient été exterminés jusqu'au dernier. Henri de Navarre et Condé, protégés par le roi Charles IX, étaient séparés des leurs qu'on massacrait dans la cour du Louvre, quand on ne les étripait pas dans leurs lits…

Jeanne s'était levée, la dague à la main, et de la voir ainsi, arme au poing dans l'intimité de notre chambre, m'avait affolée. Elle m'avait fixée, avait regardé autour d'elle, puis s'était tournée vers le coffre dont elle avait sorti des vêtements ayant appartenu à mon père enfant.

— Enfilez ça, Sybille ! Si, par malheur, ils arrivent à entrer, je vous ferai fuir par le jardin. Il faudra vous cacher le plus longtemps possible. Et que personne ne vous voie, même ceux que vous croyez des amis de votre père.

J'avais regardé les chausses, la chemise, le pourpoint et les bottines de cuir avant d'obéir sans mot dire. Mes mains tremblaient tellement que j'avais dû m'y reprendre à plusieurs fois.

Dehors, le silence était retombé.

J'avais fini de m'habiller et j'étais restée debout, les bras ballants, ne sachant plus quoi faire de moi, guettant de nouveaux bruits tout en priant pour n'en entendre aucun.

Mon père allait et venait dans la pièce voisine.

— À mort les huguenots, à mort ! avaient hurlé des voix d'hommes.

Des coups d'arquebuse avaient claqué, des corps étaient tombés des toits.

La chasse se poursuivait là-haut, les fugitifs sautant d'une maison à l'autre pour échapper à leurs assassins.

Plus le temps passait, plus la peur m'envahissait. Je n'avais envie ni de crier ni de pleurer, juste d'être ailleurs, loin, le plus loin possible de cette violence que la minceur des parois de notre maison contenait difficilement. J'avais reculé jusqu'à l'angle le plus éloigné de la chambre, me glissant dans l'espace derrière le coffre, m'y recroquevillant comme un enfançon, les paupières serrées.

… Il y avait eu une course effrénée dans la rue. L'appel désespéré d'une femme et les plaintes aiguës, terrifiées, de jeunes enfants. Des cliquetis d'armes… La terreur avait été remplacée par la douleur, j'avais mis mes mains sur mes oreilles.

Mais les cris transperçaient tout.

Jamais je ne les ai oubliés.

La chasse aux huguenots était devenue une chasse à l'homme.

Plus tard, j'apprendrais qu'on avait égorgé la femme du boulanger – la malheureuse, une bonne catholique, rentrait de chez son frère malade – et tué l'imprimeur et toute sa famille. Le moment était propice aux règlements de comptes, aux haines de toutes sortes, au viol aussi.

La Seine charriait déjà des cadavres. Des malheureux s'y étaient jetés pour échapper à leurs poursuivants, mais des bateliers les récupéraient avec leurs gaffes et, au lieu de les sauver, les noyaient ou les frappaient avant d'abandonner les corps mutilés et sanglants au courant.

À un moment – à chaque fois que j'y repense mon cœur bat plus fort – des coups avaient retenti contre le battant. Mon père s'était immobilisé. Jeanne avait poussé un cri étouffé. J'avais retenu mon souffle.

— Ouvrez, là-dedans ! Ouvrez, ou nous défonçons la porte !

— Tu vois bien qu'il n'y a pas de croix sur celle-là ! avait grondé une autre voix. Allez viens. Regarde, les autres sont déjà place Maubert.

Les pas s'étaient éloignés.

— Et grand-père, Jeanne ? Et Robine ? Ils vont aussi les tuer ?

— Non, non, ma chérie, répondit ma nourrice qui s'était assise sur le coffre et me caressait les cheveux.

Sa voix se voulait rassurante, mais sa pâleur m'avait fait me recroqueviller davantage.

Cette nuit-là, mon père n'avait cessé de marcher, ignorant les appels au secours, les gémissements des blessés et des mourants. Lui le médecin, le guérisseur, était resté le regard braqué sur ce battant de chêne derrière lequel on agonisait.

Au matin, quand j'avais osé sortir de ma chambre, le silence était retombé et Jeanne avait fini par s'assoupir, le corps affaissé, sa main serrant toujours la dague posée sur ses genoux. Je m'étais glissée jusqu'à la grande pièce.

Gratien somnolait à même le dallage, la bouche ouverte, sa hache contre lui. Je n'aurais pas reconnu mon père s'il n'y avait eu sa silhouette si familière. C'était un étranger qui se tenait là, debout, appuyé contre le mur comme s'il allait tomber, la chair grise. Mais surtout, ses cheveux, ses beaux cheveux noirs – dans lesquels ma mère aimait tant passer les doigts –, avaient changé de couleur. Ils étaient devenus ceux d'un vieillard, ils avaient blanchi.

— Monsieur mon père... Monsieur, avais-je murmuré en tirant sur sa manche.

Son regard éteint fixait un ailleurs où je n'avais pas ma place.

— C'est moi, Sybille !

La nuit de la Saint-Barthélemy avait achevé sa transformation, cette métamorphose qui avait commencé à la mort de Catherine de Neyrestan, son épouse, ma mère, la seule femme qu'il ait jamais aimée.

Il avait fallu que huit jours s'écoulent pour que retombent les haines et la fureur des hommes. Huit jours que mon père avait passés dans une sorte de transe à l'issue de laquelle il avait décidé que jamais plus je ne ressortirais, que ma vie se passerait entre les murs de cette maison, qu'il m'apprendrait lui-même le monde, et tout ce qu'il savait, à commencer par ce que, dorénavant, il allait étudier sans relâche. Alchemia, l'alchimie, dans le seul but de vaincre celle qui l'avait provoqué et choisi pour ennemi : la Mort...

NEUF ANS PLUS TARD...

1

Charles IX était mort dans d'atroces souffrances – recouvert de son sang comme d'un linceul. Son frère Henri, roi de Pologne, était devenu Henri III et avait épousé Louise de Lorraine-Vaudémont. Henri de Navarre et la belle Margot, sa femme, fuyant leur emprisonnement doré à la cour de France, avaient rejoint leurs terres, partageant leur temps entre les châteaux de Nérac, Coutras et Cadillac.

Les « mignons » du roi affrontaient les hommes de François d'Alençon et ceux du duc de Guise dans des duels à mort. Après le décès de deux de ses favoris, Caylus et Maugiron, le roi n'avait plus dans la bouche que les noms de Joyeuse et d'Épernon. La capitale vivait au rythme des querelles de palais, des fêtes, des guerres et des révoltes paysannes...

Les gens du peuple passant du « merveilleusement ébahis » au « scandalisés[1] ».

En cette fin août 1581, la date du mariage d'Anne de Joyeuse, baron d'Arques et archifavori du roi,

---

1. Dixit le *Journal* de Pierre de L'Estoile.

avec Marguerite de Lorraine, la demi-sœur de la reine, approchait.

De riches cavaliers venus de province se présentaient au Louvre. Jongleurs et saltimbanques – en charrois ou à pied – affluaient aux portes de la ville. Dans les rues, les artisans dressaient des arcs de triomphe et des arcades que des peintres rehaussaient de couleurs vives. On y peignait l'arc-en-ciel, emblème de la reine mère, et les « trois couronnes », emblème d'Henri III.

Pierre de Ronsard, Jean Antoine de Baïf et Claude le Jeune écrivaient poèmes et musiques. Le bruit courait que les réjouissances – mêlant théâtre, banquets, tournois, bals et ballets – seraient somptueuses et dureraient quinze jours.

Une période difficile s'annonçait pour les sergents du Châtelet et le chevalier du guet qui, déjà, avait bien du mal, en temps ordinaire, à contenir les miséreux, sabouleux, truands, écorcheurs et assassins qui sévissaient dans les rues de la capitale...

2

Le feu qu'il fallait doux et constant avait été trop rude.

Il avait échoué une fois de plus.

Théophraste Le Noir ôta son masque de verre, essuya son front en sueur d'un revers de main et se tourna vers sa fille, Sybille, esquissant un signe négatif. La jeune fille fronça les sourcils, observant l'athanor, le fourneau trapu que Jacob n'avait cessé de surveiller et d'alimenter en charbon de bois, cherchant en vain les signes détectés par son père.

Le fourneau, qui ressemblait à une tour carrée aux parois d'un demi-pied, supportait un chaudron empli d'une épaisse couche de cendres dans lequel son père avait plongé, au début de l'opération, le matras de verre hermétiquement fermé. C'était dans cette « chambre nuptiale », ce « ventre de la mère » que chauffait la préparation. Le rôle du feu dans l'athanor était d'autant plus complexe qu'il le fallait lent, constant et subtil.

Sybille avait appris que, pour se transmuter, le mélange devait passer par les couleurs correspondant aux *sons des planètes*, et cela suivant l'ordre de Ptolémée. Que ces phases étaient celles représentant la putréfaction, la mort et la nouvelle vie, symbolisées par le noir, le blanc et le rouge... Mais entre lire et être capable de réaliser l'Ars Magna, le Grand Œuvre... Depuis quelque temps, elle avait le sentiment que plus elle étudiait, plus l'alchimie lui paraissait obscure.

— On éteint, Jacob ! ordonna le médecin. Et retire le vaisseau, c'est fini !

L'apprenti saisit le récipient brûlant avec de longues pinces et le posa avec précaution sur l'étrier. Puis il ouvrit le foyer et jeta de la cendre sur les braises. Petit à petit, la chaleur de l'athanor s'amenuisa. Bientôt il n'y eut plus dans le laboratoire qu'une épaisse fumée provenant de la porte du four entrouverte.

Le feu qu'ils entretenaient patiemment depuis des semaines n'était plus.

— Venez tous les deux ! Passons à côté, reprit le médecin en laissant échapper, malgré lui, un profond soupir.

Luttant contre la fatigue et le découragement qui l'envahissaient, il alla s'asseoir à son pupitre.

— Jacob et moi devons encore travailler un moment, peut-être est-il temps, mademoiselle, de regagner votre lit ? À votre âge, on a besoin de sommeil.

— Je ne suis pas fatiguée, mon père, protesta Sybille. Je ne suis point restée tant d'heures que vous devant les fours.

Le médecin n'insista pas.

Il trempa sa plume dans l'encrier et écrivit en quelques phrases la conclusion de son expérience.

Jacob attendait sur un tabouret, le regard fixé sur sa jeune maîtresse qui, penchée sur son épaule, lisait les notes de son père.

— Pourquoi, monsieur mon père, finit-elle par demander, n'essayez-vous pas la Voie Sèche ?

Deux voies permettaient d'arriver à l'Œuvre et celle que Théophraste avait choisie, la Voie Humide, était la plus longue.

— Parce qu'elle est infiniment plus dangereuse, ma fille. Il y a risque d'explosions et je ne veux pas que nous réduisions en cendres notre Maison Chymique. Mon expérience du *feu surnaturel* est par trop incomplète.

Il resta un moment perdu dans ses pensées, puis ajouta :

— Mais j'y réfléchis.

Il avait l'air si épuisé que Sybille n'insista pas.

Il fallait, dans la Voie Sèche, déposer directement sur un feu ouvert un creuset contenant un *sel céleste* mélangé à un corps métallique. Lequel ? Elle ne l'avait pas encore appris. Quant au *feu surnaturel*, auquel le médecin faisait allusion, il était tout aussi mystérieux. On l'obtenait grâce à un acide qu'on versait sur les flammes pour faire monter la température sous le récipient de terre réfractaire. Quel acide ? Elle l'ignorait. Et pourtant, ce n'était pas faute d'étudier tant qu'elle le pouvait, « à s'en abîmer les yeux », comme disait sa nourrice.

Malgré l'opposition de son père, qui trouvait qu'elle n'était pas encore prête, elle s'était plongée dans le livre V des *Archidoxes* consacré au *De Mysteriis arcani*, les mystérieux arcanes. Une lecture si ardue, une pensée si complexe, un vocabulaire si nouveau, si ésotérique, qu'elle restait longtemps sur chaque phrase, la mâchant et la remâchant jusqu'à ce que le suc en soit exprimé.

Pendant l'échange qu'elle avait eu avec son père, Jacob ne l'avait pas quittée des yeux.

Depuis bientôt huit ans qu'il vivait avec eux, rue Perdue, il s'était attaché à elle encore plus qu'à son maître. Ils n'avaient que quatre ans d'écart et, ces derniers temps, Sybille, malgré ses vêtements et sa coiffure de garçon, malgré cette voix rauque qui aurait pu être celle d'un jeune homme, avait changé, gagnant en grâce et en féminité. Il émanait d'elle un charme particulier qu'accentuait la beauté de ses yeux verts et de son visage, cerné de boucles rousses. Jacob n'arrivait plus à la regarder comme la fillette d'avant. Un sentiment inconnu était en train de naître qu'il ne pouvait ou ne voulait nommer. Quelque chose qui le rendait malheureux lorsqu'elle n'était pas sous ses yeux ou quand, distraite, elle l'ignorait.

— Il me reste bien des choses à t'expliquer, fit le médecin en se tournant vers lui. Jamais un jour sans une leçon, te souviens-tu ?

Le jeune homme acquiesça d'un signe de tête. Il aurait pu être laid si la vivacité de son regard n'avait éclairé ses traits. Petit et trapu, les bons traitements et la nourriture avaient fait du garçon malingre qu'il était en arrivant chez l'alchimiste un jeune homme solidement bâti.

— Comprends-tu, Jacob, la Terre sur laquelle nous vivons est comme une femme enceinte, et nous sommes ses fruits au même titre que les plantes, les animaux ou les métaux. Nous ne formons qu'Un.

À ces mots, un sourire éclaira le visage de Sybille. Elle aimait l'enseignement de son père. Il lui semblait que ses paroles étaient si claires, ses explications si lumineuses que, comme les flammes, elles dissolvaient les ténèbres.

Jacob hocha la tête. Fier que Théophraste prenne le temps de lui enseigner tant de choses. Depuis qu'il avait été recueilli, il avait appris à lire et à écrire, à manger avec des couverts, à se laver chaque jour. Et maintenant, il était apprenti et étudiait l'*Alchemia* ou *Al Khemia*.

Il réfléchit aux paroles de son maître. Cette idée de faire partie d'un grand Tout lui plaisait, à lui qui avait vécu les premières années de sa vie rejeté par les hommes.

— Tu m'écoutes ?
— Oui, maître.

Jacob parlait peu. Il avait gardé de son enfance un tempérament taiseux et méfiant. La faute en était à ses tortionnaires, d'anciens soldats devenus truands qui l'avaient longtemps pris comme souffre-douleur.

— Mademoiselle ma fille, donnez-lui son écritoire, voulez-vous ?

L'apprenti attrapa le stylet que la jeune fille lui tendait, et se pencha sur la plaque de bois recouverte d'une épaisse couche de cire vierge.

— Te souviens-tu de l'origine égyptienne du mot *Al Khemia* ?

La force du jeune homme était sa mémoire, il enfonça son stylet dans la matière blanche et écrivit :

— *Khem* signifie « noir » en égyptien ancien. *Al* veut dire « Dieu, sacré, divin ». *Al Khemia* est l'étude sacrée de ce qui provient de la terre.

— Et que veut dire le terme *Spagyrie* inventé par Theophrast von Hohenheim, dit Paracelse ?

Jacob hésita, regarda Sybille dont les lèvres s'arrondirent pour lui souffler la réponse, puis finit par marquer :

— *Spân* en grec veut dire « extraire » et *ageirein*, « rassembler ».

— La Spagyrie nous enseigne donc l'art de séparer la matière subtile, l'essence même du minéral, du végétal ou de l'animal. Quels sont les quatre éléments ?

Cette réponse-là, Jacob la connaissait depuis ses premières leçons.

— La Terre, l'Eau, l'Air et le Feu, écrivit-il de cette petite écriture appliquée qui était la sienne.

— Qu'est-ce que la *Quinta Essencia*, rajoutée par Paracelse ?

— La cinquième essence est...

L'apprenti resta le stylet enfoncé dans la cire et secoua la tête en signe d'incompréhension.

— Puis-je, mon père, répondre à la place de Jacob et ajouter quelque chose ?

L'alchimiste acquiesça.

— Pour Paracelse, un *Mysterium Magnum* se trouve au commencement du monde avant le chaos.

Un élément cosmique originel qu'il nomme Yliaster. Il n'abandonne pas les éléments cités par Jacob, mais les pense plutôt comme des… matrices, auxquelles il rajoute ce qu'on pourrait nommer prédestination : la Quinta Essencia.

— Oui.

Théophraste se perdit un moment dans ses pensées.

— Quels sont les éléments, Jacob, que l'on retrouve à la base de toute chose et dans tout être vivant ?

— Le sel, écrivit l'apprenti, le soufre et… azoth.

— C'est bien. Sybille, que désire l'alchimiste ?

La jeune fille se lança :

— Ni être riche ni devenir immortel. Nous savons que la mort est notre destin, mais nous avons compris que pour guérir les malades, il nous faut trouver l'élixir de vie, et pour cela nous devons nous appuyer sur ce que Paracelse nomme les « Quatre Piliers » de la médecine.

— Nommez-les.

— L'Alchimie, l'Astrologie, la Philosophie et la Vertu, répondit Sybille sans hésiter.

À côté d'elle, Jacob réprima difficilement un bâillement.

Théophraste, qui sentait lui aussi la fatigue le terrasser, jeta un œil vers l'horloge dont les rouages cliquetaient doucement. Elle marquait quatre heures du matin.

— Allons, il est temps de nous coucher avant que le jour ne pointe. Nous sommes tous épuisés.

Trois jours que Jacob et lui travaillaient sans prendre de repos ni même manger ce que Sybille leur apportait.

Il se leva et passa son bras autour des épaules du jeune homme.

— Je suis fier de toi, Jacob !

— Merci mon maître.

Sybille se fit la réflexion que dans ces moments-là, le visage de Jacob devenait presque beau.

— Que la nuit te soit douce. Vous venez, mademoiselle ma fille ?

— Oui, mon père.

Elle posa un baiser rapide sur la joue de l'apprenti qui s'empourpra.

— Dors bien, Jacob ! À demain.

La porte se referma.

L'apprenti souffla la dernière chandelle et observa, par la fenêtre, la flamme dansante de la lanterne qui s'éloignait. Après qu'elle eut disparu, il se glissa à tâtons jusqu'à sa paillasse.

Quelques minutes plus tard, Théophraste et Sybille entraient sans bruit dans la maison.

— Dormez bien, ma chère enfant, fit le médecin en l'embrassant sur le front.

Et il regagna son cabinet, se jetant sur sa couche sans même prendre le temps d'ôter ses vêtements, tandis que Sybille pénétrait dans sa chambre.

3

L'aube venait à peine de se lever.

Dans les rues désertes de la capitale retentit le bruit des roues ferrées d'un équipage. Une lourde voiture aux rideaux baissés, tirée par quatre chevaux.

La grande porte de l'hôtel particulier s'ouvrit puis se referma et l'homme qui se tenait à côté du cocher sauta de son siège, criant ses ordres aux serviteurs qui accouraient.

— Allez ! Allez ! Bande de fainéants, plus vite !

Le marchepied fut prestement descendu, la portière ouverte à des femmes entassées sur les banquettes de bois qui, après avoir mis pied à terre, restèrent serrées les unes contre les autres, parlant bas tout en regardant l'imposante bâtisse qui les surplombait avec un sentiment mêlé de crainte et de fascination. La voiture avait tant fait de détours qu'elles ne savaient plus où elles étaient, ni même si elles étaient encore dans Paris.

— Silence, les catins, et suivez-moi ! ordonna l'homme.

Solide gaillard au visage fermé, avec des mains comme des battoirs, Brisenez – c'était son surnom – était allé les chercher dans les tavernes, les ruelles, les chemins creux où elles faisaient leur métier de femmes amoureuses. Il était de ces valets qui chassent pour les plaisirs de leurs maîtres.

Les femmes grimpèrent une volée de marches de pierre et se retrouvèrent dans une antichambre tapissée de tentures.

— De ce côté !

Ils longèrent un couloir, montèrent un escalier puis l'homme les fit entrer dans un cabinet aux murs lambrissés. Des rideaux de velours rouge ouvraient sur une alcôve où étaient disposés un grand fauteuil et un meuble aux portes ornées de marqueteries. Une horloge à roues et à poids faisait un doux bruit de tambour. À l'autre bout de la pièce, un buste se dressait, non loin d'un lit de repos entouré de candélabres.

— Déshabillez-vous, les puterelles ! ordonna Brisenez.

Elles obéirent, ôtant leurs pauvres jupons, puis dénouant les lacets de leurs corsages. Elles étaient douze. Brunes, blondes, rousses, grasses ou maigres, plus habituées à arpenter le pavé que le dallage de marbre des maisons seigneuriales.

— Les chausses aussi !

Celles qui portaient ces sortes de bas attachés au-dessus du genou par une jarretière les ôtèrent.

— Et défaites-moi les chignons !

Pendant qu'elles dénouaient leurs chevelures, derrière le fauteuil s'ouvrit un petit guichet habilement dissimulé dans la paroi. Le maître de maison y colla son œil. C'était un homme au corps rond et court, d'apparence soignée et richement vêtu.

Il respirait fort, tout à la contemplation de ces formes pâles qui se dénudaient.

Avaient-elles senti le regard qui pesait sur elles, ou entendu le léger bruit du guichet qui s'ouvrait ? Celles qui étaient les plus proches suspendirent leurs gestes.

— On se dépêche ! gronda Brisenez.

Derrière la paroi, l'homme observait toujours.

— Alignez-vous face au fauteuil, que mon maître vous voie mieux ! ordonna le valet en attrapant brutalement l'une d'elles par le bras pour la faire rentrer dans le rang.

À demi nues, les bras croisés sur la poitrine ou le long du corps, elles, si bavardes dans la rue, si commères, ne pipaient mot, impressionnées à la fois par le lieu et par celui qu'elles devinaient, là-derrière, qui les scrutait le souffle court.

— Ne bougez pas ! Je reviens.

Le laquais sortit de la pièce et rejoignit son maître qui était resté l'œil collé au guichet.

Brisenez s'approcha.

— Je les prends toutes, jeta l'autre sans changer de position. Sauf la grande brune au bout. Elle était déjà là, la dernière fois.

— Mais...
— Faut-il que je répète ?

Le maître s'était reculé pour toiser son serviteur. Sa voix était trop douce, trop calme. Avec son visage rond et poudré, il avait l'air débonnaire d'un enfant repu.

Le valet avala sa salive. La fille en question – on la surnommait l'Espagnole à cause de son abondante chevelure et de son fier maintien – était une beauté de quinze ans, aux muscles longs, à la taille fine, aux seins pointus. Elle s'était refusée à lui la dernière fois et il s'était juré de l'avoir. Lui qui ramassait souvent les miettes des festins de son maître avait échoué, cette fille-là s'était dérobée, sortant même de son giron une mince lame. Il aurait pu la tuer mais ne l'avait pas fait, se jurant que la prochaine fois... C'était compter sans son maître. Cadet d'une grande famille ruinée, arrivé à Paris sans un sou vaillant, il n'avait pas amassé sa singulière fortune ni réussi à cultiver la compagnie des grands de ce monde sans prêter attention au moindre détail.

— Peut-être es-tu décidément trop sot pour me servir ? continuait ce dernier comme s'il se parlait à lui-même.

Il avait sorti Brisenez de la truanderie, se servant de son talent pour le meurtre et de sa connaissance des bas-fonds, lui assurant en contrepartie le gîte, le couvert et suffisamment d'argent pour payer son silence.

— Non, mon maître ! protesta le laquais qui craignait de perdre non seulement sa place, mais la vie. La fille est plus belle que les autres, elle plaît beaucoup, je pensais...

— Je ne te paye pas pour penser ! le coupa le petit homme. Jamais deux fois les mêmes filles, c'est une règle ! Chasse-la ! Mais auparavant, fais-lui comprendre qu'elle ne doit pas jaser.

— Vous voulez dire...

Le valet esquissa un geste.

— Qui te parle de la tuer ? Quelques sous, voilà tout ! reprit le maître. Les autres, mène-les en voiture à l'hôtel du duc. Qu'on les lave, les poudre, les coiffe et les habille comme des femmes de la Cour. Et tâche de m'en trouver une ou deux de plus. Que mes hôtes aient du choix.

— Bien, maître.

— Je veux que tout soit parfait ! Tu entends ?

— Oui, maître.

Brisenez s'inclina très bas et sortit, heureux de s'en tirer à si bon compte. Son maître colla de nouveau l'œil au guichet.

LA PEUR DU « DEHORS »

4

Sybille Le Noir resta un moment assise sur son lit, songeuse. Enfin, elle dégrafa son pourpoint, ôta bottes et chausses, puis se hâta de se déshabiller avant de lâcher ses cheveux roux et de les brosser. Ensuite, elle défit avec soulagement la bandelette qui compressait sa poitrine et enfila une longue chemise de toile. Une fois allongée dans le grand lit qu'elle occupait seule depuis que sa nourrice dormait à l'étage, elle fixa le plafond, réfléchissant aux travaux de son père, à sa quête d'un remède capable d'éloigner la maladie de l'homme, puis, malgré elle, ses pensées revinrent à la Saint-Barthélemy et à sa vie de recluse.

Elle avait passé neuf années sans retourner dans le monde, enfermée comme un moine dans sa clôture. Pendant longtemps, persuadée que dans Paris perduraient les massacres, elle avait conservé la peur du dehors, sursautant à chaque bruit, à chaque son de cloches, et faisant d'atroces cauchemars que seule Jeanne parvenait à apaiser. Le simple fait de voir sa nourrice, le vieux Gratien ou son père sortir de la maison la terrorisait.

À huit ans, elle avait commencé à apprendre le latin et le grec. Et lentement, le souvenir de la Saint-Barthélemy s'était non effacé, mais éloigné, enfoncé. Il restait au plus profond de sa chair, elle le tenait serré en elle comme dans un coffre. Elle s'était remise à rire, à chanter, à grimper aux arbres du jardin, à observer les chemins de la lumière à l'intérieur des pièces, à contempler, au petit matin, les perles de rosée sur les toiles d'araignées. Pourtant, elle continuait à s'habiller en garçon, ne voulant ni ne pouvant quitter ces vêtements qui étaient devenus une sorte d'armure derrière laquelle elle se sentait protégée.

L'année qui avait suivi la Saint-Barthélemy, son père était revenu avec Jacob. Le gamin, il avait douze ans, faisait peine à voir tant il était maigre et pâle. Sybille apprendrait plus tard que le médecin l'avait racheté à une bande de mercenaires. Très vite, il était devenu plus qu'un serviteur, un ami, presque un frère.

Et puis – elle avait neuf ans – Gratien mourut. Et avec lui, son insouciance retrouvée, ce sentiment que leur foyer était à l'abri de tout. La Mort était venue chercher le pauvre homme malgré les portes et les fenêtres closes, malgré la médecine de son père, qui l'avait pleuré quand le tombereau le mena au cimetière.

Ce jour-là, elle avait décidé, sans oser l'avouer à quiconque, de devenir médecin.

Sybille se tourna et se retourna sur sa couche, froissant ses draps, essayant d'arrêter le défilement de ses souvenirs. En vain.

Elle se revoyait parcourant la bibliothèque de son père. Dans son cabinet étaient rangés, parmi bien d'autres ouvrages, le *Canon* d'Avicenne, l'*Anatomie* de Galien, le *De humani corporis fabrica* d'André Vésale et les *Œuvres* d'Ambroise Paré. Elle en avait commencé la lecture et son père avait compris bien vite que cette soif-là ne lui passerait jamais. Au lieu de l'éteindre, il lui avait donné davantage à lire, clarifiant ce qui paraissait obscur, l'encourageant à aller plus loin dans ses réflexions.

Il lui répétait souvent une phrase de Paracelse : « Le ciel est l'homme et l'homme est ciel ; tous les hommes sont un seul ciel et le ciel est un seul homme[1]. » Il lui expliquait que le cosmos est harmonie, et comme pour un instrument de musique, on ne peut en effleurer une corde sans que les autres résonnent.

Il lui avait également enseigné l'astronomie – l'alchimie se fondait sur les lunaisons et non sur le cycle solaire – et l'hébreu tandis que, de son côté, elle apprenait à lire et à écrire à Jacob.

À onze ans, quand elle avait réalisé que dorénavant elle saignerait chaque mois, elle avait pleuré, refusant les vêtements et les souliers à boucles d'argent que Jeanne lui avait préparés. Son enfance l'abandonnait. Elle ne voulait être ni femme, ni épouse, ni mère. Elle voulait rester en braies et en bottes et ne jamais porter ces robes aux corsages ajustés, ces dentelles, ces fraises, ces vertugadins qui entravaient les mouvements et la pensée. Ce jour-là, elle coupa ses boucles rousses, gardant juste une longueur suffisante pour les nouer en queue-de-cheval comme son père. Sa poitrine, qui commençait à pointer, entravait ses mouvements. Elle l'enserra d'un bandage.

---

1. Extrait du *Paragranum*, in *Œuvres médicales*.

Sa volonté de devenir médecin grandissait, même si elle savait que jamais la faculté de médecine n'accepterait une femme et que le seul métier auquel elle pouvait prétendre était celui d'accoucheuse.

Une idée prenait corps, celle de rester un garçon...

Un papillon de nuit traversa la chambre à coucher, volant dans la clarté lunaire, cherchant une issue qu'il ne trouvait pas.

Sybille se souvint de l'époque où elle avait pris conscience que son enfermement commençait à lui peser. La maladie de son grand-père en avait été l'origine. Ne plus le voir était déjà assez douloureux, mais savoir sa vie en danger, penser que, peut-être, il allait disparaître sans qu'elle ait pu le serrer dans ses bras devenait insupportable. Rapidement, les courriers qu'ils échangeaient ne lui avaient plus suffi. Et même si la peur était toujours là, elle regrettait dorénavant de ne pouvoir franchir le seuil de la maison aussi librement que Jeanne ou Jacob.

Et puis, comment mettre en pratique les préceptes de Paracelse en restant recluse ?

Elle qui, autrefois, trouvait son territoire immense, le voyait se réduire au fur et à mesure que ses pas s'allongeaient et que se tournaient les pages des livres.

« La médecine n'étant qu'une expérience longue et certaine, ses opérations doivent avoir l'expérience pour fondement[1] », écrivait l'alchimiste et médecin suisse.

Elle avait enfin compris que son père l'enfermait pour l'empêcher de mourir, mais aussi que, pour vivre, elle devrait lui désobéir.

---

1. Paracelse, *Labyrinthus medicorum errantium* (in *Le Labyrinthe des médecins errants*).

Il y avait tant de choses par le monde que Sybille ignorait. Même cette ville de Paris dans laquelle elle était née et cette Normandie dont parlait sa nourrice avec mélancolie. Elle la questionnait de plus en plus et aimait quand Jeanne racontait les veillées, la rivière de son enfance, la soule pour laquelle les hommes se battaient parfois jusqu'à la mort. Et la mer ! La mer la fascinait, même si elle n'arrivait pas à imaginer une étendue d'eau si vaste qu'on n'en percevait ni la fin ni le commencement...

Elle avait essayé de faire son premier pas vers le dehors en juillet 1580.

Ce matin-là, Théophraste était sorti, sa sacoche sous le bras, promettant de revenir au plus vite. Les jours, les semaines, un mois, puis deux avaient passé. Jeanne se contentait de la rassurer, de dire qu'il avait été empêché, d'affirmer qu'il allait revenir. Jacob, comme à son habitude, restait silencieux.

Incapable de patienter davantage, de comprendre, Sybille décida de partir à la recherche de son père.

Elle se souvint de ce mélange d'angoisse et de détermination qui l'avait envahie.

Cette porte qu'elle n'avait pas ouverte depuis huit ans lui paraissait aussi infranchissable qu'une muraille. Elle s'en était approchée, le souffle court, le cœur battant. Puis elle avait tendu la main vers la poignée sans même arriver à la saisir tellement elle tremblait. Elle savait pourtant que dehors tout était paisible. Les gens vaquaient à leurs occupations, les étudiants à leurs études, mais elle, elle restait là, le front en sueur, la gorge sèche. Figée.

Jeanne, la voyant ainsi, lui avait expliqué la vraie raison de l'absence du médecin. Théophraste s'était rendu avec Ambroise Paré et le doyen de la faculté de médecine, Henri de Monanteuil, dans les faubourgs Saint-Marcel et Saint-Victor pour y combattre une épidémie de peste.

La Mort Noire…

Sybille se rappelait le frisson qui lui avait parcouru l'échine quand Jeanne avait prononcé ces mots. Ce mal terrible, qui tuait si vite que Boccace disait : « On déjeune avec ses amis. On dîne avec ses ancêtres. »

Jusque-là, même si elle savait que le *Fléau de Dieu* avait frappé, deux siècles plus tôt, les paroisses de Saint-Germain-l'Auxerrois et de Saint-Denis, faisant plus de 19 000 morts, elle l'imaginait telle une légende, effrayante mais lointaine…

Théophraste était revenu sain et sauf et la vie avait repris son cours comme s'il ne s'était rien passé. Ou presque. La jeune fille avait compris qu'à l'intérieur d'elle-même, elle avait fait un pas de plus.

Maintenant, elle s'asseyait chaque jour, devant la fenêtre de la grande salle où un épais verre blanc à la transparence semée de bulles d'air lui permettait d'observer la rue.

Sybille s'endormit d'un coup sans se rendre compte que l'aube s'était levée depuis longtemps et que, dans la rue, s'ouvraient les premières portes.

5

Brisenez n'avait pas ménagé sa peine et la journée passa vite. Le valet avait trouvé d'autres filles, deux gamines fraîchement arrivées de leur campagne, Guillemette et Jeanneton, auxquelles il avait fait miroiter la possibilité d'une soirée en compagnie de nobles seigneurs et la perspective de quelques écus facilement gagnés.

Dans l'hôtel, non loin de la place Saint-Michel, les lumières s'allumaient. Les voitures arrivaient. Les laquais se précipitaient.

Les bruits de la ville s'apaisèrent puis disparurent tout à fait, remplacés par les appels des hommes du guet.

— Le guet veille. Il est dix heures, bonnes gens, dormez ! Le guet veille…

La cour de l'hôtel particulier était illuminée par des centaines de candélabres et les gens y faisaient cercle autour d'une demi-douzaine d'escrimeurs. Au milieu de ces seigneurs, grands bourgeois, médecins, membres du Parlement ou de la Chambre du roi en quête de plaisirs, les tireurs d'épée se battaient en duel. Les rapières sifflaient, tranchaient et, malgré les jaques de mailles, le sang commençait à couler, au grand plaisir des invités que mignotaient les femmes amoureuses recrutées par Brisenez. Le plus entouré des convives – trois femmes s'accrochaient à lui – était un petit homme contrefait au visage grêlé, François, fils de France, le frère du roi Henri III.

« L'amour et la mort, se répétait en lui-même le maître de maison. Pas de vraies fêtes sans du vin, du sang et des femmes. »

Il allait d'un groupe à l'autre. Richement paré, tout de rouge incarnat, de soie brochée d'or et de fines dentelles. Se frottant les mains. Son pourpoint de satin à petites basques, orné de crevés, laissait voir la finesse de sa chemise, ses chausses à trousses s'arrêtaient à mi-cuisses sur un bourrelet de cuir de Cordoue, une fraise godronnée masquant son double menton. Il portait des bas de soie et des souliers à bouts carrés ornés de roses de rubans. Sur sa toque de velours noir était fixé un magnifique rubis en cabochon dont l'éclat était rehaussé par la blancheur de la plume de cygne qui le surmontait.

Il saluait, s'enquérait du désir de chacun, complimentait un mignon sur son visage, un orgueilleux sur la richesse de sa mise, un autre enfin sur son talent d'orateur ou sa réussite à la cour d'Henri III. Il s'attarda longtemps avec Son Altesse, le frère du roi, le félicitant sur ses victoires à Cambrai et au Cateau-Cambrésis, maniant la flatterie avec tant d'art que le visage de celui-ci, pourtant fort habitué à être courtisé, s'éclaira d'un mince sourire.

Payés fort cher, les escrimeurs, maîtres italiens et français, y allaient de leurs bottes secrètes, se fendaient, piquaient. Chacune de leurs manœuvres était ponctuée par les cris perçants ou les encouragements des femmes.

Impassibles, les serviteurs se glissaient parmi les convives, distribuaient coupes de vin de Loire, lait d'amandes salées, vin de mûres ou de roses.

Dans la grande salle d'apparat scintillaient des chandelles et, sur les longues tables, parsemées de fleurs d'églantine, étaient disposés pâtés d'anguilles, de cailles ou de grives, brochets en gelée, œufs farcis, tourtes d'espinoches... En cuisine, on préparait bécasses, faisans, cailles et chevreuils. Des pâtissiers cuisaient rissoles aux raisins, massepains, mistembecs, blancs-mangers, tourtes de pommes.

Un des escrimeurs tomba à genoux avec un cri sourd, lâchant son épée, les mains enserrant son visage ensanglanté, il bascula d'un coup puis, après quelques secousses, ne bougea plus. Des serviteurs se précipitèrent, chargèrent le corps sur un brancard de fortune, tandis que des musiciens succédaient aux combattants, entraînant les invités dans une danse rythmée par les flûtes et les tabourins vers la salle du banquet.

L'horloge marquait minuit. Le repas s'achevait.

Le vin était capiteux, les faces rouges, les jupes des filles retroussées, les corsages défaits. Un mignon, proche de François de France, se jeta sur sa compagne, et comme elle faisait mine de lui résister en poussant de petits cris effarouchés, lui arracha ses dentelles, déchira sa robe et la coucha brutalement au beau milieu des plats. Les invités tapèrent sur la table pour encourager le galant. D'aucuns avaient disparu, cherchant leur plaisir dans les chambres, les salons ou le jardin mis à leur disposition. La plupart continuaient à boire et à manger les plats qui, après s'être vidés, réapparaissaient magiquement sur la table.

Le maître de maison, qui n'avait fait que contempler ses invités tout en grignotant du bout des lèvres, fit un bref signe de sa main gantée de cuir. Brisenez se précipita.

— Tout est-il prêt ?
— Oui, mon maître.

Le petit homme se leva discrètement, rendant leur salut aux rares convives qui s'en étaient aperçus et sortit. Brisenez alla sa pencher près d'un seigneur, puis d'un autre. Quatre hommes se levèrent ainsi. Quand ils furent rassemblés dans l'antichambre, le laquais, levant haut le candélabre d'argent qu'il tenait à la main, les guida dans un dédale de couloirs, avant de soulever un rideau de velours qui masquait une porte.

Sur un grand lit à baldaquin éclairé par des dizaines de bougies étaient attachées deux filles aux yeux affolés, un bâillon sur la bouche.

LE CIMETIÈRE DES INNOCENTS

6

Théophraste Le Noir dormait encore, son grand corps jeté en travers de sa couche, quand Jeanne frappa au battant du cabinet qui lui servait tout à la fois de bureau et de chambre.

— Monsieur mon maître, monsieur...

Le médecin ouvrit les paupières, s'arrachant difficilement au sommeil. Ses yeux fixèrent sans les voir les motifs rouge et jaune du plafond puis se posèrent sur le portrait accroché au mur. Comme chaque matin depuis le décès de Catherine, Théophraste quittait à regret les songes pour une réalité à jamais empreinte d'amertume. Il avait rêvé de son épouse portant cette robe qu'il aimait tant, celle du portrait, d'un bleu pâle rehaussé de rubans outremer.

Catherine de Neyrestan... Ces deux-là n'auraient jamais dû se rencontrer, encore moins se jurer fidélité. Fille cadette du sire Antoine de Neyrestan, vieille noblesse issue de la vallée du Mars, dans les rudes terres d'Auvergne, sœur de Philibert, gentilhomme de la Maison du roi, elle aurait dû épouser quelqu'un de son monde. Au lieu de quoi, elle avait choisi le médecin de son père. Et c'était bien elle, avec ce charme obstiné qui était le sien, qui avait convaincu le sire de Neyrestan de donner son « trésor », sa « fille adorée » à cet homme qui l'avait sauvé des fièvres. Mais la mort, qui n'aime pas être défiée, emporta Catherine quatre ans après leurs noces, puis son père, peu après, d'un coup d'arquebuse au siège d'Issoire.

— J'arrive, maugréa le médecin en s'asseyant sur son lit, tentant en vain de retenir l'image fuyante de celle qu'il avait aimée plus que lui-même.

Lui parvinrent les premiers bruits de la rue, les carrioles des boulangers qui allaient livrer le pain place Maubert, les gens qui ouvraient bruyamment leurs volets et s'apostrophaient, l'appel d'un coq…

Un rayon de lumière filtrait par le vantail disjoint, glissant sur le plancher avant d'arrêter sa course sur les ferrures noircies du grand coffre en cuir, au fond de la pièce. Son regard passa de la table encombrée de livres et de registres à son écritoire sur laquelle était posée la main de papier achetée la veille… À des crochets de fer pendaient des bouquets de plantes séchées et des lanières d'écorce, sur des tablettes s'alignaient des fioles à remèdes et des roches trouvées dans les carrières autour de Paris. La sacoche contenant sa trousse de médecin gisait par terre, sur le tapis.

Chaque fois qu'il pensait à Catherine, un nœud se formait au creux de son estomac. Combien de fois avait-il eu la tentation de mourir ? Mais il suffisait d'un sourire de Sybille pour que la vie reprenne le dessus. Et puis, il y avait son Œuvre, ce combat qu'il menait avec Jacob dans le secret de la Maison Chymique.

Il se leva et s'étira, détournant les yeux du reflet que lui renvoyait le miroir d'étain accroché au mur. Il avait en horreur ces cheveux blancs qui lui rappelaient l'épouvante de la nuit de la Saint-Barthélemy.

Après s'être dévêtu rapidement, il se rasa, s'étonnant que sa barbe ait tant poussé en une seule nuit, et se lava avec l'eau glacée du broc et le savon noir.

Il sentait ses forces revenir. Il était si fatigué parfois qu'il en oubliait le manger, le boire et même le dormir. Il s'effondrait alors d'un coup, basculant dans le sommeil comme dans un gouffre.

Il alla chercher une chemise dans le coffre, enfila ses bas, ses chausses et ses bottes, agrafa son pourpoint de velours noir, mit son bonnet de docteur et, traversant l'antichambre, rejoignit la grande salle.

— Monsieur doit se sentir reposé, fit Jeanne qui s'activait au-dessus d'une marmite d'où montait une délicieuse odeur de viandes et d'oignons. Mieux qu'un loir, il a dormi deux nuits et un jour !

— Deux nuits et...

Théophraste fronça les sourcils.

— Palsambleu ! jura-t-il. En pareil cas, Jeanne, je t'ai déjà dit de me réveiller...

— C'est mademoiselle Sybille qui m'en a empêché, monsieur mon maître, répliqua placidement la nourrice que les jurons et les emportements de l'alchimiste n'effrayaient guère.

La pièce principale, qui ouvrait sur la cuisine, était basse de plafond et sombre quand les doubles volets – une précaution après la Saint-Barthélemy – étaient clos. Pourtant, on s'y sentait bien. Les flammes du feu et la lueur des bougies allumaient des reflets sur le bois du fauteuil à accoudoirs près de la cheminée, la table où s'épanouissait un bouquet d'églantines était soigneusement cirée, sur les bancs étaient disposés des coussins de couleurs et l'aiguière d'argent ayant appartenu à dame Catherine brillait fièrement posée sur le dressoir avec la vaisselle de céramique et de terre cuite.

La nourrice de Sybille essuya ses mains sur son tablier de toile.

— Un gamin est venu frapper à l'huis ce matin. Ça avait l'air pressé, c'est pourquoi j'ai enfreint les ordres de ma jeune maîtresse.

— Où est-il, cet enfant ?

— Il vous attend dehors. Il était maigre à faire peur, mon maître, et je lui ai donné un morceau de pain et un oignon.

— C'est bien. Et Jacob ?

— L'a mangé avec nous hier au soir et est retourné là-bas. Depuis, je ne l'ai point revu.

Elle se signa en disant ces mots, puis reprit :

— L'en sort jamais de vot' laboratoire. À faire du feu même quand on sue dehors.

— Sais-tu, ma Jeanne, que le mot laboratoire, qui t'effraie tant, vient du latin, et qu'il signifie labeur et prière ?

— J'suis point si savante que monsieur, grommela Jeanne.

— Je t'ai proposé d'apprendre à lire et à écrire, tu le sais ! Vois comme Jacob a changé.

— J'veux point, s'obstina la femme en se signant. Et puis, pourquoi, dites, je changerais ?

— Bon, bon, je ne te forcerai pas. Tu n'oublieras pas de lui porter à manger. Et mademoiselle ma fille ?

— Quand je suis passée à sa chambre, elle dormait encore. Ah ! Monsieur Robert a envoyé son serviteur hier pour dire qu'il viendrait vous voir ce jourd'hui.

Tout en parlant, la servante avait saisi une assiette qu'elle s'apprêtait à remplir.

— Il n'a pas dit ce qu'il désirait ?

— Non, mon maître. Sans doute voir sa nièce, vous savez comme il s'en est entiché.

— Je sais.

Jeanne sentit qu'il valait mieux parler d'autre chose. S'il y avait bien un trésor que gardait jalousement Théophraste, c'était Sybille. C'était là quelque chose que Jeanne réprouvait, cet enfermement dont il ne voulait démordre, cet emprisonnement alors qu'elle était devenue jeune fille et qu'elle aurait dû rire et chanter avec d'autres de son âge. Mais pour avoir essayé une fois de plaider la cause de celle qu'elle aimait comme son enfant, Jeanne avait compris qu'elle touchait à un territoire interdit. La colère de Théophraste avait été effrayante. Elle n'avait plus osé en reparler.

— Avant de partir, monsieur, il faut que vous mangiez. Je vous ai réchauffé un reste de soupe d'hier et il y a aussi du pain blanc, du beurre et du fromage de chèvre...

— Oui, ma bonne, oui, plus tard...

Il saisit une tranche de pain et la fourra dans sa poche.

— N'oublie pas Jacob !

Elle n'eut pas le temps de répondre qu'il était déjà sorti. La Normande haussa ses larges épaules.

Depuis le temps qu'elle était au service des Le Noir, elle avait l'habitude. Le médecin était un bon maître, mais tellement hors de lui depuis la mort de dame Catherine qu'il était devenu insaisissable. Jeanne regrettait souvent cette dernière. Quand elle était entrée à son service, elle n'avait que douze ans et dame Catherine, quatre de plus. La maison résonnait de leurs chansons et de leurs rires. Monsieur était jeune et très amoureux, Sybille s'annonçait. Et puis, tout avait basculé. Jeanne avait perdu son fiancé et le bébé qu'elle attendait, Madame était morte…

Jeanne réalisa qu'elle avait toujours son assiette à la main et, refoulant son chagrin, elle la reposa et retourna à sa cuisine.

7

Non loin de là, place Maubert, au moment où Théophraste sortait de chez lui, Jean du Moncel, commissaire-enquêteur au Châtelet, se réveilla avec le bruit de clochettes du tombereau d'ordures.

Il bâilla, repoussa ses draps d'un coup de pied, découvrant son corps nu, puis s'étira en tous sens, roulant sur sa paillasse, grognant, afin de « mieux esbaudir ses esprits animaux », ainsi que le prescrivait le sieur Rabelais. En bon vivant qu'il était, Jean adorait les récits des exploits de Pantagruel et de son père Gargantua.

Une fois cet exercice achevé, le jeune homme se redressa, faisant attention de ne pas se cogner aux maîtresses poutres de son logis. Il vivait dans un galetas, glacé en hiver, trop chaud en été. Il s'étira de nouveau, enfila son braiet et, une fois debout, alla se planter devant sa lucarne, observant l'agitation en contrebas. Les commerces de la place Maubert soulevaient leurs auvents, un charroi livrait les pains venus des boulangeries du faubourg Saint-Antoine, dans une arrière-cour le boucher et ses aides préparaient la viande à grands coups de tranchet.

Jean soupira. Le ventre lui gargouillait tant il avait faim. Il aurait donné n'importe quoi pour une *soupe de primes*, ces tranches de pain trempées dans du bouillon que mangeaient les moines à l'aube.

Le jeune homme frappa sur la mince cloison de bois qui le séparait de ce qu'il nommait fièrement sa « garde-robe ». En fait, une soupente – quasi un placard – où dormait son laquais.

— Eh bien, fainéant, serais-tu encore assoupi ? claironna-t-il.

— Que nenni, mon maître ! répondit le valet qui ouvrit aussitôt la porte basse qui la séparait des « appartements » de Jean. Comme chez nous, je suis toujours éveillé *viron soleil levant*, le savez bien !

Grand et maigre, d'un an plus vieux que Jean du Moncel, aussi blond que ce dernier était brun, Lajoye avait le visage long, une bouche aux lèvres pleines et des yeux clairs qui lui valaient bien des conquêtes féminines. Il courba sa mince silhouette.

— Je vous salue, mon maître.

— Bonjour, mon ami.

Comme chaque matin, le valet alla se planter, lui aussi, devant l'étroite fenêtre, observant le ciel. Des martinets tournoyaient au-dessus de la place en poussant leurs trilles aigus. Il allait faire beau et chaud.

— Chez nous, à moins qu'il ait plu, ils ont dû aoûter les blés depuis longtemps, murmura-t-il. Et bientôt feront la fête des moissons.

Venus du fin bout du Cotentin, non loin de Cherbourg, les deux hommes s'étaient connus enfants et avaient joué sur les mêmes grèves, se crottant les pieds et courant derrière la soule avant de devenir maître et valet.

— Le pays te fait défaut, Lajoye ? demanda Jean, non sans un bref élan de tendresse pour celui qui partageait sa vie.

53

Le valet s'était détourné pour ouvrir le coffre à vêtements. Il en sortit une chemise et la tendit à son maître.

— Pour dire le vrai, mon maître, oui, répondit-il, soucieux.

Lajoye prenait son temps en tout, et surtout pour parler, réfléchissant aux mots qu'il voulait employer, cherchant toujours le plus approprié avec un air grave qui, parfois, faisait éclater de rire son maître. Il poursuivit :

— Je n'aime guère Paris, ses quartiers sentent plus mauvais qu'une auge à cochons. Hormis la rue de Seine ou le quai des Grands-Augustins, les passages sont si étroits que le jour n'y entre jamais. Quant aux gens, ils vivent entassés comme des bûches en panier. Et puis, Monsieur le sait mieux que moi, on tue, on vole, on pille même en plein jour !

Il conclut :

— Pour ça, oui, je préfère not' campagne et le chemin des dunes où nous courions gamins !

Jean resta un moment silencieux. Lui aussi pensait souvent à leur pays, au manoir de son enfance… Mais la mort brutale de son père Charles du Moncel et les dettes que ce dernier avait accumulées avaient décidé de sa vie. Pour que sa mère et sa jeune sœur puissent continuer à vivre chez eux, il était monté à Paris, pour solliciter celui que lui avait recommandé son père : Nicolas de Neufville de Villeroy. Ce fin politique, qui avait l'écoute du roi, l'avait tout d'abord envoyé travailler aux côtés du chevalier du guet, avant de le faire entrer au Châtelet comme commissaire. Une façon pour ce puissant protecteur d'avoir un homme sûr dans ce lieu stratégique.

Même si, parfois, les images de leur château lui revenaient avec insistance, Jean s'interdisait tout regret. Son métier le passionnait et sa paye de commissaire-enquêteur lui permettait, en vivant chichement, d'envoyer des écus en suffisance chez lui.

Mécontent du cours mélancolique que prenaient ses réflexions, le jeune homme enfila sa chemise, mit ses chausses et ses bottes, puis laissa son serviteur lui agrafer son pourpoint de velours noir et nouer la fraise de son col.

La seule chose qui le préoccupait vraiment, et à juste titre, décida-t-il, c'était son estomac. Habitué à bien manger et même davantage, il s'accommodait mal des maigres agapes qu'il partageait avec son valet.

— Que mangeons-nous ce jour d'hui, Lajoye ?

L'appétit lui faisait rarement défaut et l'approche d'un repas le rendait toujours aimable.

— Il reste un morceau de tourtelle de pain frais et aussi du lait et un oignon, mon maître.

— Un festin de roi ! s'exclama Jean d'un ton joyeux en s'asseyant sur le rebord de son lit. Allons-y ! Allons-y ! Mon ventre me hante !

Lajoye tira l'unique tabouret de la pièce et le plaça devant son maître. Bientôt, le repas fut posé dessus et Jean allait l'attaquer à belles dents quand des coups retentirent à la porte.

— Qui va là ? demanda Lajoye en s'approchant, la main sur son coutel.

— Le sergent Nicolas Sénéchal m'envoie quérir le sire commissaire du Moncel, fit une voix derrière le battant.

Le sergent travaillait avec lui depuis plusieurs années. Jean coula un regard de regret vers son frugal déjeuner puis se leva.

— J'arrive ! cria-t-il. Attendez-moi en bas.

— Bien, monsieur le commissaire.

Le bruit de pas décrut dans l'escalier.

— Mange, Lajoye ! ordonna le jeune commissaire, mordant dans un morceau de pain.

Lajoye acquiesça d'un signe de tête sentencieux.

— Faut rien laisser, surtout que la fortune de ton maître tarde à venir, ajouta Jean en posant quelques pièces de menue monnaie sur le siège.

« Achète-nous un peu de lard et des légumes et... un pichet de vin clairet.

— Bien, mon maître, il en sera fait selon vos désirs, fit le Normand. Et je tâcherai de trouver des rissoles aux fruits. La femme du boulanger m'aime bien – en tout bien tout honneur – et trouve toujours moyen d'en offrir à Monsieur.

Un sourire gourmand se dessina sur les lèvres de Jean qui poussa un long soupir. Il détestait partir le ventre vide. Et ce n'était pas ce malheureux morceau de pain qu'il lui aurait fallu mais bien, à cette heure, une douzaine de chapons gras !

Le serviteur décrocha la cape, le bonnet et l'épée suspendus à des clous plantés dans le mur puis alla ouvrir. Ainsi vêtu, Jean du Moncel dégringola les escaliers et se retrouva bientôt dans la rue où l'attendait l'exempt venu le chercher.

— Monsieur le commissaire, fit l'autre en s'inclinant. C'est le sergent...

Sans lui laisser le temps d'en dire davantage, le jeune homme le coupa :

— Pour l'heure, point d'explications, conduis-moi !

Et ils partirent d'un bon pas.

À tout juste vingt-six ans, Jean était le plus jeune des vingt commissaires-enquêteurs du Châtelet aux ordres du lieutenant criminel de Paris.

8

Rue Perdue, l'enfant qui attendait Théophraste Le Noir, dissimulé dans un renfoncement, était sorti de sa cachette pour aller à la rencontre du médecin.

— J'suis le Goupil, lâcha-t-il.

Pieds nus, les vêtements en lambeaux, il ressemblait à tous les « orphelins » qu'on croisait dans Paris, des petits mendiants dont les tremblements et la maigreur apitoyaient les bourgeoises.

L'œil exercé de Théophraste détailla le ventre gonflé par la faim, le visage creusé.

— Ma foi, mon garçon, les renards mangent mieux que toi. Que me veux-tu ?

— C'est le Capitaine, y veut vous voir, mon seigneur.

— Le Capitaine ? répéta le médecin, cherchant vainement dans sa mémoire quelqu'un portant ce surnom.

— Y dit que si on se presse pas, Tassine va mourir.

Théophraste n'insista pas davantage.

— Va ! Je te suis.

L'enfant hocha la tête et partit vers la rue Pavée, avant de rejoindre les quais de la Seine qu'il longea jusqu'au Petit Pont où un attroupement se formait autour de deux pêcheurs.

9

— Bonjour, ma Jeanne, fit Sybille en achevant de nouer ses cheveux en queue-de-cheval. Où est mon père ?

— Levé *viron soleil levant* ! Et parti le ventre vide, ajouta Jeanne d'un air contrarié.

La jeune fille sourit.

— Un orphelin le mandait. Sans doute quelque malade de la rue Saint-Denis, continua la nourrice.

— Il y a tant de gens à soigner dans ces quartiers et si peu de médecins qui osent s'y aventurer !

Tout en disant ces mots, Sybille s'était assise, avait empli son bol d'un peu de lait et s'était tranché du pain qu'elle couvrit de beurre et d'un épais morceau de fromage de chèvre.

Elle dévora le tout avec un bel appétit puis, une fois rassasiée, demanda :

— Et Jacob ?

— Je ne l'ai pas encore vu, répondit Jeanne en remplissant une assiette qu'elle lui tendit. Vous la lui donnerez. Mais ne voulez-vous pas un peu de soupe plutôt que de manger comme une fille des bois ?

— Non, merci, ma Jeanne, d'ailleurs, je n'ai plus faim, fit la jeune fille en se levant d'un bond. Je vais porter son repas à Jacob.

Elle saisit l'assiette pleine, prit une tranche de pain, un oignon et fila vers la porte du jardin.

10

Le soleil effleurait déjà le faîte des toits de tuiles. Les cloches de Saint-Julien et de Saint-Séverin se joignirent à celles de Notre-Dame, les trois fois trois coups de l'angélus couvrant le bourdonnement de la ville qui s'éveillait. Les ouvriers regagnaient leurs chantiers, leurs outils à l'épaule, les marchands nettoyaient les sols à grandes eaux, balayaient, sortaient les étals.

Évitant de justesse un charroi de pierres qui passa en le frôlant, Théophraste Le Noir se glissa au milieu d'un groupe d'écoliers. Le petit mendiant filait toujours, jetant de temps à autre un regard inquiet derrière lui pour s'assurer de sa présence.

Sur l'île de la Cité, passage obligé entre les deux rives, c'était la cohue. Les gens se bousculaient. Un sergent du Châtelet essayait de ramener le calme, frappant le sol de son bâton fleurdelisé. Le médecin ralentit le pas malgré lui, bloqué par des tombereaux d'ordures déversés sur le sol. Un chien errant aboya sur un cavalier dont le cheval, rendu nerveux par la bousculade, encensait.

Après avoir non sans mal rattrapé son guide, il traversa le pont au Change avant de s'enfoncer dans les ruelles menant aux Halles. Le jour peinait à y entrer tant les passages étaient étroits et l'obscurité accentuée par le linge qui pendait à des perches tendues entre les encorbellements. Rue Tirechape, bien connue pour les centaines d'habits neufs ou usagés qu'on y vendait, le Goupil s'arrêta pour reprendre son souffle.

— C'est encore loin ?

Le gamin fit non de la tête. Il restait tout le temps sur le qui-vive, guettant les uniformes de ceux que le petit peuple surnommait les « anges » du Châtelet, des anges plus prompts à vous conduire en enfer qu'au paradis.

Ils longèrent les Halles et débouchèrent dans la rue aux Fers, suivant le long mur du cimetière des Innocents où s'adossaient des échoppes vendant cire, images, patenôtres et talismans de toutes sortes.

Le visage du médecin s'assombrit. C'était là que Catherine et le vieux Gratien étaient enterrés. Évitant la porte Saint-Eustache et son gardien, le Goupil choisit la poterne, dite « de la recluse ». Théophraste l'y suivit, non sans, comme à chaque visite, jeter un œil vers le guichet ouvrant sur la logette de celle qui vivait là, enfermée dans quelques mètres carrés sans lumière, sans feu, sans autre compagnie que celle des araignées.

Au sortir du porche, la lumière l'éblouit.

Une vaste esplanade s'étendait devant lui. L'enclos du plus ancien cimetière de Paris et de l'église des Innocents. Un lieu étrange, sur lequel couraient bien des légendes, la première étant qu'il était « mange-chair », et qu'il suffisait d'y jeter un cadavre pour qu'il soit dévoré.

Sur l'étendue vide, juste parsemée ici et là d'ossements, régnait un silence rendu plus sensible encore par le vacarme des rues environnantes. Autour s'élevaient des charniers, maisons de pierre et de bois à arcades, surmontées de galetas où l'on empilait les os et les crânes des défunts nettoyés par leur séjour en terre. L'endroit, connu pour être un repaire de brigands et de voleurs, était quasi désert ce matin-là.

Un homme discutait avec le gardien au pied de la tour Notre-Dame-des-Bois. Un peu plus loin, des fossoyeurs descendaient un corps enveloppé d'un linceul dans la fosse commune. Un chien rôdait, le nez au sol.

Le médecin qui fixait la croix qu'il avait fait élever à Catherine – une des rares tombes particulières du cimetière avec celle de Nicolas Flamel et de sa femme – sentit qu'on le tirait par la manche. C'était l'enfant revenu sur ses pas.

— Faut faire vite, monseigneur !

Il entraîna le médecin sous l'arcade du charnier le plus proche et, après s'être incliné devant deux solides gaillards qui en gardaient l'accès, grimpa à une échelle. Théophraste, se courbant, gravit les échelons et, se glissant par la trappe ouverte, se retrouva dans un grenier sous les toits, empli de crânes jusqu'au faîtage.

Le gamin avait disparu derrière les ossements et le médecin s'aperçut qu'une sorte d'alcôve avait été aménagée là. Deux êtres s'y tenaient, aussi différents qu'il était possible de l'être et pourtant semblant liés par quelque pacte secret. Le premier, de large carrure, le crâne traversé d'une longue cicatrice, le visage balafré, devait être un de ces soldats sans solde devenus brigands pour survivre. Le second, une toute jeune fille, presque une enfant, gisait inconsciente sur une paillasse de feuilles sèches, ses longs cheveux bruns collés par la sueur.

— Te voilà enfin ! gronda l'homme.

Sans se préoccuper de celui qu'il supposa être le Capitaine, Théophraste s'agenouilla près de la petite. Repoussant la couverture, il découvrit un corps maigre agité de tremblements qu'il examina à petits gestes précis. Après avoir soulevé les paupières, il palpa les membres, écouta le faible martèlement du cœur et se redressa.

— J'ai fait au plus vite, mon maître, protesta le gamin, levant les bras pour se protéger de la gifle que l'autre lui assena.

— File, petit !

Le garçon ne se le fit pas répéter et disparut par la trappe.

— Qu'attends-tu de moi ? demanda Théophraste en se redressant.

— Mordieu ! s'énerva l'autre. Il y en a qui tremblent à ma vue et vous, vous ne me saluez même pas. Ne savez-vous donc point qui je suis ?

— Que tu sois marquis, soldat ou gueux, m'importe peu, répondit calmement Théophraste. Celui ou celle qui t'a donné mon nom a dû te l'expliquer.

L'étincelle de colère qui s'était allumée dans le regard de l'homme s'éteignit devant l'indifférence que le médecin semblait porter à son propre sort.

— Vous n'avez pas froid aux yeux, palsambleu ! Oui, on m'a parlé de vous. On m'a dit que vous n'aimiez pas la mort et que vous passiez votre temps à la provoquer en duel.

— On t'a dit vrai.

— Alors, sauvez Tassine !

— Tu as attendu trop longtemps, elle est très faible.

— Il paraît que vous êtes une sorte de magicien. Que vous sauvez même les agonisants !

Le médecin grimaça.

— On t'a menti, il n'y a pas de magie dans mon art, rien que la Nature. Mais si tu veux que je m'occupe d'elle et que j'aie une chance de l'arracher à son mal, il faut que tu la portes chez moi.

— Pas question ! répliqua le Capitaine. C'est vous qui viendrez ici. Elle est sous ma protection ! En ce moment, fait pas bon être courtisane, croyez-moi. La Mort rôde.

Sans relever cette dernière phrase dont il ne comprenait pas le sens, le médecin répliqua :

— Alors, ce n'était pas la peine de me faire chercher, autant la jeter de suite à la fosse commune ! C'est son cadavre que tu veilleras bientôt.

À ces mots, le visage du soldat se crispa, faisant blanchir la cicatrice qui barrait son crâne. Il hésita, puis lâcha d'une voix sèche :

— Vous avez gagné. À la nuit tombée, chez vous.

Théophraste sortit de sa besace un petit flacon dont il glissa le bec entre les lèvres de la jeune fille, y faisant couler quelques gouttes d'un liquide brun.

— Cela fera baisser sa fièvre.

— Si vous la sauvez, je ne serai pas ingrat.

— Si je voulais de l'argent, je ne soignerais que les bourgeois et les seigneurs.

— Il n'y a pas que l'argent, messire…

LE MILANAIS

11

Après avoir prié sur la tombe de sa femme, Théophraste quitta le cimetière des Innocents par la porte Saint-Germain, marchant d'un pas lent, perdu dans une sombre rêverie. Il allait emprunter la rue des Bourdonnais quand un sentiment de danger le fit se retourner.

Le souffle des chevaux était déjà sur sa nuque.

Les bêtes fonçaient sur lui. Dans la rue des gens criaient, mais il ne les entendait pas plus qu'il ne perçut le grincement des roues du fiacre. Comme en rêve, le temps s'était ralenti. Il se jeta dans un renfoncement de porte et s'y plaqua. La voiture le frôla. Les bêtes, que le cocher fouettait en hurlant, hennissaient. Quand il sortit de son abri, l'équipage avait déjà disparu à l'angle d'une rue.

Théophraste se plia en deux, essayant de recouvrer son souffle et de calmer les battements désordonnés de son cœur.

— L'ont failli vous tuer, les marauds ! fit une marchande qui avait vu la scène de son étal. Vous êtes point blessé, monsieur ?

Le médecin hocha la tête.

— Cela ira, merci.

Et remettant de l'ordre dans ses habits, il repartit d'un pas moins ferme.

Au bout d'un moment, il s'arrêta avec le sentiment désagréable d'être observé. Il regarda plus attentivement autour de lui, fouillant du regard cette foule anonyme qui se pressait autour des Halles.

Il avait fallu la Saint-Barthélemy et la croix dessinée sur sa porte par une main criminelle pour qu'enfin il admette qu'on voulait sa mort. Un mystérieux ennemi qui, quand il n'attentait pas à sa vie, l'espionnait. Une surveillance que, malgré sa distraction, il avait fini par remarquer.

Le médecin repéra un gueux qu'il lui sembla reconnaître. Il était sûr de l'avoir vu le matin même, à moins que ce ne soit l'avant-veille... Un gaillard, vêtu d'un bon pourpoint mais de mauvaises chausses, qui détourna les yeux quand son regard croisa le sien.

Théophraste se remit en marche, lentement d'abord, puis, d'un coup, se jeta dans une obscure venelle et se mit à courir, le bruit de ses pas se répercutant sur les parois couvertes de salpêtre. Il n'avait pas remarqué l'homme vêtu de gris, d'élégantes bottes aux pieds, l'épée au côté, qui avait fait signe à un petit mendiant de filer à sa suite.

12

« S'il n'y avait eu ce maudit porche, le lièvre était mort ! songea l'homme en gris. Mais maintenant, le gibier se méfie, il a éventé le chasseur... »

Maître d'escrime réputé, Côme, dit « le Milanais », avait vite compris que son habileté aux armes et ses accointances avec truands et anciens soldats pouvaient lui rapporter davantage que les leçons données aux fils de seigneurs. Son intelligence, son goût pour les déguisements et ce visage commun que rien ne distinguait des autres firent de lui en peu de temps le bras armé de ceux qui désiraient se débarrasser discrètement de leurs ennemis. Jusqu'à présent nul n'en avait réchappé... sauf ce Théophraste Le Noir.

L'affaire avait semblé simple pourtant...

C'était l'an dernier, occupé par l'assassinat d'un proche du prévôt de Paris, le Milanais avait chargé quatre de ses hommes de l'éliminer. Pour leur malheur, ceux-ci s'étaient heurtés aux cavaliers du guet. Trois des mercenaires avaient été conduits au Châtelet avant d'être pendus en place de Grève. Le quatrième, qui avait réussi à s'échapper, mourut de ses blessures. Quant au client, il changea d'avis... et ne donna plus signe de vie jusqu'à la veille au soir. La bourse était suffisamment garnie pour que l'Italien ne tergiverse pas davantage. Il mit ses mendiants à l'ouvrage. Il les savait plus efficaces que des chiens de chasse et, surtout, invisibles. Qui prêterait attention à des enfants miséreux que la ville comptait par milliers ? Une fois accrochés aux chausses d'une proie, ils ne la lâchaient plus.

Mais ce matin-là, Côme décida d'observer le gibier de plus près, voire de s'en occuper lui-même si le cocher n'arrivait à en finir.

Prévenu par l'un des gosses que le médecin était sorti de sa tanière pour gagner le cimetière des Innocents, il était allé se poster là-bas pour profiter du spectacle de l'hallali. Mais, une fois de plus, la Providence avait sauvé le médecin. Devinant qu'il finirait par traverser le Petit Pont pour regagner son logis ou les bancs de la faculté, il décida d'aller l'y attendre. Laissant le soin au mendiant de suivre sa proie.

Une fois rendu d'un pas paisible jusqu'au passage entre l'île de la Cité et la rive gauche, il s'accouda au parapet.

Sur le quai, en contrebas, les hommes du Châtelet écartaient la foule des curieux des cadavres qui gisaient sur le pavé. Un sergent, à la stature impressionnante, interrogeait deux pêcheurs.

13

— Nous arrivons, monsieur le commissaire. Les pêcheurs les ont remontées près du Petit Pont. Elles dérivaient au fil de l'eau.

Ils débouchèrent sur les quais de la Seine près d'un attroupement difficilement contenu par les hallebardiers.

— Laissez passer le commissaire au Châtelet ! cria l'exempt en passant devant lui.

La foule se fendit, les badauds détaillant avec curiosité le nouveau venu.

— Faites reculer ces gens ! ordonna du Moncel.

Nul ne discutait jamais les ordres du jeune commissaire, qui, malgré sa petite taille et ses vingt-six ans, possédait autorité naturelle et assurance. Les soldats repoussèrent les plus curieux de la pointe de leurs lances, laissant le cercle se reformer plus loin.

Jean avait déjà oublié ce qui l'entourait, il n'avait plus d'yeux que pour les silhouettes recouvertes d'un linceul.

C'était la partie de son office qu'il détestait le plus.

— Salut à vous, monsieur le commissaire, fit le sergent Nicolas en s'inclinant avec respect.

Nicolas Sénéchal, Normand du Cotentin comme Jean, arborait une chevelure drue et une énorme moustache. Bâti en colosse, il imposait le respect avec ses bras et ses cuisses larges comme de jeunes troncs d'arbres.

— Qu'avez-vous trouvé, sergent ? demanda le jeune homme, mettant ses bras derrière le dos dans une attitude d'observation qui lui était familière.

— Comme la dernière fois, monsieur le commissaire. À mon sens, sont dans l'eau depuis un jour ou deux, les poissons ont déjà fait leur ouvrage.

L'officier souleva le drap, dévoilant les corps. Deux toutes jeunes filles gisaient sur le pavé, les cheveux épars, leur peau blanche abîmée par leur séjour dans l'eau, le visage déformé par une grimace de douleur, les orbites vides.

Jean resta un moment immobile, silencieux, puis s'agenouilla pour fermer les paupières des malheureuses et détailler les profondes blessures qui sillonnaient leurs chairs.

Le sergent avait raison, la petite Ninon trouvée dans le fleuve le mois dernier avait été torturée comme celles-là. Il pesta intérieurement, furieux contre lui-même.

Faute de temps – ses collègues plus âgés se déchargeaient souvent sur lui de leur travail : saisies, appositions des scellés, surveillances, inventaires… – l'enquête qu'il avait menée n'avait pas encore abouti, mais cette fois…

Il se redressa.

— Vous avez prévenu le Châtelet, sergent ?

— La charrette des morts devrait pas tarder, monsieur le commissaire.

— Envoyez quérir Antoine Foës.

— Je l'allais faire, monsieur le commissaire, répondit le Normand.

Il hésita, puis reprit :

— Faites excuse, monsieur le commissaire, mais faut que j'vous dise, je connais l'une d'elles.

Il désignait la plus petite, une brunette qui avait dû être jolie avant que la Mort ne la défigure.

— La Guillemette, on l'appelait. Elle travaillait du côté de la halle aux tisserands. Une gamine tout juste arrivée de sa campagne…

— … Pour mourir pire qu'une bête, conclut Jean. La halle aux tisserands, dites-vous ?

— Oui.

Un bruit de sabots ferrés les interrompit. C'était la carriole venue du Châtelet, tirée péniblement par une haridelle aux flancs maigres. Le cocher la mena jusqu'aux corps, laissant le soin aux soldats de faire leur ouvrage.

Les gens s'agitaient. Était-ce la vue des corps raidis des pauvres filles ? Le linceul avait glissé quand on les avait mises sur la charrette. La foule grondait. Des femmes les injuriaient.

— À mort les assassins ! hurlait un homme vêtu d'une blouse de maçon.

— Haro ! À mort ! répéta une matrone, les cheveux en désordre, montrant le poing au sergent.

— Bandes de bons à rien ! grogna une autre.

— Vengeance !

— Tuez-les !

Le ton montait et Jean sentit qu'il fallait intervenir s'il ne voulait pas que ses hommes soient obligés d'employer la force. Il s'avança.

— Non, commissaire ! fit le sergent en essayant de s'interposer.

Mais le petit commissaire l'écarta d'un geste calme et marcha droit vers l'attroupement, s'arrêtant devant ceux qui criaient le plus fort.

— Silence vous tous ! ordonna-t-il.

Le calme se fit bientôt.

— Justice sera faite ! Moi, Jean du Moncel, commissaire-enquêteur au Châtelet, je m'y engage devant vous. Et maintenant, dispersez-vous !

— Laissez passer la carriole ! cria le sergent.

Le commissaire se signa, imité par quelques-uns des curieux, et des femmes s'agenouillèrent. La foule s'ouvrit.

Jean revint vers son officier. Des gouttes de sueur mouillaient la racine de ses cheveux bruns. Ils avaient évité le sort d'un sergent, peu de jours auparavant, écharpé par la foule rue Saint-Denis.

— Que vos hommes fassent escorte à la charrette et rentrent au Châtelet. Vous et moi, allons faire un tour du côté de la halle aux tisserands.

14

De ruelle en passage, Théophraste arriva sur les quais de la Seine puis sur l'île de la Cité qu'il traversa sans reprendre haleine. Enfin, une fois rendu au Petit Pont, il ralentit son pas et s'arrêta, persuadé d'avoir semé son suiveur. Le souffle court, il s'accouda un moment au parapet, à côté d'un homme vêtu d'un pourpoint et de chausses grises, une cape de même couleur aux épaules, qui regardait s'éloigner la charrette des morts, escortée par des soldats et une foule de badauds.

« Encore des noyés », songea le médecin avant de se redresser, s'essuyant le front et inspectant un instant les alentours.

Au moins, le gueux n'était plus derrière lui. Il repartit vers la faculté, sans remarquer que l'homme en gris lui emboîtait le pas.

Les réflexions du médecin revinrent à la Saint-Barthélemy et aux événements qui, ces dernières années, avaient failli lui coûter la vie : cette voiture à cheval, ce tonneau de vin empoisonné livré à domicile et puis, l'an dernier, ces assassins auxquels il avait échappé grâce à l'arrivée du guet... Il avait beau se répéter que Paris était un coupe-gorge, que les bourreaux pendaient et rouaient trois ou quatre fois par jour, sans venir à bout de la truanderie, que tout cela n'était peut-être que coïncidence, un frisson lui parcourut l'échine. Il se sentait comme un animal cerné par les chasseurs, d'autant plus inquiet et désorienté que les attaques s'étiraient dans le temps, à un rythme irrégulier, mais avec une obstination troublante, comme si celui qui en voulait à sa vie avait toute la sienne pour accomplir sa sinistre besogne. Lui qui s'était souvent dit qu'il ne craignait pas la mort découvrait que tout son être protestait à l'idée d'être assassiné par l'ombre maléfique qui tentait de le frapper de loin en loin. Une ombre qui attendait, entre deux assauts, que sa vigilance soit retombée.

Il se força à penser à autre chose.

Au lieu d'aller voir tout de suite son ami Nicolas Houel, l'apothicaire en charge du tout nouveau jardin botanique de la faculté de médecine, il décida de visiter son père et frappa à la porte de la maison familiale, rue du Fouarre.

LA DYNASTIE LE NOIR

15

Théophraste ne se retrouvait jamais sans émotion devant la vieille bâtisse à colombages où il avait vécu ses premières années, choyé par son père et Hermine, sa chère nourrice. Une ombre passa sur son visage à l'évocation de cette dernière, morte quand il était jeune garçon.

Comme il en avait l'habitude, il souleva le heurtoir par trois fois.

C'était une sensation réconfortante de savoir que cette maison appartenait à leur famille depuis quatre générations et que, de père en fils, les Le Noir avaient été médecins.

La porte s'ouvrit sur le visage rougeaud de Robine, la cuisinière et servante de son père.

— Je savais que vous alliez venir, monsieur Théophraste. Entrez ! Entrez ! Monsieur va être content, il me parlait justement de vous.

— Le bonjour, la Robine. Il est dans son cabinet ?

— Ma foi oui. Vous savez comme il est. Il lit toute la journée quand il ne reçoit pas ses amis de la faculté pour des agapes ! Il a bien de la chance de m'avoir, savez ?

— Et toi, d'avoir un maître comme lui ! répliqua Théophraste.

Ces deux-là passaient leur temps à se chamailler mais n'auraient pu se passer l'un de l'autre.

— J'le sais bien, mon maître. Venez, venez.

Une odeur de légumes cuits et de lait d'amandes flottait dans l'air. La femme traversa le couloir et poussa la porte menant à la pièce préférée d'Antoine Le Noir. Un cabinet encombré de livres de médecine et de thèses présentées par ses anciens élèves.

Assis près de la fenêtre, une canne à pommeau d'ivoire à ses côtés, un ouvrage sur les genoux, le vieux médecin lisait.

— Bonjour, monsieur mon père.

Antoine Le Noir releva la tête et un sourire éclaira son visage ridé. Il était si absorbé par sa lecture qu'il n'avait pas entendu frapper.

Vêtu avec soin, la barbe et les cheveux ondulés fleurant bon, une fraise tuyautée autour du cou, il portait une longue et confortable robe rouge et, à ses pieds, de souples chausses de cuir.

— Ah, monsieur mon fils, vous voilà ! Je le savais. Je l'avais dit à Robine, mais elle n'écoute rien ! Elle sait tout mieux que moi. Si elle ne cuisinait pas comme elle cuisine, il y a longtemps que j'aurais trouvé quelqu'un d'autre !

Il posa le livre relié sur le tabouret à côté de lui et embrassa son fils sur le front. Théophraste approcha une chaise et s'assit près de lui.

— Vous dites toujours ça, mais vous l'adorez ! répliqua-t-il.

— Elle sait m'apprivoiser, faut dire, convint le vieil homme avec un sourire gourmand, tapotant le ventre que le tissu de sa robe peinait à dissimuler. L'autre jour, elle m'a fait des beignets à la rose, nappés d'un lait d'amandes tiède, un délice !

Le regard de Théophraste se posa sur les livres de cuir en pile instable sur le tabouret.

— Que lisez-vous, mon père ?

— Je relis Johannes de Rupescissa. Non sans mal, hélas.

À ces mots, Théophraste examina les yeux du vieil homme, que recouvrait une taie blanchâtre qui allait en s'élargissant.

— Vous le savez mieux que moi, monsieur, il faudrait vous opérer de la cataracte, dit-il au bout d'un moment. Je me suis permis d'en glisser un mot à monsieur Ambroise Paré qui en est accoutumé. Il m'a dit qu'il s'occuperait de vous dès que vous en auriez le désir.

— Mon fils, vous remercierez monsieur Paré de ma part, c'est un homme dont je respecte infiniment le savoir. Mais, pour reprendre vos propres mots, je n'en ai point le désir. Point du tout.

Théophraste n'insista pas. L'opération des yeux, pourtant pratiquée depuis l'Antiquité, n'effrayait pas que les ignorants.

À soixante-treize ans, l'esprit vif, doué d'une immense culture, parlant et écrivant le latin, le grec et l'hébreu, Antoine Le Noir aurait encore pu exercer à la faculté de médecine s'il n'avait eu ces yeux usés par l'étude et ses jambes qui lui refusaient tout service.

— Dites-moi plutôt où en sont vos travaux.

— Hélas, ils n'avancent guère, monsieur mon père. Mais parlons d'autre chose, voulez-vous ?

Antoine Le Noir, qui avait senti la déception dans la voix de son fils, insista :

— Que nenni, parlons-en, au contraire ! Vous savez que rien ne me réjouit plus que les recherches que vous menez. J'aurais tant aimé pouvoir vous aider !

— Pardonnez-moi, monsieur mon père, ce n'est pas que je voulais vous déplaire. Mais j'ai parfois l'impression d'être dans une impasse. De me cogner à un mur.

— C'est que probablement vous êtes proche du but, l'encouragea Antoine.

Un mince sourire éclaira le beau visage de Théophraste. Il pressa la main du vieil homme entre ses doigts.

— Vous trouvez toujours les mots, monsieur.

Le vieil homme se pencha pour dissimuler les larmes qui affleuraient à ses paupières. Ces derniers temps – était-ce l'âge ? –, il pleurait souvent. Au lieu de le contrarier, cet état l'enchantait, lui à qui, dès son plus jeune âge, on avait appris à retenir ses larmes. Quant il était seul, il pleurait à loisir, tout à la joie de se sentir si lourd d'émotions et si léger ensuite. Pleurer de joie ou de chagrin, c'était être toujours vivant.

— On m'a dit, reprit-il, qu'à la faculté vous osez remettre en cause la médecine du sacro-saint Galien et la logique aristotélicienne qui veut que « les contraires guérissent les contraires » ! Cela déplaît fort !

— Peu m'importe, je ne vais pas garder pour moi-même le fruit de mes réflexions, de nos réflexions, mon père ! répliqua Théophraste avec véhémence. Je crois, tout comme les savants arabes et Paracelse, qu'un médecin doit se fonder sur l'observation et l'expérience et je trouve qu'il y a dans la théorie des signatures, le *similia similibus curantur*,

« les semblables guérissent les semblables », plus de vérité que dans tout ce qu'on nous a enseigné et nous enseigne encore !

— Vous oubliez qu'en attaquant Galien, vous vous opposez aux choix de l'Église.

— Mais non, mon père, je ne m'y oppose pas. Je crois que la science doit rester liée au sacré. Il ne peut y avoir de science sans démarche spirituelle, j'en suis convaincu.

— Je sais, mon fils, combien vous êtes sincère, dit le vieil homme en hochant la tête. Mais vous ne comptez pas que des amis à la faculté, et vous effrayez certains hommes d'Église, incapables de comprendre vos travaux et votre logique. Et puis n'oubliez pas que nous autres, médecins, tenons nos titres des mains du représentant du pape. Et qu'il suffit d'un geste de ce dernier pour être rayé de notre ordre.

Théophraste resta muet. Il n'imaginait pas que ses opposants – et il était assez lucide pour voir qu'ils étaient nombreux – seraient si virulents que leurs plaintes arriveraient aux oreilles de son père.

— Rassurez-vous, monsieur mon père, reprit-il, ce sont juste des discussions. Parfois vives, je vous l'accorde, mais rien de sérieux.

— Ce n'est pas ce qu'on m'a dit, répliqua Antoine. Même votre frère, à qui je parlais l'autre jour, ne vous approuve pas et s'inquiète pour votre avenir.

— Malgré le respect que je lui dois, Robert n'a jamais approuvé mes choix ! répliqua Théophraste. Il voulait que, comme lui, je devienne le médecin attitré d'un puissant seigneur qui aurait assuré ma fortune. Peu me chaut d'être vêtu de soie, de manger trois repas par jour et d'avoir au cou une chaîne d'or que mon maître tiendrait bien serrée !

Théophraste faisait allusion au luxueux bijou offert par Monsieur, le frère du roi, à son aîné.

— Mon fils, un peu de respect pour monsieur votre aîné ! Ce ne sont point des propos dignes de vous. Et puis, nombre de médecins, comme monsieur Paré, se sont mis au service des grands !

Le sourire qu'il avait réprimé, le ton quasi amusé d'Antoine Le Noir adoucissaient la rudesse du reproche. La mort de sa femme l'avait rapproché de son cadet au lieu de l'en éloigner. Et ce dernier possédait la beauté de celle qui lui avait donné le jour.

— Pardonnez mon emportement, monsieur, s'excusa l'alchimiste. Mais j'ai choisi une autre voie, vous le savez.

— Vous êtes si dissemblables, Robert et vous ! Ma pauvre femme en aurait été attristée. Cela au moins lui aura été épargné.

Marguerite Le Noir était morte en donnant naissance à Théophraste. Une mort due davantage à une mauvaise chute dans l'escalier trop raide de leur maison qu'à l'accouchement. Escaliers qui avaient aussi failli coûter la vie à Antoine, bien des années plus tard, et l'avaient privé de l'usage de ses jambes.

Le vieil homme garda le silence en hommage à son épouse. Il ne s'était jamais remarié et s'était consacré à part égale à ses cours à la faculté et à l'éducation de ses fils.

— Mais revenons à ce que nous disions, dit-il au bout d'un moment. Il y a au moins un homme à la faculté qui essaye de vous nuire et qui y arrive fort bien !

— Vous pensez au docteur régent, Mathieu Humières ?

— Celui-là même !

— Sans vouloir vous porter offense en parlant ainsi d'un confrère, monsieur mon père, cet homme n'est qu'une outre gonflée d'air !

— Allons ! Allons !

— Je ne comprends même pas qu'on lui ait donné son titre. L'un de ses patients, rien de moins que le prévôt de Paris, Antoine Duprat, a failli mourir tant ses remèdes étaient pires que la maladie. Sans mon aide, d'ailleurs, ce serait le cas. Et même si je n'en ai pas fait étal, depuis monsieur Humières me hait. Rien d'inquiétant, pour autant, ce n'est qu'un pleutre !

En prononçant ces derniers mots, Théophraste se demanda si Humières n'était pas celui qui en voulait à sa vie. Il tourna et retourna cette désagréable idée dans sa tête puis la repoussa. Il voyait mal le gros docteur régent dans ce rôle.

— Les lâches sont des gens dangereux, mon fils ! insista Antoine Le Noir. Ne le sous-estimez pas. De plus, on dit qu'il est en faveur à la Cour et que l'archifavori du roi le protège.

— D'Épernon ou Joyeuse ?

— Joyeuse.

— Qui vous a dit cela ?

— Vous savez bien.

Son père connaissait la faculté mieux que quiconque. Il avait travaillé avec le grand Jacques Du Bois, dit Sylvius, et avec Jean Fernel. Il avait ses informateurs, le plus puissant d'entre eux étant le chancelier de Notre-Dame, représentant du pape à Paris, sans l'aval duquel ne pouvait être accordée aucune licence de médecine.

— Je vous fais promesse d'être plus prudent dans mes propos, monsieur mon père, et de prendre garde à ce monsieur Humières. Mais je vais vous demander l'autorisation de partir, je dois assister au *probatio temporis* d'un bachelier et voir Niçolas Houel.

— Allez, allez, mon fils ! Je ne vous retiens pas davantage. Vous le saluerez de ma part, c'est un homme de bien. Un dernier mot cependant, comment va ma chère petite-fille ?

— Le mieux du monde, mon père, répondit rapidement Théophraste. Que puis-je vous dire, elle est de plus en plus belle et intelligente. Elle achève une lettre que je vous remettrai à ma prochaine visite.

— Quand donc la laisserez-vous sortir, mon fils ? soupira Antoine. Elle a seize ans ! Vous savez combien j'approuve la plupart de vos choix, et vous êtes maître chez vous, mais cette décision-là...

Le visage de l'alchimiste se ferma.

Les deux hommes s'étaient déjà affrontés maintes fois sur ce sujet, Antoine allant jusqu'à se brouiller avec son fils et à refuser de le voir tant qu'il ne lui amènerait pas sa petite-fille. Une fâcherie qui aurait duré plusieurs années si le vieil homme n'était tombé malade et si la cuisinière n'était allée chercher Théophraste, accouru pour soigner son père.

Pourtant, malgré l'amour qu'il portait à ce dernier, l'alchimiste n'avait pas cédé. Et le vieil homme n'avait vu grandir sa petite-fille que les rares fois où il s'était fait porter chez elle, avant que sa dernière chute ne lui interdise tout déplacement.

Il hocha tristement la tête.

— Allez donc, mon fils.

16

Il n'y avait qu'un pas entre le domicile de son père et la faculté de médecine, qui était dans la même rue. Alors qu'il allait franchir le porche, pris dans le flot des écoliers et des bacheliers, il se heurta au docteur régent Mathieu Humières.

Le visage poudré, ses rares cheveux lissés et crantés, l'homme portait sous la robe rouge, insigne de son rang, un riche pourpoint violet à petites basques. Ses chausses à trousses, parme, étaient prolongées par des bas de soie et des souliers de cuir de Cordoue à boucles d'argent. Quant à son bonnet, il était de soie noire, piqué d'une perle. Une tenue plus appropriée pour la Cour que pour la faculté.

— Quel agacement, vous ne trouvez pas, mon très cher confrère ! grommela le gros homme. Toute cette foule, et ces odeurs ! Certains ont dû oublier de se laver. Mais je ne pensais pas vous voir, ce jourd'hui.

— Vous m'attendiez ailleurs qu'en ces lieux, docteur régent ?

Ils étaient face à l'ancienne maison des chartreux qui servaient aux leçons.

— Euh, non... Je crois d'ailleurs que nous assistons au même *probatio temporis* chez notre doyen. Ce Jehan Salurscat, que nous allons auditionner, est un élève qui mérite d'être bachelier, ne croyez-vous pas ? Son père était médecin attitré du duc de Lorraine. Non, je vous croyais avec votre ami l'apothicaire. Le pauvre, je l'ai vu, l'autre jour, depuis que la crue de la Bièvre a ruiné sa Maison de la Charité chrétienne[1], il a l'air épuisé.

Mathieu Humières n'aimait que ceux qui pouvaient servir son ascension sociale et Nicolas Houel, qui dépensait sa fortune pour les pauvres et les orphelins, n'en faisait pas partie.

— Vous êtes bien renseigné, cher collègue.

— Je m'intéresse et puis, ces derniers temps, vous vous faisiez rare, fit Humières de cette chaude voix de basse qui lui valait tant de succès pendant ses *lectiones ordinarie*.

— Si j'avais su que je vous manquais, répliqua Théophraste, je serais venu plus souvent, mon cher.

Humières, même s'il sentit la pique, n'en laissa rien paraître.

— Toujours vos pauvres, j'imagine !

— Vous ne pouvez savoir comme ils sont nombreux, mon cher docteur !

L'autre esquissa une moue dégoûtée.

— Il faudrait les enfermer ou les jeter hors la ville ! Mais parlons d'autre chose, voulez-vous ? Vous savez comme j'admire monsieur votre frère. Saluez-le de ma part. Quel homme érudit, quel parcours ! Et si apprécié de Monsieur le frère du roi qui m'en parlait encore l'autre jour. Un grand médecin, vraiment !

Théophraste s'efforça de garder son calme.

— Au fait, cher docteur régent, on m'a fait savoir que vous critiquiez fort mon étude sur Paracelse et ma position sur Galien ?

Les yeux du gros homme s'arrondirent.

---

1. Maison implantée en 1578, faubourg Saint-Marcel, elle comprenait une chapelle, un orphelinat, un hôpital, une apothicairerie et un jardin des apothicaires.

— Qui vous a dit cela ? Mais non, jamais ! On vous a menti. J'apprécie grandement votre savoir, cher collègue. Et cette curiosité qui vous mène sur des chemins que nous autres, gens ordinaires, évitons. Votre frère pourra vous le dire, je suis un de vos fervents admirateurs.

Le mensonge était si évident que Théophraste, dégoûté, marmonna :

— Je dois vous laisser. Nicolas Houel est là-bas qui m'attend. Je vous salue, monsieur.

Et il tourna les talons, repoussant une nouvelle fois l'idée que ce couard ait pu vouloir attenter à sa vie.

17

— J'sais rien, j'vous dis !

Vêtue d'une robe aux tons passés qui avait connu des jours meilleurs, un méchant châle sur les épaules, le visage plus ridé qu'une pomme, les yeux enfoncés dans les orbites, la vieille secoua la tête.

Elle travaillait aux Halles depuis plus de cinquante ans, à arpenter les allées, parmi les marchands et les badauds. Elle était la plus ancienne des femmes amoureuses. Elle en avait tant vu et depuis si longtemps ! Après la rue, elle avait réussi à travailler en chambre. Un endroit misérable que lui enviaient ses consœurs. Une pièce minuscule au rez-de-chaussée d'une ruelle sordide qui sentait la pisse, dont la saleté et la pauvreté étaient masquées par des étoles, des tapis, des coussins, aussi usés que leur propriétaire.

La vieille se tassa un peu plus sur son tabouret. C'était le seul meuble avec le grabat recouvert d'une couverture élimée qui lui servait de lit.

— J'ai rien à dire.

Le sergent Nicolas la toisa d'un air sévère.

— C'est donc, la mère, que tu veux aller visiter le Châtelet, reprit-il, menaçant. On nous a dit que tu connaissais les filles qui sont mortes.

La vieille avait fait la grimace en entendant le nom du Châtelet.

— Tout le monde y les connaît. Mais j'savais pas qu'elles étaient mortes, protesta-t-elle, ses maigres bras serrés autour de son torse, le regard farouche. Et pourquoi j'vous croirais, d'abord ? Qui me dit que c'est pas des menteries, qu'elles sont vivantes et que vous leur voulez des ennuis ?

— On te dit la vérité et bientôt tout Paris le saura. Elles sont mortes comme la Ninon, tu la connaissais, la Ninon ?

— J'sais rien. Pourquoi vous êtes venus me voir, moi ?

— C'est normal, t'es l'aînée. Comme qui dirait l'ancêtre des puterelles.

Jean du Moncel ne disait mot. Adossé au mur, il observait la scène sans broncher.

— Remarque bien, reprit le sergent, j'suis pas mauvais bougre, je peux te laisser le choix. Y a plusieurs prisons chez nous, tu dois en avoir entendu parler. Y a la Barbarie, l'Oubliette, la Fosse... à moins que tu ne préfères l'Entre-deux-huis ? On y vit tout aussi bien. Les rats y sont partout les mêmes, les aragnes aussi.

Les yeux de la vieille s'agrandirent. Elle commençait à comprendre qu'elle risquait d'être conduite au Châtelet. Et pas comme d'habitude, quand elle ne restait que quelques jours avant d'être relâchée. Non, peut-être même qu'on l'oublierait. Car, quand on n'y mourait pas sous la torture, c'était l'agonie dans une geôle avec le pain de misère et l'eau de chagrin pour tout réconfort.

Jean sentit que c'était le moment d'intervenir.

— Il suffit, sergent ! ordonna-t-il. Laissez-moi seul avec madame.

L'officier s'inclina devant son supérieur et sortit, refermant derrière lui.

La ruelle sur laquelle donnait la demeure de la puterelle était déserte, mais Nicolas Sénéchal s'en éloigna de quelques pas, tant l'odeur y était insupportable.

Était-ce le fait de se faire appeler « madame » par un vrai monsieur, la femme esquissa un sourire édenté ressemblant à une grimace.

— Quel est ton nom ? demanda le jeune commissaire.

— Ben… avant, c'était la Marthe qu'on m'appelait, mais maintenant, tout le monde m'appelle la Grenouille. Vu que je suis devenue aussi belle que François de France. Sauf votre respect.

Jean réprima un sourire. Atteint par la vérole, le frère cadet du roi était, disait-on, « l'un des plus laids hommes qui se voyaient[1] ». Il était affublé de bien des surnoms, y compris celui-là, donné affectueusement par Élisabeth d'Angleterre à qui on voulait le marier.

— Hors donc, Marthe, comprends bien que si tu persistes à te taire, je ne pourrai plus te sauver. Tu n'as rien fait, je le sais. Je le sens. Et la seule chose que je veux, moi, c'est trouver celui qui a tué. Si je

---

1. Selon Henri de La Tour d'Auvergne.

ne l'arrête pas, il y aura d'autres morts. Et ce n'est pas cela que tu désires, n'est-ce pas ?

— Que sait un monsieur comme vous de ce qu'on veut, nous autres ? marmonna la vieille.

Elle avait peur, c'était sûr, mais de qui ?

— Je sais que tu n'es point si indifférente que tu veux me le faire accroire. Tu en as aidé plus d'une, soigné certaines, nourri d'autres. Les filles t'aiment bien.

— Pourquoi un monsieur s'occupe de nous ? L'en meurt tous les jours des femmes amoureuses, s'obstina Marthe, de la rancœur plein la voix.

Le jeune homme savait qu'elle disait vrai. Qu'ici, à Paris, où elles étaient si nombreuses, les puterelles étaient souvent traitées pire que du bétail.

— Tu parles juste, Marthe. Il en meurt, de froid, de faim, de maladie, mais celles-là ne sont ni mutilées ni torturées.

Un frisson courut sur le corps de la pauvre femme.

La voix de Jean se fit plus grave.

— Je ne suis point d'ici, Marthe. Et sur mes terres, en pays de Cotentin, on ne maltraite point les femmes. Que vous soyez catin, bourgeoise ou femme de seigneur, il n'y a point de différence pour moi. Je veux trouver celui qui a fait ça... Et le mener en place de Grève pour qu'il paye !

La voix du jeune homme monta.

— Tu peux m'aider, tu dois m'aider ! Et, si tu crains pour ta peau, palsambleu, je te jure devant Dieu que nul ne saura rien de tes confidences que moi-même !

Le silence retomba.

La vieille réfléchissait, mais la véhémence du jeune homme semblait l'avoir touchée.

Elle se pencha et murmura :

— Y a des fêtes...

Jean l'encouragea du regard, se gardant bien de parler de peur qu'elle ne s'effarouche et ne change d'avis.

— Chez des seigneurs.

Le jeune homme s'efforça de ne rien montrer du trouble que cette révélation jetait en lui. Il se doutait bien que ce n'était pas une affaire simple que celle-là, mais si, en plus, des grands du royaume y étaient mêlés...

— Les filles sont bien payées, mais moi, dès le début, j'leur ai dit de se méfier... M'ont pas écoutée. Y en a des qui ont disparu, une qu'on a retrouvée à l'eau, la Ninon dont y parlait votre ange, et maintenant c'est au tour de la Guillemette et de la Jeanneton...

— Tu savais donc bien qu'elles étaient mortes ?

— Chez nous, les nouvelles circulent plus vite que vous ne mettez un pied devant l'autre, commissaire. C'est un orphelin qui m'a prévenue.

— Tu veux dire que ces fêtes durent depuis un moment ?

— Oui.

— Que sais-tu d'autre ?

— À chaque fois, ils prennent une dizaine de filles ou davantage, et les habillent comme des dames. Il y a un banquet, des danses, des musiciens, et tout cela se passe dans un palais. Le problème est qu'elles ne reviennent pas toutes...

— Sais-tu qui sont ces seigneurs ? Et où cela a-t-il lieu ?

La vieille s'était recroquevillée sur elle-même. Jean ramassa le châle qui avait glissé de ses épaules et le lui remit avec douceur.

— Non, j'sais rien d'autre. Mais demandez à l'Espagnole, finit-elle par lâcher. C'est ma petite-fille,

elle y est allée, elle. Venez de ma part, elle vous dira tout. Mais promettez, faudra la protéger.
— Je te le promets, Marthe.
— Moi, j'ai point peur, continua la pauvre femme, j'suis trop vieille, la Mort me sera plus douce que la vie.

18

Jean avait rejoint le sergent dans la rue, non sans avoir auparavant glissé discrètement quelques piécettes dans la coupelle vide réservée aux clients.
Une fois dehors, il sortit de la ruelle et respira. Le sergent l'attendait non loin de là, immobile à l'abri d'un porche.
— Tout va bien, sergent ?
— Oui, monsieur le commissaire. Nul n'a tenté d'entrer.
— Cette pauvre femme ne doit guère avoir de soupirants.
Le petit commissaire marqua un temps.
— J'ai bien peur que nous n'ayons débusqué un animal plus dangereux qu'un sanglier... Une affaire qui va déplaire au lieutenant criminel.
Il expliqua en quelques mots les confidences que Marthe lui avait faites, puis il se tut, regardant sans les voir les passants qui se bousculaient devant eux.
Nicolas, qui avait l'habitude des silences du commissaire, attendit sans mot dire.
« Des soirées où l'on torture et tue des puterelles »... Les pensées du jeune Normand s'entrechoquaient. Il cherchait à trouver un sens à tout cela, à le relier à

d'autres dossiers, plus anciens. À des orgies dont on lui aurait parlé. « Des soirées organisées par de riches seigneurs... peut-être même, en présence du roi et de ses mignons, tant de bruits courent sur la famille royale... »

Il sortit enfin de ces sombres réflexions :

— Vous qui connaissez bien les courtisanes, sergent, avez-vous entendu parler de cette Espagnole qui serait la petite-fille de Marthe ?

— Oui, monsieur le commissaire, même si je ne savais pas qu'il y avait parentèle. Elle travaille rue Saint-Denis. Une belle fille qu'on regrette de voir arpenter le pavé.

— Conduisez-moi !

Ils allèrent, le sergent ouvrant la marche, le commissaire derrière, les mains dans le dos, le front plissé. Les deux hommes fendaient la foule, croisant des marchands ambulants, criant les herbes, l'hypocras, l'eau fraîche, les pâtés tout chauds, le fil et les aiguilles, les rubans...

— Qui n'en veut ? Les belles oublies ! Avec du miel d'abeilles sauvages ! Les belles oublies !

Jean s'arrêta net devant la petite marchande, une fillette aux joues rouges, les cheveux tressés en macarons, vêtue d'une simple blouse de toile, son plateau attaché autour du cou par des ficelles. Sur un lit de feuilles et de coquelicots reposaient de jolis cornets dorés.

— Par ma foi, j'espère qu'elles sont aussi bonnes qu'elles sont belles ! s'écria-t-il, sentant sa faim se réveiller. Combien ma jolie ?

— Pas chères, monsieurs, deux sols les quatre !

Et elle se remit à clamer d'une petite voix aiguë d'enfant :

— Elles sont bonnes, mes oublies, avec de l'amande et de la fleur d'oranger !

— Donne-m'en huit, fillette ! demanda Jean que la vue des pâtisseries faisait saliver.

Il posa les piécettes dans le panier et la gamine enroula d'un geste preste les gaufres dans une petite natte de foin tressé avant de les lui tendre.

Elle s'éloignait déjà, cherchant d'autres clients.

— Elles sont bonnes, mes oublies ! Qui n'en veut ?

Jean en offrit au sergent revenu sur ses pas, tandis qu'il mordait avec délices dans la pâte tiède.

— Dieu que c'est bon ! fit-il malgré lui, arrachant un hochement approbateur au sergent dont l'appétit n'avait rien à envier au sien.

Quelque temps plus tard, alors que les oublies n'étaient plus qu'un arrière-goût sucré sur leurs langues et qu'ils avaient questionné en vain deux ou trois filles de la rue Saint-Denis, une catin aborda le commissaire :

— Qu'est-ce qu'il veut, mon jeune monsieur ? dit-elle en mettant son opulente poitrine sous son nez. Une belle fille comme moi ? J'suis libre, mon tout beau. Faut plus hésiter.

— Je cherche après une fille qu'on surnomme l'Espagnole, répondit Jean.

— L'est trop jeune pour mon seigneur. Mieux vaut l'expérience d'une fille comme moi.

— Réponds au commissaire ! Elle est où l'Espagnole ? fit Nicolas Sénéchal.

La femme esquissa un geste de recul devant le sergent en uniforme, puis une expression madrée apparut sur son visage couvert de fards aux couleurs trop vives.

— J'pourrais bien vous répondre, sergent, mais faudrait qu'j'y trouve mon compte, comprenez ? Les temps sont durs.

— Tu auras droit à notre gratitude, la belle ! répliqua Nicolas. Les gens du Châtelet n'oublient jamais les services qu'on leur rend !

À ces mots, la puterelle pâlit et fit mine de s'éloigner, mais le sergent la prit par le bras sans ménagement.

— Tu fais attendre monsieur le commissaire, ma toute belle. Ce n'est pas une bonne idée !

La femme marmonna :

— La trouverez à l'auberge des *Quatre Piliers*, y est souvent.

— Merci, la belle. À te revoir, fit Nicolas en relâchant son étreinte.

Ils repartirent, se frayant un passage à travers la foule qui se pressait aux étals et aperçurent bientôt une vieille bâtisse soutenue par des colonnes au-dessus de laquelle grinçait une enseigne qui avait connu des jours meilleurs.

Deux hommes en sortirent en titubant, la trogne rouge, le regard vague de ceux qui ont trop taquiné le tonneau.

— Restez par là, sergent ! Votre uniforme est trop voyant. Je vous appellerai s'il est besoin.

— Bien, monsieur le commissaire.

Jean entra, basculant d'un coup dans la pénombre d'une salle longue et basse. Une fois ses yeux accoutumés à l'obscurité, il regarda autour de lui.

De la fumée montait d'une cheminée où bouillonnait une mauvaise soupe d'abats de porc, de légumes et d'oignons. Malgré la faim qui lui tenaillait toujours l'estomac, l'odeur nauséabonde du ragoût lui souleva le cœur.

Dans un coin, des hommes buvaient, attablés autour d'une barrique. Dans un autre, deux gaillards aux allures de porteurs des Halles jouaient aux dés, assis sur une natte de paille. Un groupe de filles de joie les encourageaient de la voix, riant haut et fort. L'une d'elles se distinguait des autres. Très brune avec des cheveux descendant jusqu'à sa taille mince, elle avait un air de fierté inhabituel chez les courtisanes.

Jean comprit mieux les paroles du sergent : on aurait voulu la voir faire un autre métier que celui-là. Il n'eut pas le temps de l'approcher qu'une matrone, son énorme ventre ceint d'un tablier, l'abordait, le ton mielleux. De rares cheveux gras couronnaient sa tête chauve, ses yeux étaient si enfoncés et petits qu'on n'en voyait pas la couleur. Elle était noire de crasse comme l'intérieur de son logis.

— Que désire mon gentil seigneur ? Manger, boire, ou bien une chambre avec une femme amoureuse ? Ici, on a tout ce qu'un homme du monde désire.

Jean décida aussitôt que la meilleure façon de ne pas mettre en danger l'Espagnole était de se comporter en client.

— Monte-moi un pichet de vin dans ta meilleure chambre et je veux cette fille, là-bas, la brune ! ordonna-t-il.

— Mon seigneur a bon goût. L'Espagnole est fraîche et jeune, quasi pucelle !

— Épargne-moi tes commentaires, la commère !

— Bien, mon seigneur ! fit l'énorme femme en se renfrognant.

Elle hurla :

— La Mouche, viens-t'en !

Un minuscule et maigre garçonnet jaillit de sous la table où il somnolait, recroquevillé à même le sol de terre battue.

— Conduis mon seigneur à notre meilleure chambre ! ordonna-t-elle comme s'ils étaient dans l'enceinte du palais du Louvre et non dans une infâme gargote. Si vous voulez bien vous donner la peine, mon seigneur. Je m'occupe du reste, la fille va vous rejoindre tout de suite.

Le jeune Normand acquiesça d'un signe de tête et monta l'escalier branlant derrière le gamin. Une fois sur le palier, ils suivirent un couloir sur lequel donnaient plusieurs portes. Le garçonnet ouvrit celle du fond.

La chambre, ainsi qu'il s'y attendait, était crasseuse. Sur la paillasse si élimée que le foin passait à travers la toile, des taches noires soulignaient la présence de puces et de punaises.

Jean allait et venait dans la pièce, quand la fille entra.

— Bien le bonjour, mon seigneur, fit-elle. Vous m'avez mandée, je suis à vos ordres.

Elle allait se déshabiller, faisant déjà glisser ses jupons.

— Attends !

L'Espagnole s'immobilisa, relevant son petit menton pour mieux dévisager son client. Au même moment, Mouche entra, portant le pichet de vin demandé. Le Normand l'en débarrassa, non sans lui avoir glissé une piécette.

— Merci, mon seigneur, fit ce dernier en mordant dans la monnaie avant de refermer derrière lui.

— Assieds-toi, veux-tu !

L'Espagnole refusa le tabouret branlant que le jeune homme lui proposait.

C'était par trop inhabituel, ce monsieur à l'air sérieux qui voulait juste discuter. Elle avait soudain l'attitude inquiète d'un jeune animal traqué.

— Comme tu voudras. Je ne te veux aucun mal, la rassura-t-il en s'asseyant. Juste te parler. C'est ta grand-mère, Marthe dite la Grenouille, qui m'envoie.

Le petit visage se détendit.

— Je lui ai promis de te protéger. Et ne te soucie pas, j'ai de quoi payer.

— Si vous voulez me protéger, monsieur, répliqua la fille d'une voix rauque, c'est donc que vous pensez que je suis en danger.

— Oui.

— Mais pourquoi ? Et qui êtes-vous ?

Au lieu de répondre, Jean se leva d'un bond et ouvrit la porte, découvrant le jeune Mouche agenouillé derrière.

— Te voilà qui écoute aux portes maintenant ! Si c'est ta maîtresse qui t'envoie, dis-lui que la fille et moi faisons affaire. Que tu l'as entendue crier de plaisir.

— Moi, j'veux bien, mais...

— Tiens, prends ça, fit le commissaire en lançant une nouvelle pièce que le gamin attrapa au vol. Et fais ce que je t'ordonne. Je suis de caractère aimable, mais point stupide. Si tu me trompes, gare à toi !

— Point j'vous tromperai, mon seigneur. La vieille, elle me cogne et vous, vous me donnez des sous ! J'sais où est mon intérêt, rétorqua le gosse en dissimulant la piécette sous ses haillons.

Le Normand referma la porte, laissant le garçon rebrousser chemin.

— Quel est ton nom ? fit-il en s'asseyant devant l'Espagnole qui n'avait pas bougé.

— Blanche, monsieur. Ma mère m'a dit qu'avec un nom comme ça, j'finirai pas sur le pavé comme elle.

— Si tu le veux vraiment, je t'aiderai à sortir de là, mais en échange...

— Que voulez-vous ? demanda-t-elle.

— Mon nom est Jean du Moncel, je suis commissaire-enquêteur au Châtelet.

Elle pâlit un peu sous son hâle, puis murmura :

— Ressemblez pas aux autres.

— Je suis pourtant celui que je te dis. J'enquête sur la mort de Guillemette et de Jeanneton.

— La mort ?

Les yeux noirs s'étaient agrandis de surprise.

— On vient de trouver leurs cadavres flottant dans la Seine. Je veux trouver celui qui les a tuées.

L'Espagnole se laissa tomber sur le tabouret, la tête entre les mains.

— Tuées ?

Elle resta prostrée un long moment avant de se redresser.

— Cela fait plus de quatre jours que j'les ai point vues, monsieur le commissaire.

— Marthe m'a dit que tu avais participé à certaines fêtes organisées pour des seigneurs.

— Elle a dit ça...

— Y as-tu participé, oui ou non ?

La fille hésita.

— Promettez de m'aider alors. J'veux quitter la rue. Et je vous dirais tout ce que je sais.

— Je promets.

— Il y a bien eu une fête, il y a deux jours, comme celle dont parle grand-mère, mais ni Guillemette ni Jeanneton n'étaient là.

— Tu es sûre ?

— Oui.

Elle resta un moment silencieuse.

— Mais je vais vous conter la première fête, pour que vous compreniez mieux...

L'Espagnole expliqua Brisenez, la voiture bâchée, la pièce où elles se dénudaient devant un mystérieux personnage dont elles ne connaissaient ni le visage ni le nom.

— Après nous avoir montrées à son maître, le laquais nous emmène dans un autre lieu, une sorte de palais.

Elle parla des seigneurs qui les traitaient comme des dames avant que tout cela ne devienne la pire des orgies.

— C'était y a un mois.

— Ninon était avec vous ?

— Oui, mais une fois au palais, on l'a emmenée vers les étages avec deux autres dont je ne connaissais pas le nom et que j'ai point revues ensuite. Faut dire qu'elles venaient des faubourgs Saint-Marcel et Saint-Victor.

— Ensuite, on a retrouvé Ninon morte dans la Seine et tu ne sais pas ce que sont devenues les autres, si elles sont mortes ou vives...

L'Espagnole acquiesça d'un signe de tête.

— Et malgré cela, tu as quand même accepté d'y retourner ?

— La mort m'effraie pas. Et puis, avec mes sous, j'aide Marthe...

— Continue.

— Y a deux jours, j'suis point allée jusqu'au palais...

— Pourquoi ?

— J'sais pas, mais ce chien de Brisenez m'a renvoyée avec de l'argent pour payer mon silence.

Sa voix s'était durcie.

— Comme j'étais point à la fête, faudrait demander à une autre si elle a vu Guillemette et Jeanneton.

Elle réfléchit.

— L'Esclavonne, si vous la payez, elle parlera.

— L'Esclavonne ?

— Vous la trouverez facilement. Elle a des cheveux si blonds qu'ils paraissent blancs et elle est grasse, mieux qu'une motte de beurre.

Une idée s'imposa au petit commissaire qui s'était levé et marchait de long en large, les mains dans le dos.

— L'homme qui organise tout cela doit bien apparaître à visage découvert. As-tu vu le maître de maison ?

— Je ne sais pas... Il faudrait que je réfléchisse...

La fille s'arrêta net. Un pas lourd résonnait dans l'escalier. Sans doute la matrone. Jean mit un doigt sur sa bouche, lui faisant signe de parler bas.

— Nous n'avons plus beaucoup de temps, soufflat-il en mettant du désordre dans ses vêtements. Peux-tu me décrire tous les détails dont tu te souviens ? Sur la première maison et le palais.

La fille s'exécuta, à voix basse, rapidement.

Le bruit de pas s'était arrêté. La matrone devait souffler, cramponnée à la rampe. Jean jeta sa cape sur son épaule et se leva.

— Je me souviens d'une antichambre tapissée de tentures, le cabinet où nous attendions avait des rideaux de velours rouge. Dans une alcôve étaient disposés un grand fauteuil, rouge lui aussi, et une sorte de commode aux portes avec des petits morceaux de bois de couleurs différentes.

— De la marqueterie, continue.

— Il y avait aussi une horloge avec des roues et des sortes de poids et un buste d'homme en pierre blanche... et un lit de repos entouré de candélabres d'argent sur lesquels s'enroulaient des branches de lierre.

Les pas s'approchaient.

— Tu m'as déjà beaucoup aidé. Réfléchis à ce maître de maison, je suis sûr que tu l'as croisé.

L'Espagnole le regarda d'une drôle de façon.

— Vous tiendrez promesse ?

— Oui, Blanche. Tu es toujours aux *Quatre Piliers* ?

— Oui, sinon rue Saint-Denis.

— C'est bien, l'Espagnole, voila ton dû ! dit-il à voix haute.

Et tout en ébouriffant sa tignasse brune, il jeta un écu sur le lit.

— C'est pour toi seule, murmura-t-il avant de hausser le ton. Je reviendrai demain.

Sa cape sur l'épaule, le pourpoint dégrafé, la chemise sortie des braies, il ouvrit la porte et se trouva nez à nez avec la tenancière.

— Mon seigneur va bien ? fit celle-ci en essayant de regarder dans la chambrette.

Jean claqua la porte et, en se rhabillant, poussa la femme vers l'escalier.

— Descends, que je te paye ton écot, la commère ! répondit-il sèchement. Dorénavant, cette fille-là est à moi. Prends-en soin et je ne serai pas un ingrat.

LA MAISON CHYMIQUE

19

Sybille traversa le potager avant de s'enfoncer dans ce qu'elle appelait en plaisantant la « Profonde ». Car c'était, bel et bien, une petite forêt qui poussait derrière leur maison, un bois oublié, protégé de la ville par de hauts murs. Avec un chêne centenaire, des charmes, des ifs, des noisetiers, des sorbiers dont les fleurs attiraient les abeilles, et les fruits rouges, les oiseaux…

Dans la pénombre, des fougères déroulaient leurs frondes, leur vert clair tranchant sur le tapis bleu des pervenches. Aubépines, lierres et chèvrefeuilles grimpaient à l'assaut des arbres et par endroits les plantes étaient si serrées que le chemin qui serpentait entre elles disparaissait presque.

Enfin, tout au bout, se dressait la Maison Chymique, comme l'appelait son père. Vieille bâtisse de pierre où il travaillait chaque nuit avec Jacob et où, depuis deux ans, elle les avait rejoints, les assistant en silence, ranimant le feu, préparant, distillant. Il n'y avait plus que là, dans le monde mystérieux de recherches de Théophraste, que se calmaient ses envies d'ailleurs et toutes ses impatiences.

Elle apprenait, elle expérimentait, faute de pouvoir explorer le monde du dehors. Ce monde qu'elle ne pouvait qu'imaginer et qui restait un rêve éveillé, une mosaïque dont elle rassemblait les morceaux épars.

Comme chaque fois qu'elle venait ici, elle poussa lentement le battant pour ne pas réveiller Jacob mais, surtout, pour laisser les odeurs l'envahir. Mélange de salpêtre, de camphre, de cendres, de métal, de graisse animale, de soufre...

Par les fenêtres aux châssis recouverts de papier vérine filtrait une lueur jaunâtre qui éclairait une table chargée de mortiers, de pilons, une balance, des sabliers... Un peu plus loin sur un lutrin, un grand livre était ouvert, à côté d'un candélabre à l'étain recouvert de cire fondue, se trouvait l'écritoire où son père consignait tous ses travaux.

Elle était entrée sans bruit, refermant comme on referme la porte d'une église.

Jacob ronflait, couché sur sa paillasse, sous une table à tréteaux. Elle marcha à pas de loup, tout à l'amusement de le surprendre.

Des sacs de toile emplis de charbon de bois, des briques de tourbe et des rondins étaient alignés le long des murs. C'était dans cette première pièce qu'ils faisaient leurs préparations, là aussi que se trouvaient les minerais et les plantes achetés à des apothicaires ou à des marchands venus d'Orient, de la Baltique ou de plus loin encore. Il y avait là cinabre de Carinthie, soufre, antimoine, sandaraque, réalgar, hématite, orpiment... mais aussi valériane, gingembre, pavot, mandragore, herbe de la Saint-Jean, fougère, cheveux de Vénus, belladone, jusquiame, spirée, écorce de saule...

Elle se rendit compte soudain que Jacob avait les yeux grands ouverts et la fixait.

— Oh, mon Jacob, s'écria-t-elle, je t'ai réveillé ! Pardon ! Pourtant je n'ai point fait de bruit. As-tu faim ?

Le jeune homme se glissa aussitôt hors de sa couche, posant ses pieds nus sur le sol.

— Oui, très faim. Bien le bonjour, maîtresse.

Elle avait poussé ce qui encombrait la table et posé dessus son déjeuner.

— Tu sais que je n'aime pas que tu m'appelles ainsi. Avant, tu m'appelais Sybille.

— Vous n'étiez qu'une enfant, maîtresse.

— Oh, il suffit, tu es si têtu, allez, mange !

— Merci, répondit Jacob qui se mit à boire sa soupe et à dévorer son pain sans la quitter des yeux.

La jeune fille traversa la pièce en vérifiant que chaque chose était à sa place et passa dans la salle voisine.

Longue et basse, les murs et les plafonds noircis par la suie, elle était encombrée par la silhouette compacte des fours. Dans la cheminée – qui permettait d'en contrôler les ardeurs, une idée de son père – se trouvait le four à calciner. Fait d'argile à feu, de forme carrée, il mesurait « trois pieds sur trois avec des parois d'une épaisseur d'un demi-pied » ainsi que Geber le préconisait. Ensuite, venait une série de trois autres fours servant à la fusion, à la sublimation et à la dissolution. L'athanor, qui ressemblait au four à calciner, occupait le fond de la pièce. Les tables étaient couvertes d'alambics, de cornues, de creusets…

Autant la première salle était rangée autant ici tout paraissait désordonné, sali, rongé, brûlé. C'était le cœur de la Maison Chymique, le lieu où, jour et nuit, brûlaient, les feux. Sybille s'assit sur un tabouret, perdue dans ses pensées, contemplant l'athanor.

20

— Damoiselle Sybille ! Jacob !
C'était Jeanne qui frappait à la porte.
— Mademoiselle, avez-vous oublié que monsieur votre oncle arrive bientôt ? Et Jacob, ce fainéant ! Il doit porter le linge aux lavandières. Hâtez-vous donc !
Sybille se leva d'un bond.
— Mon Dieu, mon oncle ! s'écria-t-elle. Jacob, Jacob, as-tu fini ?
— Oui.
— Habille-toi vite, tu as entendu ?
Elle était déjà dans la pièce voisine à empiler le bol, la cuillère, époussetant les miettes du repas de l'apprenti qui se pressa, lui aussi, enfilant sa chemise de toile grise sur son torse nu.
Une fois dehors tous les deux, la jeune fille ferma et rangea la clef dans la bourse qui ne quittait jamais sa ceinture.
Jeanne avait couru d'une traite de la maison jusqu'à l'atelier de son maître et un peu de sueur perlait à la racine de ses cheveux blonds qu'elle portait remontés en un épais chignon. Elle avait eu un fiancé autrefois et perdu un enfant, mais à vingt-neuf ans elle gardait les joues rondes, le sourire et le doux regard bleu que Sybille lui avait toujours connu. Pour l'heure, cependant, elle attendait, les poings sur les hanches, les sourcils froncés.

— Damoiselle, fit-elle en secouant la tête, je vous préférerais avec des filles de votre âge à *haunter* les gars plutôt que de vous savoir fermée là-dedans ! C'est pas sain tout ça, j'vous dis. Et vous, Jacob, qui passez votre temps avec le feu !

Sa simplicité et son éducation normande l'avaient rendue superstitieuse. Les travaux de l'alchimiste l'effrayaient. Les fumées noires ou blanches qui montaient des cheminées, les lueurs des fourneaux la nuit, les odeurs étranges, les bruits… Tout cela avait pour elle des relents de magie et même de sorcellerie. Et Sybille avait beau lui expliquer que son père fabriquait des remèdes, elle se signait toujours en parlant de la Maison Chymique.

— Tu oublies ce qu'on t'a dit, ma Jeanne, protesta la jeune fille.

— Je sais ce que je sais ! affirma la Normande, en se signant de nouveau. Jacob, va porter le panier de linge que je t'ai préparé à la Guyonne. Elle t'attend.

L'apprenti hocha la tête, marmonnant un « Oui, madame Jeanne », avant de partir en courant vers la maison.

— Allons préparer quelques douceurs pour mon oncle. Tu sais comme il a le bec fin.

Elles revinrent à pas lents vers la maison, traversant le petit bois d'où s'élevait l'odeur sucrée du chèvrefeuille. Sybille glissa son bras sous celui de sa nourrice, inclinant sa tête sur son épaule.

— Et si tu me racontais l'histoire du rat qui est tombé dans la bouillie ?

C'était une façon de l'amadouer, de revenir à leur jardin secret à elles deux, aux contes et aux chansons d'avant.

— Une demoiselle comme vous ! Vous êtes bien grande pour une *randonnée minette*.

— Jeannon, insista Sybille d'une voix enjôleuse.

La nourrice céda, fredonnant l'une des comptines sans queue ni tête qui avaient bercé l'enfance de la jeune fille.

— *Le rat est mort, la ratesse en plleure, la pêle en pêlote, le trépi en trépiote…*

— *La pêle en daunche,* poursuivit Sybille, *le balai en nettie l'aire, la porte en sort hors des gounds, et la quérue s'en va quéruder amount les caumps.*

Elles éclatèrent de rire, peu charitables pour ce rat dont la mort avait semé tant de catastrophes, puis soudain Jeanne demanda :

— Quand donc vous déciderez-vous à vous habiller comme une personne de votre rang, mademoiselle ? Qu'aurait dit madame votre mère ? Elle qu'aimait tant les jolies robes !

— Sans lui manquer de respect, ma Jeanne, madame ma mère n'est plus là pour me tancer et quant à mon père, il n'y trouve rien à redire… Allons, ne nous disputons pas ! Et puis, à quoi bon me vêtir comme les autres, puisque je ne sors jamais et que je ne vois personne, hormis mon oncle !

L'alchimiste ne recevait jamais. Ses meilleurs amis, ceux qui avaient fait sauter Sybille sur leurs genoux comme l'apothicaire Nicolas Houel et leur cousin Guillaume Le Noir, libraire rue Saint-Jacques, la croyaient vivant en province. Son grand-père, Antoine Le Noir, avait eu beau se fâcher, rien n'y avait fait. Théophraste restait intraitable. Quant aux rares personnes qui se présentaient rue Perdue, elles ne voyaient de leur maison que l'antichambre ou le cabinet de son père.

Non seulement elle ne sortait pas, mais elle n'existait plus pour personne, même pour le frère de sa mère, Philibert de Neyrestan, qui passait son temps à la guerre quand il n'était pas sur les terres familiales en Auvergne.

Heureusement, il y avait l'oncle Robert, l'aîné des Le Noir. Médecin comme son cadet, il avait longtemps suivi Monsieur, le frère du roi Henri III, avant de revenir à Paris. Depuis, il la visitait régulièrement, la couvrant de cadeaux et lui racontant ce qui se passait dans le royaume et même au-delà. De caractère doux et caressant, il était son lien avec le monde et lui montrait une affection à laquelle elle n'était guère habituée, elle qui ne connaissait que la réserve et les silences de son père.

Elles étaient à peine revenues dans la maison que trois coups retentirent à la porte.

— C'est lui ! s'écria Sybille.

— Je vais aller ouvrir, mademoiselle. Allez vous coiffer et enfiler les vêtements que j'ai préparés sur votre lit. Et monsieur votre père qui n'est pas rentré !

— Monsieur mon père n'est jamais là, sauf la nuit ! répliqua la jeune fille en filant vers sa chambre. Fais asseoir mon oncle dans la salle à manger, ma Jeanne. Et offre-lui du vin de la Roche-aux-Moines, avec une carafe d'eau fraîche, des prunes séchées et le blanc-manger que tu as préparé hier soir.

— Oui, ma demoiselle, oui, fit Jeanne en se hâtant vers l'entrée où trois coups impatients et joyeux avaient de nouveau retenti.

Sybille brossa ses cheveux à la hâte, les noua en queue-de-cheval, enfila le pourpoint de velours vert sur sa chemise et mit à son cou une fraise de dentelle avant de se regarder dans le miroir de sa mère.

Elle faisait un jeune homme très présentable.

21

Robert Le Noir se tenait debout, le coude appuyé au linteau de la cheminée, sa main aux ongles soignés tapotant la pierre. De haute taille, vêtu de la grande robe rouge à fraise godronnée des médecins, une toque sur ses cheveux, une chaîne d'or – cadeau du frère du roi – sur son plastron, il avait un beau visage, auquel manquait toutefois la fermeté des traits de son cadet.

— Que monsieur mon neveu a la tournure élégante ! s'exclama-t-il en voyant entrer la jeune fille.

— Que monsieur mon oncle est beau ! répliqua-t-elle gaiement, en esquissant une révérence.

Il y avait chez lui une légèreté qui la ravissait et la changeait de la gravité et de la tristesse de son père.

— Quel bon vent vous mène rue Perdue, monsieur ?

— Dois-je vous l'avouer, ma nièce ?

— Oui, monsieur, il le faut !

— En tout premier lieu, le plaisir de vous voir, mademoiselle, et de fêter vos seize printemps ! Ensuite, plus sérieusement, celui de parler à monsieur mon frère.

— Il n'est pas encore rentré, mais cela vous laisse le temps de me raconter ce qui se passe à la faculté et au palais. Prenez place, mon oncle. Je suis si heureuse de vous voir !

Elle se pencha vers la table, saisit l'aiguière et versa du vin dans le verre qu'il lui tendait.

— Merci, merci ! Allongez-le d'un peu d'eau, je vous prie. Le vin pur me donne des aigreurs.

Après avoir déposé devant son oncle une assiette de blanc-manger et des prunes, la jeune fille s'assit sur le banc. Il mangeait lentement, l'air concentré et satisfait. Au bout d'un moment, il releva la tête et sourit.

— Je sais, mademoiselle ma nièce, vous me trouvez gourmand. Je le suis, par ma foi, et je m'arrondis chaque jour un peu plus. Bientôt, j'aurai des allures de père abbé.

— Ma foi, monsieur, je comprends mieux quelqu'un qui aime la vie que le contraire. C'est plaisir de vous voir vous régaler ainsi. Et ce n'est pas ma Jeanne qui me contredira.

Robert Le Noir lui caressa la joue.

— Vous êtes si mignonne, ma nièce. Qu'avez-vous fait depuis que je ne vous ai vue ?

— J'ai travaillé à la Maison Chymique, mais, une fois de plus, père a dit qu'il avait échoué.

— Il n'a pas choisi une voie simple. Cependant, connaissant son entêtement, il y arrivera. Et vous, comprenez-vous le sens de ses travaux ?

— J'aimerais bien, monsieur mon oncle, même si parfois c'est si complexe que j'ai l'impression de reculer plutôt que d'avancer.

— Vous n'avez que seize ans, belle enfant ! Tenez, revenons-y, j'ai pensé à vous. Il suffit de vous offrir des livres à chacune de mes visites !

— Vous savez que je n'ai point besoin de cadeau, seule votre présence m'importe et…

La jeune fille s'interrompit. Sans l'écouter, Robert avait sorti de sa sacoche une bourse de velours rouge sur laquelle était brodé au fil d'or le nom de Sybille.

— Je sais que vous n'avez guère envie de vous vêtir en damoiselle pour l'instant, ma nièce, mais un jour peut-être aurez-vous plaisir à porter ceci en souvenance de votre oncle qui vous aime tant ? Cela vient d'un des meilleurs joailliers de Florence.

— Monsieur, je ne sais si je dois accepter, fit Sybille tout en défaisant les cordons de soie avec un sourire d'enfant ravi.

Mais ce n'était pas un jouet de bois comme ceux que son père lui offrait autrefois. Elle resta saisie par la beauté du bijou qui scintillait dans la douceur du tissu. Une broche d'or, avec au centre une escarboucle d'un rouge profond, cernée de minuscules perles fines. C'était la première fois qu'on lui offrait quelque chose d'aussi joli.

— C'est trop beau, monsieur, souffla-t-elle.

Bien sûr, elle avait bien un carcan de perles, une croix d'or et un joli bracelet dans la cassette léguée par sa mère, mais rien de comparable au joyau qui miroitait dans sa paume.

— Rien n'est trop beau pour vous, ma nièce. Et puis, songez, je n'ai ni femme ni enfant, vous êtes un peu ma fille. Allons, ma nièce, acceptez simplement ce que je vous offre de même. Et embrassez-moi.

Il lui tendait les bras quand la porte d'entrée s'ouvrit.

Théophraste apparut. Il ôta son mantel et l'accrocha au clou avant de les rejoindre. Il étreignit son frère puis baisa Sybille sur le front.

— Pardon, monsieur, je devais voir Nicolas Houel et ne suis guère en avance.

— C'est toujours un plaisir de venir ici, vous le savez.

L'alchimiste, qui avait encore en tête sa discussion avec son père et celle avec Humières, demanda :

— Que me vaut le plaisir de votre visite, monsieur mon frère ? Est-ce pour me parler de mes ennemis

114

à la faculté ? Monsieur notre père m'a dit que vous vous inquiétiez de mon sort.

— Il est vrai, monsieur, que je m'inquiète. Vos travaux ne sont guère appréciés, vos propos non plus...

Théophraste soupira.

— Si nous parlions de tout cela dans mon cabinet ? Mademoiselle ma fille n'a que faire de ces ragots.

Il allait se détourner, suivi par son aîné, quand son regard tomba sur la bourse de velours et l'escarboucle que Sybille avait reposée sur la table.

— Qu'est-ce donc que cela ? demanda-t-il en fronçant les sourcils.

— Juste un petit présent ramené de Florence pour le seizième printemps de ma nièce, répondit Robert en voyant son frère l'examiner.

— Vous vous moquez, monsieur !

La voix de Théophraste avait claqué.

— Ce n'est pas un « petit » présent, mais un bijou digne d'une princesse de sang et non de la fille d'un pauvre médecin. Elle n'a pas plus besoin de bijoux que ma femme n'en avait besoin !

— Je regrette que vous le preniez ainsi, fit Robert, qui avait pâli. Vous me faites insulte, monsieur, et devant ma nièce.

Il rangea l'escarboucle dans la bourse de tissu et glissa le tout dans la poche de sa vaste robe.

Au lieu de présenter ses excuses à son aîné, Théophraste restait le visage contracté, muet.

— Mais mon père... essaya de protester la jeune fille.

— Il suffit !

Sa voix était si dure que des larmes montèrent aux yeux de Sybille.

— Je crois, monsieur, que nous ferions mieux de nous entretenir en dehors de la présence de votre fille, déclara Robert en se dirigeant vers le cabinet.

Théophraste le suivit. La porte claqua.

Sybille resta plantée au beau milieu de la pièce, en proie à un vif sentiment d'injustice et d'incompréhension. Un moment passa.

— Mademoiselle ! Mademoiselle !

Jeanne, qui avait tout entendu alors qu'elle revenait du potager, lui faisait signe.

— Venez !

Elle l'entraîna vers le vieux banc de pierre près du puits, où elles s'assirent côte à côte. Les yeux de Sybille étaient pleins de larmes et elle serrait les poings si fort que ses ongles entraient dans sa peau.

— Allons, allons ! Soyez point triste, mademoiselle. Monsieur votre père est fatigué. Y travaille trop.

— Mais pourquoi tant de colère ? répliqua-t-elle avec vivacité, essuyant ses larmes d'un revers de main. Et ce bijou si joli…

— Trop sans doute ! Il est point tant facile pour monsieur de voir votre oncle vous offrir quelque chose qu'il ne peut vous donner lui-même. Moi qu'ai eu huit frères et six sœurs, j'peux vous le dire, c'est point simple.

— Mais je ne suis plus une enfant, Jeanne ! J'ai seize ans. Il me traite comme si j'étais une gamine, et devant mon oncle !

— Y veut vous protéger.

Sybille sentit monter en elle toute la rébellion qu'elle s'efforçait de contenir depuis si longtemps.

— Je ne veux plus être protégée ! s'écria-t-elle. Je me sens comme une recluse ! Comme cette femme au cimetière des Innocents que mon père regarde à chaque fois qu'il va sur la tombe de ma mère. Mais je ne l'ai pas choisi. Je ne veux plus, Jeanne. Je veux sortir, comme les autres. C'est toi qui as raison !

La nourrice secoua la tête.

— J'as p'être raison, ma petiote, mais j'suis point votre père et seul lui peut décider, vous le savez.

— Et si je sortais sans qu'il en sache rien ?

— Ce n'est point une bonne idée.

— Alors, je lui parlerai !

Le visage de la jolie rousse s'éclaira. Cela semblait si simple, si évident. Il suffisait de lui parler, et Théophraste comprendrait. Après tout, jamais elle n'avait osé.

— Savez, pour le bijou, reprit la nourrice. Y s'est passé pareil du temps de dame Catherine. C'est pour ça aussi qu'y s'est fâché rouge. Votre oncle lui avait offert un collier et cela avait mis votre père en rage. Il a le sang jaloux.

Sybille songea au portrait accroché dans le cabinet de son père. Une peinture que monsieur de Neyrestan avait fait réaliser par le peintre de la reine Catherine de Médicis, François Clouet. Sa mère si jeune, en robe de velours bleu, sa taille mince prise dans un corset, ses cheveux remontés en un élégant chignon piqué de perles. Les dentelles soulignant la grâce de son long cou blanc…

Elle ne pouvait le contempler sans avoir envie de pleurer.

— Allez, chassez-moi ces idées noires et rentrons. Monsieur votre père va se demander où nous sommes.

L'entretien entre les deux frères n'avait guère duré. Sybille alla vers le cabinet à la porte restée entrebâillée. Son père était assis, le regard absent.

— Monsieur mon père…

— Ah, Sybille. Vous voilà !

Il sourit avec cet air las qu'il avait si souvent. Le peu de rancune que gardait encore Sybille s'envola. Elle aurait voulu pouvoir se blottir dans ses bras comme une enfant. Mais elle ne s'y hasardait plus.

Ils restèrent un moment face à face.

— Venez vous asseoir près de moi.

Elle s'agenouilla à ses pieds, posant sa tête sur ses genoux, cherchant comment lui exprimer son désir de ne plus rester enfermée.

— Mon frère a raison au moins sur un point : vous avez changé, grandi, fit-il en passant la main dans ses boucles rousses. Et je ne le voyais pas.

Il s'arrêta, mais Sybille réalisa qu'il pensait à sa mère, comme souvent quand il lui parlait. Le temps passa sans que ni l'un ni l'autre ne dise mot. Lui parce qu'il était ailleurs et la jeune fille, parce qu'elle ne savait comment le ramener à elle.

Il sortit enfin de sa rêverie.

— Je suis allé rendre visite à votre grand-père. Il attend votre lettre avec impatience.

— Je l'ai finie, mon père. Je vous la donnerai ce soir. Comment va-t-il ?

Il fallait qu'elle profite de cette perche qu'il lui tendait, de son grand-père, qu'elle lui dise qu'elle voulait le revoir. Mais comment ? Quelles phrases, quels mots le toucheraient ?

— Le mieux possible, même si ses yeux lui donnent des soucis, continuait Théophraste. Il faut l'opérer de la cataracte et il ne le veut toujours pas.

— Mon père…
— Oui ?

Elle allait se lancer. Expliquer qu'elle avait compris son envie de la protéger, mais qu'elle avait seize ans et que c'était fini. Il n'était plus temps. Elle était assez forte pour affronter le monde, pour le découvrir comme lui l'avait fait à son âge...

— Je...

Sa voix s'étrangla.

— Eh bien, vous voilà bien rouge, tout soudain. Que se passe-t-il ?

— Rien, souffla-t-elle.

Elle n'y arrivait pas. Avait-elle peur de son courroux ? Ou bien était-ce toujours cette frayeur de sortir, cette angoisse, comme quand elle était petite ?

Sybille serra les poings... Son père se levait, attrapait sa sacoche.

— Ce soir, reprit-il, un homme viendra nous confier un malade. Je veux que Jeanne s'en occupe, mais tu l'assisteras. Toi qui étudies la médecine, il est bon de commencer par garder les malades et les observer. Nous l'installerons sur une paillasse dans mon cabinet.

C'était si inhabituel qu'elle ne sut quoi dire, pas même demander qui était le malade qu'ils allaient soigner ni de quoi il souffrait.

Elle l'entendit parler à Jeanne et conclure :

— Je reviendrai pour l'accueillir. Je retourne à la faculté.

Il était parti. Laissant Sybille avec le regret de n'avoir su lui parler.

TASSINE

22

C'est à la nuit tombée, sur l'épaule du Capitaine, enveloppée d'une maigre couverture, que Tassine fit son entrée dans la maison de Théophraste Le Noir et dans la vie de Sybille.

— Où dois-je la déposer ? demanda l'ancien soldat, une fois dans l'antichambre.

— Dans le cabinet de mon père, répondit Sybille en s'écartant. De ce côté. Il vous attend.

Un bref instant, le regard scrutateur de l'homme se posa sur elle, faisant courir un frisson sur sa nuque et lui donnant le sentiment que, quoi qu'il arrive désormais, celui-là n'oublierait jamais ses traits.

Le balafré installa le petit corps trempé de sueur sur la paillasse que lui désignait le médecin.

— Sauvez-la ! souffla-t-il sans quitter des yeux la malade.

Il sortit une bourse de cuir et la posa sur le bureau.

— Ce n'est pas de la monnaie noire ! déclara-t-il non sans fierté. Il y a là trois écus d'or au soleil.

— Je ne veux pas d'argent, vous le savez, répliqua Théophraste.

— Elle ne doit manquer de rien, insista le Capitaine. Et si vous ne l'utilisez pas pour elle, que cela serve à soigner d'autres femmes ou des enfants.

Sentant qu'il était inutile de protester davantage, le médecin fit un signe approbateur.

— Je vous enverrai le Goupil pour prendre de ses nouvelles, poursuivit l'autre. Et je tiendrai mon serment. Si vous éloignez la maladie de son corps, mon aide et ma protection vous seront acquises jusqu'à la mort de moi !

— La maladie est un déséquilibre, murmura Théophraste. Parfois l'âme ne veut plus de sa condition. Mais si je le peux, je lui rendrai la santé.

Il marqua une pause et, étrangement, repensa à ceux qui en avaient après sa vie. Cette vie à laquelle il s'accrochait pour Sybille... et son Œuvre.

— Et pour ce qui est de votre promesse, ma personne n'a guère d'importance. Si vous devez un jour protéger quelqu'un, cela sera...

— Votre fille, acheva le Capitaine.

Le médecin resta muet d'étonnement.

— Sans vouloir vous faire offense, monsieur, elle a beau s'habiller en pourpoint et posséder une voix rauque, elle n'en est pas moins femme. Et même s'il est des hommes dont la silhouette et les traits sont équivoques, il y a dans le regard et dans les manières de votre fille un je-ne-sais-quoi qui trahit son sexe.

Sybille s'empourpra.

— Mais si tel est votre désir, monsieur, je la défendrai contre le Diable lui-même.

Il étendit la main devant lui.

— J'en fais serment devant vous deux, déclara-t-il solennellement.

Sans le quitter des yeux, le médecin se demanda quel instinct l'avait poussé à mettre Sybille sous sa protection. Pourtant, il se sentit rassuré. Bien qu'il n'en comprît pas la raison, il avait confiance dans la parole de cet ancien soldat dont il ignorait tout.

La porte extérieure se referma sans bruit derrière le Capitaine qui s'enfonça dans les ténèbres, pressé de regagner l'abri du Fief d'Alby, une des nombreuses cours des Miracles où les gens du Châtelet n'osaient s'aventurer. Jeanne tourna la clef dans la serrure, vérifiant les volets de bois que Jacob avait poussés.

— Elle est si jeune et paraît si épuisée ! Comme une ombre légère. Pourrez-vous la sauver, monsieur ? demanda Sybille qui avait rejoint son père à côté de la paillasse.

Le teint gris et le faible souffle qui soulevait la poitrine de la presque enfant l'effrayaient.

— Si Dieu et la Nature le veulent, mademoiselle. Allez me quérir de l'eau fraîche. Jeanne et toi vous vous relaierez à son chevet et lui donnerez chaque heure trois gouttes de la préparation que je lui ai faite. Je viendrai la voir à l'aube avant de retourner à la faculté.

Après avoir examiné la malade, il tendit à sa fille une fiole emplie d'un liquide rougeâtre.

— Mais vous ne serez pas avec nous ? s'étonna Sybille.

— Je dois retrouver Jacob à la Maison Chymique. J'y dormirai si nécessaire. La lune nous est favorable ces jours-ci.

Un gémissement ramena l'attention de la jeune femme vers la maigre silhouette à ses pieds. Théophraste posa son oreille, écoutant le cœur qui battait faiblement mais régulièrement.

— Comment avez-vous dit qu'elle s'appelle ? C'est la fille de cet homme ?

— Non. Elle, c'est Tassine. Et celui qu'on nomme « le Capitaine » est son protecteur. Le reste ne nous regarde pas. Je peux compter sur vous, mademoiselle ?

— Oui, mon père, je la soignerai et la veillerai autant qu'il sera nécessaire.

23

Théophraste avait rejoint son apprenti, avec un étrange sentiment d'urgence.

— Tout est prêt, Jacob ? demanda-t-il en enfilant son tablier de peau.

— Oui, mon maître.

Le feu réchauffait le cœur de la Maison Chymique. Et l'impression étrange, quasi surnaturelle, d'être au creux d'une matrice féminine emplit de nouveau l'alchimiste.

Il aimait cette sensation. C'était pour lui une sorte d'extase, presque une transe.

Dans ces instants-là, son corps, ses doigts, son esprit n'étaient plus vraiment siens. Il était là où il devait être. Il accomplissait ce qui devait être accompli avec un sentiment d'harmonie absolue.

24

La fièvre de Tassine dura deux nuits. Et le Goupil vint plusieurs fois prendre des nouvelles de la malade... et dévorer le pain, le miel et le fromage que Jeanne et Sybille lui offraient de bon cœur.

Théophraste confectionna plusieurs remèdes que sa fille devait administrer à toutes petites doses, à des heures précises.

Le deuxième jour, Tassine ouvrit les yeux et réclama à boire.

La nourrice ramena du bouillon de poule dont la jeune fille but quelques cuillerées avant de fermer de nouveau les yeux. Elle était plus calme, son souffle était régulier et un peu de rose teintait ses joues. Théophraste, qui était passé la voir, posa la main sur son front et sourit.

— La Nature a gagné, fit-il. Elle est guérie.

Le lendemain matin, Tassine réveilla Sybille, assoupie sur un fauteuil à côté d'elle, en lui agrippant le bras.

— Où suis-je ? s'écria-t-elle d'une voix d'enfant, les yeux affolés. Où est Louis ? Qui es-tu ?

Sybille bâilla et se redressa en s'étirant.

— Je me suis endormie. Calme-toi ! Tu n'as rien à craindre. Tu es chez mon père qui est médecin. Et Louis... Je ne sais pas qui est Louis.

— C'est le Capitaine. Où est-il ? Je veux le voir.

Elle essaya de se relever, mais ses forces l'abandonnèrent.

— Calme-toi, te dis-je, c'est lui qui t'a portée ici. Et le Goupil vient te voir chaque jour. Attends, je vais t'aider à t'asseoir.

Sybille glissa un coussin dans le dos de la petite malade.

— Depuis combien de temps ?
— C'est le troisième jour.
— Mais qui es-tu ? répéta la petite.
— Je suis...

Sybille hésita, puis choisit de dire la vérité.

— Je suis la fille du docteur.

— Pourquoi es-tu vêtue comme un gars si tu es fille ?

— C'est une longue histoire.

Jeanne, qui était accourue de la cuisine en entendant l'appel de la malade, s'arrêta en voyant celle-ci assise sur sa couche.

— Va chercher mon père, ma Jeanne ! Dis-lui qu'elle est réveillée... et que la fièvre est tombée.

Pour la première fois, ce jour-là, Tassine prit un bain. Des vapeurs s'élevaient au-dessus du cuveau dans la cuisine et la jeune fille restait devant, immobile, vaguement effrayée.

— Mais déshabille-toi donc ! l'encouragea la nourrice.

Tassine ôta sa chemise, offrant son corps pâle et lisse à la vue de Jeanne qui l'attrapa par le bras et l'aida à enjamber le rebord de la cuve.

— Allez, petiote, va pas accroire que tu vas cuire comme un chou !

Jamais Tassine n'avait pris de bain autrement que dans des rivières ou, comme les Parisiens, dans la Seine. Malgré les cadavres d'animaux et l'écume rosée qui venaient parfois de la Grande Boucherie, même les rois et la Cour s'y baignaient.

Avec la crainte de se brûler, elle se glissa dans l'eau fumante d'où montait une odeur fleurie qui lui rappela les tilleuls des bords de la Loire.

Les gestes de la nourrice prolongèrent sa rêverie. Celle-ci la savonna longuement, le corps d'abord puis la chevelure avant de la rincer avec un broc. La petite criait de plaisir et de surprise. Une fois sortie du bain, séchée puis peignée, elle laissa Jeanne démêler ses longues boucles. Des larmes silencieuses coulaient le long de ses joues.

— Eh bien, que t'arrive-t-il, ma p'tiote ? demanda Jeanne. Je t'ai fait mal ?

— Que non pas, c'est de douceur que je pleure.

Enfin, Tassine enfila des vêtements propres ayant appartenu à dame Catherine et marcha lentement jusqu'au jardin, prenant place sur le banc face au puits avec Sybille.

Elle avait l'impression que tout cela n'était pas vraiment réel, une sorte de songe, et pourtant... Elle était bien là, assise sur le banc de pierre chauffé par le soleil, elle avait pris un bain et avait enfilé cette robe. Et elle était vivante. Un oiseau se posa sur l'arceau du puits, lançant son trille. Tassine se sentit mieux que depuis bien longtemps.

Les jeunes filles – elles n'avaient que deux ans d'écart – trouvèrent bien vite plaisir à la compagnie l'une de l'autre. Sybille fit visiter son domaine, promenant sa nouvelle amie dans le bois, la faisant entrer dans la Maison Chymique, lui expliquant les cornues, les pélicans et les alambics. Tassine s'extasiait de tout, et surtout des chaussures à boucles d'argent qu'on avait mises à ses petits pieds et qu'elle ne cessait, en toutes occasions, de contempler.

Petit à petit, elle livra son histoire à Sybille, lui disant qu'elle était ce que les registres d'écrou du Châtelet appelaient communément une « femme amoureuse ».

Venue des bords de la Loire avec un gentilhomme qui lui avait promis le mariage et avait disparu sans lui laisser d'autres traces qu'une maladie honteuse et l'envie de mourir, elle n'avait dû la vie qu'à sa rencontre avec le Capitaine.

Jeune – elle n'avait pas treize ans –, abandonnée des siens dans cette ville inconnue trop grande pour elle, Tassine avait vite compris que son seul atout était la beauté de son corps et de son visage. Elle se vendit donc, son charme triste et enfantin lui valant une clientèle de gentilshommes et de clercs. Elle n'espérait plus rien que d'arriver à survivre dans ce lieu où les hommes du guet et ceux du Châtelet étaient impuissants à combattre les coupeurs de bourses, truands et soldats en maraude.

Trop honteuse de ce qu'elle était devenue pour reprendre le chemin de son village, elle partageait sa vie entre un galetas qu'elle louait fort cher à l'auberge du *Cheval rouge*, le pavé qu'elle arpentait et ses courtes et brutales *amours*, le plus souvent dans la pénombre pestilentielle des ruelles ou contre les murs du cimetière des Innocents.

Jusqu'au soir où, décidée à en finir, elle se jeta dans la Seine, faillit s'y noyer... et fut sauvée par le Capitaine.

— Son vrai nom est Louis Belcastel, confia-t-elle à Sybille. Il a été l'un des plus vaillants officiers du roi. Nul ne savait mener les hommes au combat comme lui... jusqu'à la prise de Brouage où il a reçu un coup d'arquebuse qui l'a laissé pour mort. Pensez, mademoiselle, il est resté trois jours coincé sous des cadavres pourrissants, sans pouvoir bouger et tout juste respirer.

Sybille secoua la tête pour chasser l'insupportable image et Tassine poursuivit.

— Louis a été sauvé de justesse par un chirurgien qui a vu que son cœur battait encore et qui l'a trépané. Depuis, la simple vue des corbeaux lui soulève le cœur et il s'est juré de ne plus jamais conduire des hommes à la guerre. À peine remis de sa terrible blessure, il a déserté et, après avoir erré d'Italie jusqu'en Espagne et en Pologne, il est arrivé à Paris. Aujourd'hui, au Fief d'Alby, tout le monde connaît son nom !

Comme la fille du médecin esquissait une moue d'ignorance, la petite ajouta :

— Le Fief est la plus grande cour des Miracles de Paris, dans son enclos vivent des centaines de mendiants, enchanteurs des rues, coupeurs de bourses, joueurs de dés et gueux.

— Mais ton Louis, que fait-il là-bas ?

— D'anciens soldats, qui étaient autrefois sous ses ordres, l'ont rejoint et avec eux, il s'attaque aux riches. Il a même attaqué le carrosse de Monsieur le frère du roi. Mais tout ce qu'il prend, il le donne aux pauvres. Ne gardant juste que ce qu'il faut pour se nourrir et nourrir ses hommes. Et jamais, depuis qu'il a quitté l'armée, il n'a tué.

La petite garda le silence un moment et sa compagne l'imita, réfléchissant à cette terrible histoire. Trouvant soudain ce singulier balafré plus sympathique.

— Savez, reprit la fille d'une toute petite voix, il m'a proposé de vivre avec lui tout le temps, d'arrêter… J'ai refusé !

— Mais pourquoi ? fit Sybille.

— La honte. La honte de qui je suis. Et puis, je ne veux pas qu'il vole pour moi.

— Je comprends, déclara Sybille, non sans respect pour le courage de cette femme-enfant d'apparence si fragile.

— Je crois qu'il m'aime, ajouta Tassine dans un murmure.

Son émotion était si palpable et ses yeux si pleins de larmes que Sybille la serra très fort contre elle.

— Ne sois pas triste, fit-elle en lui caressant les cheveux.

— Il n'a jamais posé la main sur moi, savez. Sauf à me caresser la joue ou les cheveux comme vous. Cela fait maintenant six mois et quatre jours qu'il m'a sauvée de la mort.

Sybille essaya d'imaginer la drôle de vie que ces deux-là menaient, entre cour des Miracles et galetas, lui truand, elle courtisane, liés l'un à l'autre par un sentiment qui les dépassait et qu'ils n'osaient nommer.

25

Plusieurs fois, l'alchimiste s'était absenté pour voir sa petite malade, avant de revenir d'un pas pressé vers son laboratoire.

Cette fois-ci, il rajouta du charbon de bois et frotta ses mains sur son tablier. Son regard se posa sur le vaisseau. Dans les textes, le « vase de nature » était de *terra adamica*[1], cette vase gluante, salée, qu'abandonne la mer à son reflux, ce terreau, dit-on, qui servit à Dieu pour fabriquer l'homme.

Théophraste essuya ses doigts avec un linge, puis manipula la « fiancée céleste » avec d'infinies précautions. Elle allait rejoindre le « lieu que baignent les eaux du Nil ». Le feu élémentaire continuait de brûler. Des myriades de petites bulles couraient à la surface avant de disparaître, remplacées par d'autres. Au plafond et sur les murs dansaient les ombres mêlées de l'alchimiste et de son aide. Jacob, le visage et les yeux

1. Terre adamique.

rougis, fixait les flammes, remettant du charbon de bois dans le foyer à chaque fois qu'elles faiblissaient.

Le matras dans lequel Théophraste chauffait sa préparation sur l'athanor était la chambre nuptiale. La vierge était le Mercure et le volatil. Un à un tombaient ses somptueux vêtements nigrescents. Des nuages de vapeurs montaient de la mer vers les régions chaudes. Les gestes de Théophraste étaient doux et précis, sa patience sans limite. Il était le Sel, celui qui unit les deux principes. Il procédait lentement, la jeune vierge se dénudait, montant vers son fiancé.

26

— Où est l'Espagnole ?

Comme souvent, quand Brisenez avait une fille en tête, il ne pouvait plus penser à autre chose. À se rendre malade, à ne plus manger, à ne plus dormir.

Son maître étant parti en province pour la journée, il n'avait pas pu s'empêcher de venir rôder devant l'auberge des *Quatre Piliers* et de finir par y entrer.

— Va pas tarder ! répondit la grosse aubergiste. Couchait chez son bourgeois cette nuit.

Le regard du laquais passa du visage bouffi au ventre de la femme.

— Je vais l'attendre dans sa chambre, mais avant…

Il hésita.

— C'est qui ses clients et c'est qui ce bourgeois ?

Il était jaloux à en crever chaque fois qu'il voulait une fille, mais celle-là, qui se vendait aux autres et se refusait à lui, l'enrageait. Et son envie s'en trouvait décuplée.

La matrone, que le regard terrible du valet effrayait, répondit :

— Voit plus grand monde, savez...

— Comment ça ? Qu'est-ce que tu veux dire, la vieille ? Tu me caches quelque chose ?

— Non, non, c'est que...

— Va pas me mettre en colère, vide ton sac et vite !

— C'est que depuis qu'y a eu ce monsieur qu'est venu, y a plus que son bourgeois et encore, elle m'a dit que c'était la dernière fois.

— Un monsieur ? Comment ça un monsieur ?

— Comme j'vous dis et pourtant lui fait pas mal... ajouta la femme avec un clin d'œil salace.

— Continue.

Le ton était glacial.

— Icelui vient pas pour ses caresses, j'vous dis. Ce pleurnichard de la Mouche m'a avoué qu'y couchaient pas, mais j'suis point sotte, j'l'avais deviné.

Comme souvent, à cette heure-là, l'auberge était déserte et le seul bruit qu'on y entendait était celui des pleurs de la Mouche, couché à même le sol dans un recoin de la salle.

— Qu'est-ce qu'y font alors, s'ils couchent pas ? demanda Brisenez d'un ton hargneux.

— Y causent. Le gosse a rien voulu me dire d'autre.

Les yeux du laquais s'étrécirent.

— Va le chercher ! ordonna-t-il.

La grosse femme obéit et revint bientôt, tirant par l'oreille le gamin qui se débattait.

— Viens-t'en, j'te dis ! Le monsieur veut te voir.

— Non ! hurla le gamin que la rude figure de Brisenez terrorisait. J'ai rien fait. J'sais rien. À l'aide ! Dieu m'aide !

— Dieu peut rien pour toi, petit ! fit Brisenez en le soulevant de terre et en le fourrant sous son bras comme un sac de linge.

— Mène-moi à la chambre de l'Espagnole, la commère ! ordonna-t-il.

Une fois dans le galetas que la fille occupait sous les toits, Brisenez posa la Mouche par terre.

La chambre était exiguë, le mobilier réduit à une paillasse et à un coffre à ferrures, rongé par les vers, mais l'Espagnole l'avait égayé d'un châle de couleur qui devait être toute sa richesse.

— Laisse-nous et ferme la porte ! Et quand l'Espagnole arrivera, fais comme si j'étais pas là. Si tu me désobéis, je te tordrai le cou.

— J'le jure, monsieur. Je dirai rien.

Le garçonnet essaya bien de filer, mais Brisenez le rattrapa tandis que la matrone refermait précipitamment.

— Tiens-toi tranquille ! Ou, crois-moi, les coups de ta patronne te paraîtront du miel à côté des miens !

Le gamin se le tint pour dit et se figea, de grosses larmes roulant en silence sur ses joues.

— Allez, raconte ! Qui c'est ce monsieur qui vient voir l'Espagnole ?

— J'sais rien… essaya la Mouche qui se prit une claque si forte que la marque des doigts de Brisenez resta imprimée sur sa joue.

— Ça, petit, c'est gentil ! La prochaine fois, je t'arrache le bras ! À moins que tu préfères tâter de mon fer ?

Il sortit une lame effilée qu'il brandit sous les yeux horrifiés du garçonnet.

— Non ! hurla l'enfant. Le… Le monsieur y touche pas la fille. Y parlent, c'est tout.

— De quoi ?

— J'sais pas, monsieur, quand la patronne m'a demandé de l'espionner, j'me suis fait surprendre. Il a ouvert la porte et m'a renvoyé. La fois d'après, j'ai pas écouté.

— Tu mens ! gronda l'autre.

— Non, j'vous jure sur Dieu qui entend et voit tout. C'est vrai.

Une seconde claque, plus violente que la précédente, l'envoya rouler au sol. Quand il se redressa, son œil était à moitié fermé.

— Trouve quelque chose qui m'intéresse, la Mouche, parce que là, je perds mon sang-froid et c'est pas bon.

Le gamin murmura si bas que l'autre faillit ne pas l'entendre.

— Plus fort !

— La matrone m'a dit de le suivre. Mais j'lui ai pas dit ce que j'ai vu.

— Continue !

— Quelques rues plus loin, un ange du Châtelet l'attendait. Ils ont parlé, puis sont repartis ensemble.

— Comment était-il habillé, ton homme ?

— Comme un vrai monsieur et l'ange y l'a salué bien bas et après, y marchait derrière.

Brisenez serra les poings et fit signe au gamin de se taire. Un pas léger montait l'escalier.

27

L'Espagnole entra et se figea.

— Avance et ferme cette porte, ou je l'égorge ! ordonna Brisenez qui tenait la Mouche devant lui, la lame de sa dague appuyée sur son col.

La jeune fille hésita un court instant puis, son regard ayant croisé celui, suppliant, de l'enfant, elle obéit.

D'un geste rapide, le laquais la saisit par le bras et montra à la Mouche la vieille malle à vêtements. Le gosse l'ouvrit et s'y assit au milieu des pauvres vêtements de la prostituée.

Brisenez rabattit le couvercle, ferma le cadenas et lâcha la fille.

— Nous voilà enfin seuls, toi et moi. Tu te souviens de moi, la belle ?

L'Espagnole hocha la tête, mais resta muette, s'efforçant de cacher sa peur.

— Allons, allons, mieux vaut profiter que je suis bien disposé.

« Réponds quand je te parle.

— Je suis point causante, lâcha la fille, l'air farouche, serrant ses bras minces autour de sa poitrine.

— C'est pas ce qu'on m'a dit !

Il attendit avant de reprendre, la voix basse, sifflante.

— Y paraît qu'il y a un joli monsieur qui vient te voir et qu'au lieu de baiser, vous causez.

— L'est amoureux, rétorqua la jeune fille, un frisson glacé lui parcourant l'échine.

— Que tu aies un amoureux, passe encore, mais qu'il travaille au Châtelet…

— Qui a dit ça ? Moi, je sais point ce qu'il fait, je connais juste son prénom.

— Drôlesse ! éructa le laquais, les yeux exorbités, la bouche tordue par une vilaine grimace. Tu me mens !

Effrayée, la fille recula vers la porte. Il la rattrapa d'un bond et, la saisissant par les épaules, la secoua :

— Tu vas répondre, dis, tu vas répondre ! Comment s'appelle-t-il, ce ladre ?

— Lâche-moi, tu me fais mal !

Il relâcha un peu son étreinte.

— Réponds !

— Jean, c'est tout. Et s'il ne me touche pas, j'te l'ai dit, c'est qu'il est amoureux. Tu peux pas comprendre.

Brisenez sentit la jalousie monter d'un coup. Un voile rouge passa devant ses yeux. Son visage s'empourpra, il serra les poings et cracha :

— Amoureux ! Et toi, tu l'aimes donc, catin, pour en parler ainsi !

— Y paye bien, c'est tout ! protesta-t-elle, de plus en plus affolée.

— Puterelle ! hurla l'homme, les yeux exorbités. Tu ne vaux pas mieux que les autres, toutes les autres. Mais je t'aurai, et après…

Il la jeta sur la paillasse et s'immobilisa net. La fille avait sorti le petit poignard qu'elle gardait caché sous ses jupons.

— T'as déjà troué mon pourpoint l'autre fois !

Il fit mine de s'approcher.

— Bouge pas ou je me tue !

— Donne-moi ça !

L'infime moment où il s'était figé avait suffi à l'Espagnole pour appuyer ses deux mains sur la garde et pour enfoncer la lame dans sa poitrine.

— Non ! hurla Brisenez.

Comme en réponse, la jeune fille poussa un terrible cri de douleur. Son visage devint livide, ses yeux se révulsèrent.

L'homme arracha la lame ensanglantée qui tomba sur le sol avec un bruit mat, puis, éructant et bavant, il injuria et embrassa le visage et le corps de l'Espagnole, avant de rester affalé sur elle, à souffler bruyamment. Au bout d'un moment, il se redressa.

Du joli corps sans vie coulait un filet de sang qui allait se perdre dans les draps froissés et avait taché sa livrée. Il jura. L'Espagnole avait gagné, il n'avait pas réussi à la posséder. Une infinie lassitude remplaça sa colère. Au moins, personne ne l'aurait, pas plus cet amoureux de carnaval, cet homme du Châtelet qui l'avait émue, qu'un autre.

Ses amours finissaient toujours mal. Aucune de celles qu'il avait choisies ne voulait de lui. Aucune ne comprenait la passion qui lui fouaillait les entrailles. Aucune n'avait survécu.

28

Théophraste s'était immobilisé, ses longs doigts maculés de suie s'étaient portés à son visage. Dans le foyer, les flammes murmuraient comme des créatures vivantes. Jacob, à genoux, remuait les braises.

La femme n'était plus vêtue que de la nudité de sa naissance. L'ardeur de l'amant s'éveilla à sa vue. Il était le Soufre, le fixe. Elle était le volatil.

Passive, elle s'offrit, se soumettant à sa volonté. Le divin flot l'apaiserait qui se versait dans l'urne béante.

Le Soufre et le Mercure, enfin, ne faisaient plus qu'Un.

29

Jean du Moncel se fit annoncer et s'assit dans l'antichambre de son protecteur, Nicolas de Neufville de Villeroy. Il arrangea les manches de sa longue robe noire de magistrat et tira l'épais tissu sur ses genoux. Ce vêtement, qu'il devait porter dans l'exercice de ses fonctions, entravait ses mouvements et il lui préférait de beaucoup l'habit de gentilhomme. Le plus souvent, quand il n'était pas dans les murs du Châtelet, il le laissait pendu à un clou, derrière son bureau.

Dans la pièce aux portes dissimulées par d'épaisses tentures de velours rouge, une douzaine de personnes – bourgeois, marchands et seigneurs – attendait l'aide ou le soutien du puissant personnage.

Le jeune homme n'eut pas le temps de les examiner, un serviteur apparut, un papier à la main.

— Monsieur le commissaire-enquêteur au Châtelet, Jean du Moncel ! appela-t-il.

En entendant son nom, Jean se leva d'un bond, ôta sa toque et franchit la porte qu'on lui ouvrait. Elle se referma derrière lui, le plongeant dans l'obscurité.

C'était une des manies de Nicolas de Neufville, ces rideaux tirés. Ses visiteurs se retrouvaient dans la pénombre alors que lui pouvait les observer à loisir.

Les yeux du jeune homme mirent un moment à s'accoutumer à la faible lumière du chandelier dont l'unique bougie peinait à percer les ténèbres ambiantes.

— Entrez, monsieur du Moncel, entrez ! fit la voix douce de monsieur de Neufville de Villeroy.

Jean s'inclina en une profonde révérence. Il distinguait maintenant la mince silhouette assise derrière le bureau.

— Je vous salue, monsieur de Neufville. Vous m'avez fait mander ?

— Oui, mon cher Jean, oui. Cela fait fort longtemps que nous ne nous sommes vus. Vous m'aviez habitué à plus de régularité. Si vous me parliez de votre travail.

— Pardonnez-moi, monsieur de Neufville. Je comptais venir vous voir, mais le travail au Châtelet occupe tous mes jours... et même la plupart de mes nuits.

— Je le sais ma foi bien. On me l'a dit et l'on m'a fait grand compliment sur votre force de travail qui n'a rien à envier à la mienne.

Celui que l'évêque de Senlis surnommait l'« Archipolitique » se tut. Et Jean se garda de rompre le silence dont il aimait ponctuer ses paroles.

— Mais racontez-moi. Je vous écoute.

Tout comme il l'avait fait le matin même devant son supérieur, le lieutenant criminel, Jean relata la capture d'un coupeur de bourses qu'il poursuivait depuis presque un an, puis la pendaison de l'assassin d'un couple de bourgeois qu'il avait arrêté une quinzaine auparavant.

— C'est bien, c'est bien, fit Nicolas de Neufville, mais ce n'est pas tout, n'est-ce pas ?

Le commissaire réalisa que la nouvelle de son enquête sur les femmes amoureuses était déjà arrivée aux « longues oreilles » de son protecteur. Comme le roi Midas, il entendait tout, même ce qui n'était que chuchoté.

— On m'a dit, poursuivit celui-ci, que vous mettiez votre nez dans de bien étranges affaires.

Le « on », songea Jean, était la foule d'espions recrutée par l'étonnant personnage. Pour le reste, grâce à son sens aigu de la politique et des faiblesses de la nature humaine, Nicolas de Neufville de Villeroy anticipait ou devinait ce qu'il ignorait, et cela avant tout le monde.

— Oui, monsieur de Neufville, on vous a dit vrai, répondit Jean prudemment. Et je serais honoré de recevoir vos lumières sur l'affaire dont je m'occupe.

— Allez, ne me faites pas languir. J'eusse, je vous l'avoue, aimé que vous fussiez venu m'informer vous-même avant que mes colporteurs de ragots viennent au rapport.

— Pardonnez-moi, monsieur, mais c'était trop tôt. Je ne tiens rien encore et ne voulais point faire étalage de mon ignorance. Ces femmes amoureuses, non content de les tuer, on les torture et les mutile. Ce n'est point un être humain mais une bête fauve que je traque !

Comme s'il n'avait pas entendu cette dernière réplique, monsieur de Neufville poursuivit.

— Les faits, mon cher commissaire, les faits. C'est de vous que j'en veux le récit.

Et Jean raconta tout ce qu'il savait ou presque, omettant de parler de ses visites privées à l'Espagnole.

Une fois son récit achevé, le silence retomba.

— Vous n'êtes pas sans savoir, monsieur, combien l'homme est faible. C'est le rôle de certains de lui fournir des distractions. Parmi lesquelles figurent, en premier lieu, les femmes et les jeunes garçons. Nous avons gardé de l'Antiquité ses lettres, mais plus encore son goût des orgies.

Le jeune commissaire hocha la tête. Ses pensées s'entrechoquaient.

Qu'essayait de lui dire son protecteur ? Que tuer les femmes amoureuses, comme le pensait la Grenouille, était sans plus de signification que de mettre à mort du bétail ?

— Participent à ces fêtes des gens plus puissants que vous ne l'imaginez, reprit monsieur de Neufville. Ils n'aimeraient pas que leur présence s'ébruite ni même qu'on cherche des ennuis à celui que nous nommerons leur « fournisseur ».

Monsieur de Neufville, lui-même, participait-il à ce genre de bacchanale ? se demanda Jean en son for intérieur. Il repoussa cette pensée insupportable et dangereuse.

— Me suggérez-vous de renoncer, monsieur ?

— Non pas, mon cher Jean, non pas ! D'autant que j'ai encore en tête les observations de votre cher père. « Plus il y a d'obstacles, plus monsieur mon fils s'obstine », m'écrivait-il dans sa lettre de recommandation.

Sa voix s'éteignit sur ce dernier mot. Il se pencha en avant, et c'est sur le ton de la confidence qu'il poursuivit :

— La mort de monsieur Charles du Moncel, Dieu ait son âme, n'a pas éteint ma dette.

Jean songea que c'était une chose étrange que l'unique voyage de son père à Paris lui ait amené ce puissant protecteur. Il avait fallu pour cela qu'un soir, au détour d'une rue, un homme en sauve un autre d'une bande de truands qui allait l'achever après l'avoir détroussé.

— Je lui dois la vie, reprit monsieur de Neufville, et tant que je vivrai, ma protection vous sera acquise, Jean, cependant...

Il marqua un temps.

— Sachez, et gardez cela par-devers vous, qu'un fils de France est mêlé à l'affaire qui vous intéresse, et je ne saurais trop vous suggérer d'être prudent.

Votre proie sait peut-être déjà que vous êtes après elle. Si c'est le cas, vous êtes en danger.

Le jeune homme ne prêta attention qu'à la première information donnée par son protecteur : un fils de France ? Henri III lui-même ou son jeune frère, François ?

Comme d'habitude, monsieur de Neufville en savait plus que lui-même, songea Jean qui s'efforçait de garder un visage impassible. Peut-être même connaissait-il le nom de celui qu'il cherchait ? Pourtant, il ne lui dirait rien. Il le laisserait fouiller dans la boue pour trouver une preuve. Il attendrait, qui sait, les prochaines bacchanales et d'autres victimes.

Jean enragea, car pour l'instant toutes ses recherches avaient été vaines. Qu'avait-il comme indices ? Le nom de Brisenez, une livrée banale, la description de la maison du « fournisseur », la certitude, après avoir interrogé l'Esclavonne, que, oui, les deux petites mortes trouvées dans la Seine avaient bien participé à la fête dont l'Espagnole avait été chassée.

Mais tout cela ne le menait pas encore à celui qu'il traquait.

Des questions brûlaient ses lèvres qu'il ne posa pas, car il savait qu'elles resteraient sans réponses.

Nicolas de Neufville alla soulever le rideau qui masquait la fenêtre, regardant dehors. La lumière éclairait sa silhouette longue, une silhouette d'insecte, de scarabée, accentuée par son costume à l'espagnole. Il se tourna vers le commissaire qui attendait, les mains dans le dos. Les pommettes hautes, le visage en lame de couteau, la minceur de son cou soulignée par la fraise, il avait le regard si fixe qu'il en devenait dérangeant, comme celui des oiseaux de proie.

— J'ai donc décidé que vous vous occuperiez du seul événement dont se soucient ces messieurs de la Cour.

Un mauvais pressentiment assaillit le petit commissaire.

— À savoir, reprit son protecteur, le mariage du duc Anne de Joyeuse.

— Mais, monsieur de Neufville, protesta faiblement Jean, tout cela dépend du grand prévôt de France, de la police du palais et d'Antoine Duprat, le prévôt de Paris. Sans vouloir vous déplaire, ou désobéir à vos ordres, n'y a-t-il point assez des deux compagnies de cent gentilshommes, des cent Suisses et des quatre compagnies de gardes du corps sans parler des soixante-dix-huit archers pourvus de hallebardes du grand prévôt pour veiller à la sécurité de la Cour ? Que pourrais-je, moi, avec mes pauvres hommes ? De plus, aucune des réjouissances de ce mariage n'aura lieu dans mon quartier.

Nicolas de Neufville planta ses yeux gris dans ceux du commissaire.

— J'ai parlé de vous au grand prévôt de France, François du Plessis de Richelieu, et il se réjouit d'avoir votre aide et celle de vos gens.

— Et mon enquête ?

Cela le mettait en rage de penser qu'il allait devoir faire des courbettes au Louvre pendant que le ou les assassins couraient toujours. Jusqu'à présent, il avait dû se contenter d'alerter ses espions et de leur demander de le prévenir s'ils voyaient quelqu'un correspondant au signalement donné par l'Espagnole. Ce Brisenez lui filait toujours entre les doigts. Il faisait peur et distribuait tant de deniers que nul n'en voulait parler ou même avouer l'avoir croisé.

— Peut-être vous apercevrez-vous que tout est lié ? fit Nicolas de Neufville. En attendant, les fiançailles ont lieu ce soir, jeudi, en la chambre de la reine. Il serait bon que vous y soyez.

Jean du Moncel comprit qu'il valait mieux obtempérer. Et que peut-être, en faisant cela, son subtil et singulier protecteur le mettait sur une piste qu'il n'avait point vue. N'avait-il pas parlé d'un fils de France ? Peut-être même croiserait-il celui qu'il cherchait, le « fournisseur », comme l'appelait Nicolas de Neufville ? Cette dernière pensée, au lieu de l'inquiéter, le rasséréna et c'est d'une voix ferme qu'il répondit :

— Je suis à vos ordres, monsieur, fit-il en courbant le buste.

— Vous pouvez disposer, mon cher Jean et… Prenez garde !

— Merci, monsieur de Neufville. Je vous salue bien, fit Jean en s'inclinant de nouveau, faisant un élégant moulinet de sa toque avant de tourner les talons.

LA MORT EN HABIT

30

Nerveuse, son corps mince flottant dans la robe ayant appartenu à dame Catherine, Tassine faisait les cent pas dans le bureau du médecin. Sybille, assise sur une chaise, l'écoutait et la regardait aller et venir, la trouvant jolie avec ses longues boucles et son visage enfantin. Elles attendaient le Capitaine.

— Pourquoi n'acceptes-tu pas l'offre de mon père de rester avec nous ? demanda Sybille.

— Il est trop tard pour moi, mademoiselle.

— Mais tu n'as pas quatorze ans ! protesta Sybille.

Et tout en disant ces mots, elle sentit qu'ils étaient vains. Tassine, quand son sourire d'enfant s'évanouissait, que son regard s'assombrissait, qu'elle parlait de la vie qu'elle avait eue, lui semblait plus vieille que Jeanne, plus vieille même que le plus vieux des vieillards.

Pourtant, elle insista.

— Mon père et moi t'aiderons, je t'en fais promesse. Tu ne seras plus obligée de retourner dans ton galetas à l'auberge du *Cheval rouge*, ni dans les rues…

Pendant un bref instant, la petite hésita. Elle regarda, pour la centième fois peut-être, les boucles d'argent de ses souliers et la pièce où elles se trouvaient, qui lui semblait l'égal d'un palais ou une antichambre du Paradis, pourtant elle secoua la tête.

— Si je fais cela, je ne verrai plus Louis, murmura-t-elle.

— Mais pourquoi, Tassine ? Il pourra venir ici.

— Vous ne comprenez pas ? Si je deviens honnête femme, il prendra des risques pour venir. Ici, comme vous dites, ce n'est pas notre monde. Cela ne l'a jamais été. Et il se fera attraper par les lapins ferrés !

— Les lapins ferrés ?

Une mimique d'incompréhension se dessina sur les traits de Sybille.

— Les cavaliers du guet ! Ils le mèneront en place de Grève et c'en sera fini de mon Louis.

— Tu l'aimes donc tant que ça ?

— Je ne sais pas, mademoiselle, répondit la jeune fille, les larmes aux yeux. Mais je ne pourrais pas vivre sans lui.

31

La petite était repartie avec le Capitaine. Et Sybille, qui ôtait les draps de la paillasse pour les jeter dans un panier, réalisa combien sa compagnie lui manquait déjà.

C'était la première fois que quelqu'un de son âge partageait sa vie. Et la soigner, la voir revivre l'avait émue. Tout comme sa terrible histoire et celle de Louis Belcastel. La découverte de l'univers où vivaient ces deux-là l'avait à la fois horrifiée et fascinée, accentuant cette curiosité du dehors qui ne la quittait plus.

Était-il possible – ainsi que la courtisane le lui avait raconté – que tant de miséreux, des milliers à ce qu'elle disait, vivent dans des cabanons de planches, des cours, des immeubles en ruine ou sous des tentes en plein Paris et que le roi Henri III l'accepte ? Le Fief d'Alby n'était qu'une des cours des Miracles de la capitale, et d'après sa nouvelle amie, il y en avait une douzaine. Toutes plus sinistres les unes que les autres, peuplées de gens que régissaient une langue, l'argot, avec des lois propres, leurs rois, leurs lieutenants, leurs sergents. Un royaume où les gueux avaient « leurs dignités et leurs ordres politiques[1] ».

Jeanne rejoignit sa jeune maîtresse, interrompant ses réflexions.

— Vous voilà bien triste mine, fit-elle en soulevant le panier que Sybille lui tendait et en le calant sur sa hanche. Elle vous manque, n'est-ce pas ?

— Ma foi oui, ma bonne Jeanne, je l'avoue.

— À moi aussi, et puis que va-t-elle devenir, la pauvre enfant ? Mais bon, faut vous changer les idées. Écoutez plutôt ce que m'a dit tout à l'heure ma commère Louise.

Sybille chercha vainement qui était la Louise dont parlait sa nourrice.

— Savez bien, celle qui travaille aux ateliers de couture du roi.

Un sourire aux lèvres, la jeune fille s'assit sur le fauteuil. Elle aimait écouter Jeanne et avait l'impression de voir par ses yeux ce qui se passait au-dehors.

— Aux fiançailles du duc de Joyeuse et de Marguerite de Lorraine qui ont lieu en les appartements

1. Montaigne, *Essais*, livre III, chapitre XIII.

de la reine ce soir, les accoutrements seront violets et de broderies d'or !

Sybille essaya d'imaginer le Louvre, les appartements royaux et tous ces beaux seigneurs aux habits imposants comme des châsses, étincelants de perles, de broderies et de pierreries.

— Et si vous m'en croyez, pour la noce elle-même, dimanche, les femmes seront habillées de noir avec des clinquants d'or et de blanc, leurs chevaux seront blancs ainsi que la livrée de tous ceux qui les serviront. Quant aux hommes, ils seront vêtus de blanc avec de l'or et de l'argent, et leurs chevaux, harnachés d'or et d'argent comme les autres, seront blancs de même. Les hommes auront chacun un page à la genette avec une lance. Les femmes, une fille portant arc et carquois en écharpe…

32

La chaleur du foyer emplissait la Maison Chymique. L'apprenti et le maître, les yeux agrandis, contemplaient l'union céleste. Le fluide sacré avait cessé de couler.

La lumière se séparait des ténèbres. Le feu secret avait blanchi l'épouse.

Théophraste se rappela un poème qu'il avait lu mais dont il ne se souvenait que de quelques rimes :

> *Prends garde à toi,*
> *Examine-toi toi-même,*
> *Si tu ne t'es pas purifié assidûment,*
> *Les noces te feront dommage.*

33

Jean fit signe à ses hommes de prendre place aux portes des appartements de la reine. Lui-même, vêtu d'un pourpoint violet brodé d'or et d'une chemise de soie blanche, le visage et les cheveux poudrés, des chaussures de cuir souple à rubans violets aux pieds, se glissa au milieu des invités.

Il tira sur la fraise qui l'étranglait, mal à l'aise dans ses habits d'emprunt. Son valet, aussi malin qu'un singe, les lui avait dénichés rue Tirechape. Un malchanceux au jeu qui avait dû vendre jusqu'à son braiet et renoncer à venir à la noce « sauf à y montrer son cul » ! avait ajouté Lajoye avec un rire sonore.

Des groupes se formaient et se déformaient près des hautes fenêtres ou au centre de l'immense salle rehaussée de fresques, de miroirs et d'or. Le parquet luisait, grinçant sous le pas des imposants personnages qui l'arpentaient. Des murmures s'élevaient. Les tissus de soie et de satin bruissaient. Les vertugadins des femmes se croisaient en une danse lente et maniérée.

Il ne manquait plus que le roi, la reine, les fiancés et leur suite.

Le commissaire reconnut quelques visages de dignitaires, de poètes ou de grands seigneurs : Henri de Guise ; Baltazar de Beaujoyeulx, le fameux joueur de violon ; le duc d'Épernon ; monsieur de Mercœur ; Claude de Saint-Sauveur, le jeune frère du duc de Joyeuse ; le chroniqueur et magistrat Pierre de L'Estoile, le cardinal de Bourbon…

Il n'eut pas le temps de poursuivre son examen, le sergent Nicolas, dans son habit galonné, son bâton fleurdelisé à la main, lui faisait signe de le rejoindre depuis la porte d'entrée.

Tout en faisant moult révérences aux personnes qu'il croisait, Jean se rapprocha de lui et sortit dans l'antichambre où les archers de la garde se tenaient en grand uniforme.

— Que se passe-t-il, sergent ? Le roi risque d'arriver d'un instant à l'autre.

— Je le sais ma foi bien, monsieur le commissaire, mais il fallait que je vous parle.

L'autre ne se décidait pas.

— Au fait ! ordonna Jean. Que vouliez-vous me dire ?

— C'est l'Espagnole, monsieur le commissaire, murmura Nicolas. On l'a trouvée morte.

Jean resta un moment comme assommé par ce qu'il venait d'apprendre.

— Où cela ? souffla-t-il, essayant de maîtriser la colère qui l'envahissait.

Colère contre lui-même, contre celui qui avait fait ça, contre le malheur qui poursuivait certains plus que d'autres.

— Dans sa chambre, aux *Quatre Piliers* ! Avec un poignard qui lui appartenait. On a emmené l'aubergiste au Châtelet et aussi le gamin, celui qu'on surnomme la Mouche. Je vous les garde jusqu'à ce que vous puissiez les interroger…

Nicolas s'interrompit. Les grandes portes s'étaient ouvertes et derrière elles, d'autres portes encore, découvrant une enfilade de pièces aux parquets aussi brillants que des miroirs. La garde s'aligna silencieusement, dames et gentilshommes se rangèrent de part et d'autre. Un long cortège de seigneurs, tout de violet et d'or vêtu, apparut au loin, mené par le roi et la reine.

34

Après avoir marché sans but toute la journée, refusant les avances des clients qui l'accostaient, Tassine se réfugia à la nuit tombée à l'auberge du *Cheval rouge*.

Plutôt que de monter tout de suite dans la misérable pièce qu'elle occupait sous les toits, elle s'assit près de l'âtre où rôtissaient des volailles, le regard perdu dans les flammes.

Ce retour à son ancienne vie avait été terrible. Tout la heurtait.

Revoir celles qui, comme elle, arpentaient le trottoir, entendre maintes fois l'histoire des petites qu'on venait de repêcher dans la Seine... S'il n'y avait pas eu Louis, elle serait repartie en courant rue Perdue se jeter dans les bras de Sybille et de Jeanne. Les supplier de la reprendre. Essayer d'apprendre à lire et à écrire, à devenir une autre. Essayer d'oublier la rue et les hommes, tous les hommes, même celui qui lui faisait signe de la main, là-bas.

— T'as pas vu qu'y a un client qui t'appelle ? grommela le tenancier qui avait l'œil à tout et auquel la petite payait son écot non seulement pour sa chambrette, mais pour ses visiteurs.

— Pas ce soir, je suis fatiguée, le supplia Tassine.

— Et moi, tu crois que j'le suis pas ? grogna l'autre. Va le voir, sinon j'en trouverai une autre pour loger à ta place.

Tassine ne bougea pas. Assis à une table à l'écart, un pichet de vin et un gobelet devant lui, le client était enveloppé d'une cape à ample capuche.

Ni un bourgeois ni un ouvrier, un gentilhomme.

Il fit à nouveau un signe impatient de sa main gantée et Tassine se pencha vers le patron.

— Tu le connais, celui-là ?

— Te v'là bien difficile, ma fille ! Faut-y que tu aies le nom et le lignage de tous ceux qui te passent dessus ? L'important c'est-y pas qui paye et c'ui-là a l'air d'en avoir.

La jeune fille haussa les épaules et se leva pour rejoindre l'homme.

Elle n'entendait plus le brouhaha des voix autour d'elle, les cris des joueurs de dés, les injures des buveurs...

— Assieds-toi ! ordonna le client d'une voix sourde.

Il baissait la tête et ses traits restaient cachés par son ample capuchon.

— Tu en as mis du temps à te décider. Tu n'as donc point besoin de deniers ? demanda-t-il en posant un écu d'or sur la table.

Elle ne répondit pas et ressentit une immense lassitude, pensant à tous les clients qui, depuis qu'elle était arrivée à Paris, avaient défilé entre ses cuisses, parfois une cinquantaine par semaine. Elle repensait à la morsure des éponges imbibées de vinaigre avec lesquelles elle se lavait, aux poisons qu'il fallait boire pour tuer la semence, aux avortements avec des tiges de métal ou de petites branches...

— Comment t'appelles-tu ? fit-il en ôtant ses gants.

— Tassine.

— Prends-le, il est pour toi, dit-il en poussant la pièce vers elle.

Puis il continua, de la même voix égale.

— D'où viens-tu ?

Elle sortit un peu de l'étrange torpeur qui la maintenait clouée sur le banc.

— Des bords de la Loire, répondit-elle sans saisir la pièce.

Elle repensa au grand fleuve de son enfance, aux eaux si dangereuses et si belles sous le soleil. Ils n'étaient pas beaucoup à lui poser des questions, la plupart faisaient leur affaire sans se soucier de celles qu'ils brutalisaient pour arriver au plaisir. Que celui-là lui parle de ce pays dont elle avait souvent le regret la toucha malgré elle, la ramena à son enfance. Une enfance rythmée par la lumière du soleil et les travaux de la ferme.

— Quel âge as-tu ?

— Je sais point trop, monsieur. Treize ou quatorze printemps.

— Et ta famille ?

Elle mentit, se disant qu'en même temps, c'était la vérité vraie, car personne là-bas ne la voudrait reprendre.

— J'en ai plus.

— Le tenancier m'a dit que tu avais été malade. Tu as failli mourir.

— Il a dit vrai. Mais un médecin m'a soignée !

C'était sorti d'un trait.

— Un médecin qui soigne les puterelles, je n'en connais pas.

— Pourtant ça existe !

Elle s'était dressée, prête à défendre Théophraste Le Noir s'il le fallait.

— Ma foi oui, fit l'autre sans s'émouvoir, puisque te voilà guérie !

Il n'ajouta rien. Tassine aurait aimé voir son visage, au lieu de quoi elle détailla ses mains soignées, ses ongles impeccables. Qu'est-ce qu'un homme comme lui pouvait attendre d'une fille comme elle ? Il avait assez d'argent pour s'en offrir de plus belles, de plus propres, de mieux habillées. Comme le silence s'éternisait, elle se dit qu'il valait mieux coucher avec celui-là qu'avec un autre. Elle pensa à Louis et posa la main sur l'écu d'or.

— J'suis point si chère, murmura-t-elle.

— Garde celui-là, et tu en auras deux autres si tu me suis.

Elle voulait en finir. Replonger d'un coup dans ce qu'elle avait la tentation de quitter à jamais. Il releva les yeux, puis se dressa.

— Je suis prête.

35

Malgré la fatigue qui terrassait l'alchimiste, un sentiment de plénitude l'envahit. L'épouse était passée par le feu élémentaire et par le feu secret. La liquation alchimique était faite. Il fit disparaître avec soin le résidu noirci de terre.

Grâce à l'eau que déverse la nuée, le noir intense, le *nigrum nigro nigrius*[1], était séparé du blanc. La souillure s'en était allée.

À la lumière surgissait l'indicible mystère.

1. Plus noir que le noir.

La femme était décapitée.

Elle brasillait, lumineuse, admirablement pâle.

L'étoile du matin pouvait se lever et monter au firmament nocturne.

36

Deux solides valets, munis d'une torche, les attendaient dans la rue. L'un d'eux la prit par le bras, l'autre ouvrit la marche, levant haut son flambeau pour chasser les ombres accumulées dans les porches et les venelles. L'homme à la capuche marchait devant, une canne à pommeau d'ivoire à la main.

Ils allaient vite et, bientôt, la petite cessa de reconnaître les places et les passages familiers. Une sourde angoisse lui faisait battre le cœur. Enfin, ils s'arrêtèrent devant une maison bourgeoise dont la porte s'entrouvrit au premier coup donné sur le battant. Tassine, qui n'avait jamais rien connu de Paris que sa violence, retenait son souffle. Les effrayants récits de la Grenouille lui revenaient : des histoires où des maisons respectables dissimulaient des vices pires que ceux du pavé. Et puis, il y avait ces puterelles retrouvées en Seine, le corps mutilé.

Elle se signa discrètement et se laissa entraîner jusqu'à des marches de pierre usées qui menaient à un entresol. La seule lumière provenait d'un brasero rougeoyant. L'impression soudaine d'avoir pénétré dans un caveau et d'être enterrée vive l'envahit. S'il n'y avait eu ce laquais qui continuait à lui serrer le bras, elle se serait enfuie.

Les murs et les poutres étaient noirs de suie.

Sur des tables étaient alignés des pots de verre et de terre emplis de poudres de couleur. Dans un angle s'ouvrait la bouche noire d'un four éteint et, à côté, s'empilait une montagne de bûches. Le lieu était aussi étrange que la Maison Chymique que lui avait fait visiter Sybille.

Si seulement elle pouvait être encore là-bas, avec la jeune fille et sa nourrice.

— Assieds-toi là et attends ! ordonna sèchement l'homme.

Elle prit place sur le tabouret qu'il lui désignait, les mains sur les genoux, le louis d'or serré entre ses doigts minces.

Après un dernier regard pour vérifier que tout était en ordre, le valet remonta les marches et referma la porte, faisant tourner la clef dans la serrure.

« Enfermée, prisonnière »... songea la jeune fille sans avoir la force de faire autre chose que de rester là, tassée sur elle-même.

Le silence était retombé, juste troublé par le crépitement du bois. Des étincelles jaillissaient de la vasque de métal, grésillant et s'éteignant en touchant le sol.

Le temps passa. Les émotions de la journée l'avaient tellement fatiguée qu'elle ne songea ni à appeler ni à explorer le lieu étrange et lugubre où on l'avait jetée.

Quand la porte se rouvrit, elle ne se redressa pas. Elle se sentait si lourde ! Comme si sa vitalité, sa jeunesse s'en était définitivement allée, qu'elle avait laissé le peu qu'il en restait chez Sybille.

L'homme posa la main sur son épaule et un frisson la parcourut. Elle eut bien le pressentiment d'un danger imminent. Elle aurait dû se sauver, se rebeller, pourtant elle ne le fit pas.

Elle entendit comme un murmure à son oreille :
— Le temps est venu, Tassine.

La seule chose qui lui échappa fut un gémissement. Un son plaintif comme celui des pleurs de l'agneau qu'on va abattre. Puis un tremblement la prit tout entière. Le louis d'or lui échappa et tomba sur le sol de terre battue.

— Tu ne souffriras pas, fit l'homme en lui tendant un calice empli d'un liquide opalescent.

Ce n'était pas ainsi qu'elle imaginait sa mort, cette main gantée, ce monsieur en habit, pourtant elle saisit la coupe en tremblant et la porta à ses lèvres. Il l'aida, lui tenant la main jusqu'à ce qu'il ne reste plus rien au fond.

Le mélange de mandragore, jusquiame et pavot la plongea dans un profond sommeil. Elle glissa du siège, tomba à genoux puis s'affaissa. Elle eut un bref soubresaut. Le poison avait pénétré jusqu'à son cœur…

LA FEMME SANS TÊTE

37

Après être sorti à l'aube, et d'une humeur exécrable, du palais du Louvre, Jean, escorté par le sergent Sénéchal et deux gardes, marcha vers le Châtelet. À cette heure matinale, seul le mouvement régulier des roues à aubes des moulins sur la Seine troublait le silence. La ville était endormie, les rues vides. Ils longèrent les quais déserts puis débouchèrent sur la place de l'Apport-Paris. L'endroit qui, dans la journée, retentissait des cris des marchands de légumes, était silencieux. Les auvents de la Grande Boucherie étaient baissés, Les échoppes bâties au pied des hautes murailles du Châtelet étaient fermées. L'imposante forteresse les dominait et, du haut de la tour de guet, le veilleur lança son appel.

— Qui va là ? interrogea un des gardes de la barrière des Sergents.

— Officier du roi ! répondit Nicolas Sénéchal.

Les soldats en faction s'écartèrent, s'inclinant devant le commissaire-enquêteur. Les deux hommes pénétrèrent dans le long couloir voûté qui passait sous la forteresse. De loin en loin, des lanternes pendaient à des chaînes rouillées, éclairant les parois couvertes de salpêtre. Des cris et des râles montaient des soupiraux, assombrissant encore, si possible, l'humeur du jeune commissaire.

— Envoyez quelqu'un me chercher ma robe ! ordonna Jean au sergent.

— Bien, monsieur le commissaire, répliqua le solide Normand en s'éloignant aussitôt.

— Monsieur du Moncel ! le héla une voix qu'il reconnut aussitôt.

Il se retourna et se trouva face à Germain de La Teste, dit le Testu, chevalier du guet de son état. Grand homme aux mouvements vifs qui ne quittait jamais, même pour dormir, disait-on, ses bottes cavalières. Le sire de La Teste l'étreignit avec force.

— Vous me manquez, mon ami !

— Moi aussi, monsieur.

— On ne vous voit plus, monsieur du Moncel. Auriez-vous oublié nos chevauchées nocturnes et nos combats ?

— Certes non ! Je peux même vous affirmer, monsieur le chevalier, que je ne les oublierai jamais.

Et c'était vrai. Il ne pouvait s'empêcher, à chaque fois qu'il y repensait, de regretter l'époque où il faisait partie du guet. Il revoyait la *Patrouille*, comme les gens l'appelaient. Une trentaine de cavaliers et plus de deux cents archers à pied, tous vêtus de casaques perses[1], une étoile blanche cousue sur le plastron et sur le dos. Dès qu'à huit heures retentissait la sonnerie du couvre-feu de Saint-Germain-le-Vieux, ils sortaient en bon ordre du Châtelet et cela, tous les soirs, qu'il pleuve, qu'il neige ou qu'il vente.

Combien de fois, après avoir chevauché dans les ruelles fangeuses jusqu'au lever du jour, revenaient-ils

---

1. Bleu nuancé de vert.

en lançant leurs destriers au galop ? L'impression de puissance, de folle liberté et de camaraderie de ces moments-là était restée gravée en lui, tout comme la profonde amitié qu'il vouait au sire Germain de La Teste.

— Et que venez-vous faire, si tôt, monsieur le commissaire, dans notre paradis ? fit le chevalier avec un grand geste désignant la voûte suintante où stagnait une brume verdâtre venue de la Seine toute proche.

— Ma foi, monsieur, une bien triste besogne. Je vais reconnaître un corps.

Le chevalier du guet hocha la tête. Cavalier hors pair, chef très aimé, Germain régnait sur le guet avec bonhomie. « Lassé de l'humaine nature », disait-il, il lui préférait la fréquentation des chevaux et dépensait sa solde et la dot de sa femme pour l'entretien des siens.

— Prenez garde, mon ami !

— Contre quoi ou qui me mettez-vous en garde, monsieur ? répondit Jean sur le ton de la plaisanterie.

Le visage de Germain de La Teste était grave.

— C'est une lourde charge que la vôtre et, s'il n'y avait le sergent Sénéchal qui vous est tout dévoué, vous seriez bien solitaire. On dit qu'en ce moment vous traquez un dangereux animal. On ne part jamais seul à ce genre de chasse, sauf à y laisser sa peau. Venez me voir, nous irons galoper... et vider quelques pichets.

— Avec plaisir, monsieur.

— Mais je parle, je parle... et il faut que je vous laisse, j'ai affaire aux écuries. À vous revoir, monsieur le commissaire.

— À vous revoir, monsieur le chevalier du guet.

Jean, songeur, regarda s'éloigner la silhouette mince et sèche du sire de La Teste. La mise en garde était claire. Était-ce de penser au guet, une idée lui traversa la tête. Il rejoignit Nicolas qui s'était éloigné de quelques pas pendant sa conversation avec le chevalier.

— Nous avons négligé quelque chose, sergent. L'Espagnole a parlé de voitures bâchées dans lesquelles on les transportait, renseignez-vous et tachez de savoir à qui on a accordé l'autorisation de se déplacer pendant le couvre-feu.

— Oui, monsieur le commissaire.

— En attendant, allons voir le corps !

— Monsieur le commissaire, monsieur le commissaire, attendez ! fit la voix d'un jeune exempt qui arrivait en courant, essoufflé. Votre robe, monsieur.

Jean saisit la longue robe noire à parements et l'enfila avant d'aller se présenter à l'entrée de la cour des Prisons avec Nicolas Sénéchal.

— Qui va là ? fit une sentinelle en leur barrant le passage du fer de sa hallebarde.

— Monsieur le commissaire-enquêteur Jean du Moncel, répondit le sergent.

L'homme salua militairement avant de reposer son arme au côté.

Ils traversèrent la cour et descendirent vers les basses geôles. La lumière de l'aube passait tout juste les hautes murailles, allumant des reflets dorés aux fenêtres.

— Par ici, monsieur le commissaire.

La salle basse, où l'on entreposait les corps fraîchement ramassés dans les rues de la capitale ou dans les eaux de la Seine, se trouvait au pied de l'escalier où ils venaient de déboucher. La lumière venue des soupiraux et celles de torches fumeuses peinaient à éclairer les dizaines de cadavres allongés sur des tables ou simplement posés sur des civières à même le sol. Des pendus, des noyés, des étripés, des empoisonnés... qui finissaient tous au charnier des Innocents ou bien sur les tables des chirurgiens ou des barbiers.

Ils descendirent les degrés de pierre usés. Dans cette pièce sombre et glacée, l'odeur lourde et fade du sang dominait avec celle, plus terrible encore, de la décomposition. Seul un médecin s'affairait là à cette heure matinale, penché sur le corps d'une femme que Jean reconnut aussitôt. Trop occupé par son ouvrage, l'homme ne leva même pas la tête quand les officiers le rejoignirent.

— Je vous salue, monsieur Foës, fit Jean en évitant de regarder le visage cireux de l'Espagnole. Nos rencontres se font toujours sous d'étranges auspices.

Cela faisait un moment que ces deux-là travaillaient ensemble et, sur sa requête, Antoine Foës avait déjà été consulté pour les malheureuses noyées.

— Il est vrai, monsieur le commissaire-enquêteur, fit l'autre dont les doigts agiles palpaient le crâne du cadavre. Mais puissions-nous, comme les Anciens, faire jaillir la vérité des entrailles des morts !

Petit et maigre, flottant dans sa longue robe rouge de médecin, toujours en mouvement, Antoine Foës, même si son visage grêlé le faisait paraître plus âgé, était aussi jeune que le commissaire. Héritier d'une lignée de médecins, natif de Metz, il tenait de son père, Anuce Foës[1], le goût des lettres et avait pour les cadavres le même rapport que les lecteurs ont pour les livres : il les lisait. Tirant de l'étude de leurs corps blessés des avis qui laissaient ses confrères, même monsieur Ambroise Paré, stupéfaits de sa clairvoyance.

Très vite, Jean avait réalisé que si quelqu'un pouvait l'aider dans l'affaire qui le préoccupait, ce serait celui-là.

---

1. Anuce Foës (1528-1595), médecin et helléniste, traduisit avec Antoine Le Pois les œuvres d'Hippocrate.

Jean ramena son regard vers la table où gisait le cadavre de Blanche. Étrangement, celle-ci, malgré la violence de sa mort, semblait dormir, expression encore accentuée par ses yeux clos. Quant à son corps, il avait la beauté et les proportions d'une statue de marbre antique. Le commissaire aurait voulu la recouvrir d'un linceul, tant il lui paraissait indécent de pouvoir la contempler ainsi sans son consentement. La vue de sa plaie, soigneusement lavée, le ramena pourtant à ses questionnements.

L'Espagnole avait-elle été tuée par ceux qu'il recherchait ? Par ce Brisenez ou des hommes à lui ?

— Elle n'a pas été tuée, monsieur le commissaire, fit le médecin, comme s'il avait suivi le cours de ses pensées. Elle s'est tuée, volontairement. Elle a enfoncé son poignard dans sa poitrine. La lame a à peine déviée. La mort l'a prise très vite.

Le médecin désigna l'arme posée sur une table voisine.

— Suicidée ? Vous êtes sûr ?

— Oui, monsieur le commissaire.

Il désigna la plaie, écartant les bords de la pointe de la lame qu'il tenait à la main.

— Regardez comme la blessure est nette, droite, bien profonde. Le placement sous le sein montre qu'elle était allongée à ce moment-là. Elle n'a pas hésité et a poussé de toutes ses forces…

La nausée vint d'un coup. Jean toussota, prit son mouchoir qu'il plaça devant sa bouche. Son regard allait de la lame souillée de traces brunâtres à la plaie, puis au corps blanc et lisse. Il lui sembla que l'odeur d'urine et de sang qui planait dans la cave était devenue plus forte. Un goût amer lui emplit la gorge.

— Merci, monsieur Foës. Je vous fais toute confiance. J'attendrai votre compte-rendu. À vous revoir.

Il remonta précipitamment les escaliers, suivi par Nicolas, et, une fois dans la cour, se plia en deux pour vomir.

— Je ne m'y habituerai jamais ! grommela-t-il en se redressant et en s'essuyant la bouche de son mouchoir.

Le sergent attendait, impassible.

— Si monsieur le commissaire me le permet, il faut qu'il mange. Cela n'arrive point quand on a le ventre plein.

— Vous n'avez pas plus mangé que moi, sergent ! répliqua Jean, essayant de maîtriser les soubresauts de ses entrailles. Mais vous avez raison.

Il fouilla dans sa bourse et en sortit une pièce.

— Prenez ça, Nicolas, pour l'Espagnole... Point n'est besoin de parler de suicide, pour moi, cela reste une malemort. Mais j'espère que l'aubergiste ou l'enfant pourront nous en dire davantage. Conduisez-moi à leur geôle, et ensuite, faites ce qu'il faut pour que cette pauvre enfant ait un linceul propre, que Marthe soit prévenue et que les sœurs fassent dire une messe pour le repos de son âme.

Les filles hospitalières de Sainte-Catherine s'occupaient non seulement des cadavres de la salle basse, mais aussi de ceux que rejetaient les cachots ou les salles de torture du Châtelet. Elles veillaient, priaient et accompagnaient les dépouilles au charnier.

38

Théophraste savait qu'il ne devait pas se laisser éblouir par l'éclat, par la brillance, par la splendeur de la nudité décapitée. Seules la prudence et l'humilité pourraient le conduire à l'Unique vérité.

Il ouvrit la porte de la Maison Chymique et regarda longtemps l'étoile du matin dans le ciel.

Quand il rentra, le feu était éteint et Jacob s'était endormi sur sa paillasse.

Il referma doucement et, traversant sa maison, salua Jeanne, l'écouta sans vraiment l'entendre, puis lui annonça qu'il serait tout le jour à la faculté.

Une fois dehors, il allongea le pas et gagna les bords de la Seine.

La ville était encore silencieuse, comme il l'aimait. Il s'assit sur le quai du port-aux-Tuiles et, en proie à des pensées contradictoires, comme à chaque fois qu'il achevait une opération alchimique, observa sans le voir le flot ruisselant de lune à ses pieds.

Il était bien loin de trouver l'élixir de vie, l'*archeus*, le principe vital, l'arcane permettant de rétablir l'harmonie céleste entre l'*astrum* que l'on porte en soi-même et l'autre, le céleste.

39

Quelques instants plus tard, après avoir suivi des couloirs lugubres où retentissaient les plaintes des détenus, le sergent interpella un des gardes en faction dans la salle des clefs et s'entretint avec lui.

— Ils sont de ce côté-là, monsieur le commissaire-enquêteur. La porte en face. Tenez, prenez cette lanterne, on n'y voit goutte dans ces cachots.

— Bien, sergent, merci. Occupez-vous des Filles de Sainte-Catherine, qu'elles récupèrent le corps dès que monsieur Foës en aura fini, et retrouvez-moi ensuite chez la mère Leborgne !

Le sergent fit le salut réglementaire et s'éloigna.

— Monsieur le commissaire-enquêteur, si vous voulez bien me suivre, fit le geôlier en choisissant une clef dans l'énorme trousseau qui pendait à sa ceinture.

Il jeta un œil à travers le guichet avant d'ouvrir.

— Le gamin arrête pas de brailler qu'y veut sortir, commenta-t-il avant de crier : On se lève devant monsieur le commissaire-enquêteur !

Le battant s'ouvrit en grinçant. Jean resta un moment sur le seuil. Le cachot était exigu et juste éclairé par un soupirail où pénétraient difficilement l'air et la lumière. Un recoin servait de latrines et l'odeur était terrible.

Le garçonnet se jeta contre le commissaire et s'accrocha à sa robe.

— J'veux sortir, monsieur, suppliait-il. Pitié ! Pitié !

Le geôlier allait le repousser d'un coup de gourdin quand Jean arrêta son geste.

— Ça ira ! ordonna Jean. Laisse-nous ! Et laisse cette porte ouverte ! Je t'appellerai si j'ai besoin.

— Ouverte, mais…

L'homme s'arrêta net en voyant le regard glacé de Jean.

— Bien, monsieur le commissaire-enquêteur, répondit-il de mauvaise grâce.

— Et toi, petit, calme-toi, veux-tu ! Mets-toi là et ne bouge plus.

L'autorité de Jean apaisa la Mouche qui alla s'asseoir sur les marches, ses bras croisés enserrant ses maigres genoux.

La grosse femme n'avait pas bougé, affalée sur son banc, elle ne semblait pas l'avoir reconnu. Jean s'approcha et leva sa lanterne.

L'aubergiste pâlit, son regard allant du visage du jeune homme à la robe du magistrat :

— Mais, mais… Vous êtes…

— Jean du Moncel, commissaire-enquêteur au Châtelet, acheva le Normand.

— J'ai rien fait, monsieur le commissaire ! C'est pas moi ! protesta-t-elle en faisant grincer les chaînes qui retenaient le banc de bois à la paroi.

— C'est toi qui as découvert le corps ?

— Oui.

— Raconte !

— J'sais rien, monsieur le commissaire, pleurnicha-t-elle. J'suis innocente. Je l'ai trouvée morte, c'est pas un crime. S'est suicidée. Lui ai jamais fait de mal à l'Espagnole. Jamais frappée, rien.

Le gamin s'agitait, il marmonna quelque chose.

— Silence, la Mouche ! Et toi, cesse tes pleurnicheries ! ordonna-t-il d'un ton sec. Je t'écoute et je n'ai pas beaucoup de temps !

— Ben, j'suis allée la voir.

— Pourquoi t'es montée ? Tu veux me faire accroire que t'es autre chose qu'une maquerelle ? Que tu t'en occupais comme une mère, peut-être ? Pourquoi tu n'as pas envoyé la Mouche si tu voulais la voir ?

— Euh…

Elle bafouilla.

— L'était point là, le gamin. L'Espagnole était sur son grabat. Morte.

— Comment ?

— Avec sa lame. Elle la portait toujours sous ses hardes.

— À quel endroit était planté le couteau ?
Silence.

Le gamin se remit à grommeler, mais le regard courroucé de Jean le fit taire. Toute la colère accumulée contre lui-même ressortit soudain. C'est d'une voix sifflante qu'il déclara :

— Tu sais qu'un seul mot de moi suffit pour t'envoyer à la question ordinaire ? À moins que, si j'en décide, tu restes ici jusqu'à la fin de tes jours ? C'est ça que tu veux ?

Une grimace terrifiée tordit les traits de la grosse femme.

— Non ! Pas la question ! J'ai rien fait, j'vous le jure, monsieur le commissaire. Le couteau l'était par terre. J'ai juste vu le sang sur sa robe, y en avait partout.

— Tu mens !

Il allait faire demi-tour, mais la grosse femme s'agrippa à son pourpoint.

— Non, non ! Partez pas, monsieur le commissaire ! J'vas tout vous dire, mais faut me protéger.

— De qui as-tu peur ?

— D'icelui qu'était avec l'Espagnole.

— Son nom ?

Elle hésita.

— Geôlier ! appela-t-il.

On entendit aussitôt résonner des pas dans le couloir.

— J'arrive, j'arrive.

— Non, non ! s'écria la femme. C'est Brisenez, son surnom. Il l'avait dans la peau, mais la Blanche voulait rien entendre : « Même pour de l'or, je coucherai pas avec », qu'elle disait. J'sais pas ce qui s'est passé là-haut, faut demander au petit.

— Qui est ce Brisenez ?

— Un laquais, mais avant, c'était un truand. Craignait pas de voler et de tuer. Y sert un seigneur. Il était déjà venu chercher l'Espagnole. Voilà, c'est tout ce que je sais. J'vous le jure sur la Madone. Vous allez me faire sortir, dites ?

— Pas encore, je te garde au chaud.

Le geôlier était apparu sur le seuil.

— Monsieur le commissaire m'a fait appeler ?

— Oui, mène cette femme à la Griesche avec les autres. Et donne-lui de quoi se laver et à manger !

Il se tourna vers la vieille qui se redressait péniblement de son banc.

— Tu veux ma protection, tu l'as ! Le temps que j'en finisse avec cette affaire, tu seras en sécurité ici. Ensuite, je te ferai relâcher. Quant à ton auberge, j'y ai fait mettre les scellés, personne n'y entrera.

La vieille baissa la tête et suivit le geôlier.

— Et le gamin ? demanda ce dernier.

— Il est libre. Je m'en occupe, fit Jean en entraînant la Mouche vers la sortie.

En chemin, le gamin lui raconta tout. Comment Blanche avait résisté. La rage de Brisenez qui, après sa mort, était parti comme un fou en claquant la porte, l'oubliant dans la malle. C'était la vieille qui l'avait libéré.

— Écoute, petit, on va faire un pacte. Je te sors d'ici, tu es vif et malin. Tu me trouves ce Brisenez. D'accord ?

— Oui, monsieur. Je le ferai.

Il arrivait devant le bureau des gardes. Il ne restait plus qu'une porte à franchir pour être dehors. La Mouche s'empourpra et bafouilla :

— Savez, monsieur, Blanche, j'l'aimais bien. L'était gentille. Elle aurait pu fuir, l'a pas fait ! L'est entrée pour pas qu'y m'égorge…

Et il éclata en sanglots rauques, devenant pour un temps l'enfant qu'il n'avait jamais pu être. Jean, ému, le prit par les épaules et le secoua.

— Il est plus temps de la pleurer, faut la venger ! Trouve-le, petit ! Et moi, je t'aurai une place avec quelqu'un qui ne te maltraitera jamais.

Il songeait à la mère Leborgne.

— C'est vrai ? Feriez ça pour moi ?

— Je te le promets. Mais trouve-moi celui que je cherche. Et prends garde à toi.

— Oui, monsieur.

Il arrivait au guichet de sortie.

— Bon, maintenant, il faut que je t'inscrive dans les registres. Quel est ton vrai nom ?

— J'en ai point, fit l'autre en s'essuyant le nez et les yeux d'un revers de main. Mais j'aimerais bien… Guillaume. Un vieux m'a dit que mon père, qu'était cordonnier, y s'appelait comme ça. C'est un beau nom.

Le commissaire hocha la tête et, saisissant la plume que lui tendait le greffier, y inscrivit le nom de Guillaume, dit la « Mouche », relaxé sur ordre du commissaire-enquêteur Jean du Moncel. Quelques instants plus tard, après avoir regardé la petite silhouette maigre disparaître dans la foule des marchands de légumes qui envahissait la place de l'Apport-Paris, il rentra au Châtelet.

40

Le bureau des commissaires-enquêteurs était une longue pièce aux boiseries sombres où chacun avait sa table et son commis. La place de Jean était sous l'escalier menant chez le lieutenant criminel. L'heure était si matinale qu'il n'y avait que son commis, Mathieu Larsay, à être sous la chandelle, courbé sur son écritoire, tirant la langue en faisant crisser sa plume sur le papier des registres.

Le jeune huissier se leva précipitamment en voyant entrer le commissaire et le salua bien bas.

— Monsieur le commissaire-enquêteur, vous voilà, bredouilla-t-il.

— Ma foi, monsieur le commis, on dirait que cela vous surprend. Je ne vous ai pourtant point habitué à d'autres heures que celles de l'aube.

— Non pas, non pas, fit l'autre.

— Mais vous-même, que faites-vous ici ?

— C'est que je n'ai pas fini de mettre à jour le dernier article du registre d'écrou ni votre affirmation de voyage, monsieur.

— Ah ! Mais je vous ai laissé tout cela à rédiger avant-hier !

— Je m'applique, monsieur le commissaire... et ne compte pas mes heures, je vous en fais serment.

— Bon, bon, grommela Jean que la lenteur et la maladresse de son commis énervaient fort. Avez-vous quelque chose pour moi ?

Les oreilles du jeune commis – il avait dix-neuf ans – s'empourprèrent, ce qui, chez lui, était un signe d'embarras.

— Oui, pardonnez-moi, monsieur le commissaire-enquêteur, j'oubliais. On m'a remis un pli urgent à votre intention, hier au soir.

Le Normand retint le juron qui lui montait aux lèvres.

Il n'en pouvait plus de ce Mathieu, neveu du lieutenant criminel, que ce dernier lui avait imposé parce que personne ne voulait de lui. Le commis faisait faute d'orthographe sur faute d'orthographe, bavardait ou rêvassait, et le reste du temps mélangeait les dossiers, incapable de tenir un registre propre.

— Monsieur le commis, vous dites ce pli urgent et vous ne me l'avez point fait porter au Louvre hier ! Vous allez me faire perdre patience !

L'autre baissa la tête, bafouillant des excuses.

— Mais, monsieur le commissaire, c'est que je ne voulais vous déranger chez le roi...

Jean s'était tourné vers les dossiers alignés sur sa table.

— Morbleu, où est ce pli ! Je ne le vois point sur mon bureau.

— Euh... Je... Je l'ai gardé par-devers moi, monsieur...

Il fouilla dans une pile de papiers, d'actes judiciaires, de reçus et de registres qu'il fit tomber sur le plancher et finit par sortir victorieusement un pli cacheté.

Jean le lui arracha des mains et gronda :

— Il faudra que vous m'expliquiez comment un pli qui vient d'arriver peut se retrouver sous une pile de dossiers datant de plus de dix jours !

Le jeune homme balbutia une explication que Jean, qui ôtait sa robe et la suspendait au clou derrière son bureau, n'écouta pas.

— Si on me demande, je suis chez la mère Leborgne ! déclara-t-il. Je veux qu'à mon retour votre travail soit achevé, sinon, je vous envoie faire vos classes chez le chef greffier du tribunal !

Le chef greffier était redouté tout à la fois pour la cruauté de ses sarcasmes et pour la badine de cuir dont il cinglait allègrement ses commis. Cette dernière remarque amena un gémissement sur les lèvres de Mathieu qui s'affala sur son siège, tandis que Jean sortait en claquant la porte.

41

L'enseigne de l'auberge de la mère Leborgne était un vieux prunier qui poussait près de sa porte et entre les racines duquel elle avait planté des simples. La salle était en entresol et l'on y descendait par trois hautes marches usées par des années de pratique. On y trouvait trois tables avec leurs bancs, un fourneau, et dans un recoin, un lit à roulettes que la vieille femme déplaçait suivant ses besoins et où elle dormait la nuit.

— Salut, petite mère ! claironna le Normand en entrant.

Jean retrouvait là un peu de son pays et, à chaque fois, en passant le seuil, se sentait mieux quoi qu'il ait fait avant. Venue de sa Normandie avec son père, charron de son état, la mère Leborgne n'était jamais repartie. Elle s'était mariée et, après avoir été cuisinière dans de grandes maisons, avait ouvert cette minuscule auberge où, veuve et à plus de soixante-quinze ans, elle continuait vaillamment à nourrir ses habitués, Normands comme elle pour la plupart.

— Ah ! Vous voilà, monsieur du Moncel !

Elle était ronde et charmante. Le visage doux, les cheveux blancs en chignon, le regard pétillant, une sorte de mère universelle, songea Jean. Même son chat était différent des autres matous. Au lieu de manger les oiseaux, il les apprivoisait, et il n'était pas rare de le voir sur le pas de la porte, des pigeons roucoulant autour de lui.

— Ça fait longtemps, fit la vieille femme, plus de trois jours qu'j'vous ai point vu. J'espérais que vous aviez point de soucis.

— Ma foi, oui, ma bonne, j'avais des soucis qui m'ont fait négliger mon estomac. Et tu sais comme j'y tiens, à mon estomac !

Il se pencha pour caresser le chat qui ronronnait contre sa jambe.

— Asseyez-vous donc, j'arrive ! répondit-elle tout en s'activant devant une marmite d'où montait une bonne odeur de fricassée.

Une fois à sa table favorite dans l'angle de la pièce, Jean poussa un soupir d'aise et regarda pour la première fois l'enveloppe donnée par son commis.

À monsieur le commissaire enquêteur du quartier Maubert.

Elle était serrée par une ficelle de mauvaise qualité et scellée de cire, mais sans cachet.

— Heureusement que Lajoye m'a dit que vous alliez bien ! fit la vieille femme en posant devant lui un morceau de pain blanc et deux pichets, l'un de vin jeune et l'autre d'eau fraîche.

La mère Leborgne avait un faible pour le laquais de Jean.

— Il est venu ici, le chenapan ?

— Hier au soir. M'a raconté le bel habit qu'y vous a trouvé pour les fiançailles du Joyeuse.

— Ah, sais-tu, bonne mère, je laisse toutes les fêtes du Louvre pour un seul repas ici !

— C'est bien de l'honneur que vous me faites, allez, comparer le palais du roi à mon entresol !

— Et le croiras-tu, ma bonne, je n'ai point mangé depuis hier. Je suis même point rentré pour dormir. Autant dire que je suis à moitié mort ! fit Jean, avec une grimace pitoyable.

— L'est encore tôt, fit la cuisinière en réfléchissant à voix haute. La fricassée manque un peu de cuisson...

— Ne me dis pas ça !

— Mais, en attendant, poursuivit-elle sans s'émouvoir, j'vas vous couper des œufs durs et des oignons nouveaux que je vous mettrai avec une belle salade et j'as aussi un reste d'un pâté de foie de volaille d'hier. Le temps que vous finissiez ça, j'pourras vous servir ma fricassée. De jeunes pintades garnies à l'ail et à l'estragon. Enfin, j'ai un blanc-manger avec des prunes de mon jardin.

Le jardin était le prunier qui lui servait d'enseigne.

— Le sergent va me rejoindre, prévois pour deux, la mère. Nous avons aussi faim qu'une armée de gueux !

Une fois la vieille aubergiste retournée à son fourneau, Jean, après avoir avalé un morceau de pain et bu une grande rasade de vin allongée d'eau, ouvrit la lettre avec son couteau.

À monsieur le commissaire-enquêteur,

Je dois vous signaler, monsieur le commissaire, d'étranges événements qui ont lieu rue Perdue, dans une maison à colombages portant enseigne, dans le quartier Maubert, dépendant de votre juridiction.

Dans cette maison vivent le médecin Théophraste Le Noir et ses serviteurs. Tout le monde vous dira qu'il habite là depuis fort longtemps. Il possède dans son jardin, qui est fort grand, un lieu secret où il allume des feux la nuit, fait de singulières expériences et pratique des actes de sorcellerie que réprouve notre sainte mère l'Église.

Une femme amoureuse a vécu chez lui ces derniers jours et n'en est jamais ressortie. La nuit dernière ont retenti des cris effroyables, sans doute quelque sabbat.

Je ne signe pas cette lettre à dessein, préférant garder mon identité secrète, mais reste, sachez-le, monsieur le commissaire-enquêteur, votre humble et dévoué serviteur.

Perdu dans les pensées qu'avait éveillées la singulière missive, Jean sursauta quand la mère Leborgne posa devant lui saladier et terrine. Les lettres anonymes étaient nombreuses au Châtelet et peu d'entre elles étaient à prendre au sérieux, pourtant les accusations de celle-ci... L'odeur du pâté chassa de son esprit tout ce qui ne concernait pas son estomac. Il sortit son couteau et se mit avec ardeur à l'ouvrage. Il avait déjà tout avalé quand la silhouette du sergent se profila dans l'entrée. En voyant son expression, le Normand comprit qu'il n'achèverait pas son déjeuner.

— Que se passe-t-il, sergent ?

— Je suis venu vous chercher, monsieur. On vient de trouver un cadavre non loin de la place Maubert...

Jean se rappela aussitôt les termes de la lettre.

— ... Rue Perdue, lâcha-t-il.

Le sergent le regarda se lever, bouche bée.

— Mais... Oui, c'est dans une impasse qui donne rue Perdue. Comment savez-vous cela ?

Jean ne répondit pas et ramassa la lettre qu'il glissa dans son pourpoint.

— Garde-nous notre fricassée au chaud, la mère. Nous revenons ! cria-t-il à la vieille femme.

42

Le jeune commissaire balaya du regard cette rue qu'il avait tant de fois empruntée pour rentrer chez lui sans jamais vraiment y faire attention. Une voie étroite mais point trop, dont les rares encorbellements laissaient passer le soleil. Du linge pendait sur des perches en travers de la rue. De grands draps de couleur qui claquaient dans le vent.

Jean distingua rapidement le logis indiqué par la lettre anonyme, grâce à sa façade en colombages et à l'enseigne de médecin qui se balançait au-dessus de la porte. Derrière la fenêtre du rez-de-chaussée, il aperçut le visage pâle d'un jeune homme. Il continua son chemin, les soldats faisant s'écarter la foule devant lui, et gagna la venelle où le boucher de la place Maubert, qui y rangeait souvent sa carriole, avait trouvé le corps.

Ce dernier gisait sur le dos en plein milieu de l'impasse. C'était celui d'une très jeune femme complètement nue.

Trois choses surprirent Jean.

La première était la blancheur de sa peau qu'on eût dite couverte d'une mince couche de farine.

La deuxième était le calice de verre orné d'un serpent qu'elle tenait à la main.

La troisième, enfin, était qu'elle n'avait plus de tête.

L'OUROBOROS

43

Assise non loin de la fenêtre du rez-de-chaussée, Sybille brodait les initiales de son père sur un mouchoir de lin quand un attroupement inhabituel se forma rue Perdue.

Derrière la vitre semée de bulles d'air, des gens accouraient de partout. Étudiants, commis, badauds, commerçants venus de la place Maubert se faisaient signe, se hélaient. Ils convergeaient tous vers le même endroit, sur la gauche de leur logis. L'épaisseur du verre empêchait d'entendre leurs paroles, mais l'air horrifié de certains, les pleurs ou les grimaces des autres firent délaisser son ouvrage à la jeune fille.

Dehors, la foule s'écartait précipitamment, laissant le passage à une compagnie d'archers conduite par un sergent.

— Jeanne ! Jeanne ! appela-t-elle. Jeanne, viens vite !

— Oui, mademoiselle. Oui, j'arrive, répondit la Normande, essuyant ses mains sur son tablier et se penchant sur l'épaule de sa jeune maîtresse.

— Regarde !

Les soldats repoussaient les curieux de la pointe de leurs hallebardes.

— Pourquoi tout ce tumulte ? Et des gens d'armes, en plus ? grommela Jeanne en fronçant les sourcils.

La cohue était si dense qu'elles ne voyaient rien d'autre que des silhouettes qui se bousculaient. Des gens étaient apparus aux fenêtres en face, d'autres sortaient sur le pas de leur porte. Les nouveaux arrivants se haussaient sur la pointe des pieds. Soudain, un grand mouvement se produisit, les soldats faisaient reculer les curieux et dans l'espace ainsi dégagé apparut un jeune homme. De petite taille, habillé avec recherche, il passa d'un pas ferme devant leur logis. Un bref instant, il sembla à Sybille que son regard avait croisé le sien. Elle abandonna son ouvrage sur le rebord de la fenêtre.

— On dirait que c'est dans l'impasse à côté, fit Jeanne. J'vas aller voir, mademoiselle.

Une soudaine angoisse serra le cœur de la jeune fille.

— Non ! s'écria-t-elle. Reste, je t'en prie !

— Vous n'avez point peur, tout de même ? Bon, je vais d'abord chercher Jacob. Il sera près de vous pendant que j'irai aux nouvelles.

Sybille essaya de calmer sa frayeur. Était-ce la vue de ces gens qui se rassemblaient devant chez eux, des hommes en armes ?

— Non, ma Jeanne, laisse-le tranquille !

Elle hésita.

— Ce n'est pas que j'ai peur, confessa-t-elle, mais j'ai un terrible pressentiment, comme si un grand malheur allait nous toucher.

— Mais qu'allez-vous donc imagin…

La nourrice n'acheva pas sa phrase.

La foule, contenue par les archers, formait un arc de cercle et c'était maintenant vers leur maison que convergeaient tous les regards.

Des coups retentissaient à l'huis.

— Ouvrez, au nom du roi !

44

— C'est bien la maison du médecin Le Noir ? demanda le sergent Sénéchal, qui s'était encadré dans la porte.

— C'est bien la maison de monsieur Théophraste Le Noir, médecin de son état, répondit fermement la Normande, bien décidée à ne pas se laisser impressionner par la haute stature et les moustaches de l'officier. Mais mon maître n'est point là. Il est parti fort tôt ce matin, à la faculté.

— Ce n'est point grave, ma brave femme, déclara le commissaire qui s'avança à son tour.

Le sergent s'écarta pour le laisser passer.

— Nous allons l'attendre chez lui, poursuivit le jeune homme.

Il salua courtoisement la Normande que tant de politesse décontenança.

— Jean du Moncel, commissaire-enquêteur au Châtelet.

Chaque fois qu'il prononçait son titre, et il n'avait pas besoin de sa robe de magistrat pour cela, la réaction était la même. Comme Jeanne en cet instant, les gens avaient un mouvement de recul. Ils avaient peur de ce Châtelet sur lequel couraient tant de bruits, peur de ceux qui s'en réclamaient, et qui apportaient plus souvent emprisonnement, torture et mort que justice.

À l'intérieur, la voix rauque de Sybille s'éleva :

— Jeanne, voyons, ne fais pas perdre leur temps à ces messieurs ! Qu'ils entrent.

En entendant frapper, elle avait couru enfiler un pourpoint sur sa chemise et troquer ses chaussons contre des bottes cavalières. Elle se sentait mieux ainsi, protégée par l'épaisseur du cuir et celle du tissu de sa veste. Le danger pressenti était là, elle devait l'affronter. Ces étrangers qui entraient chez eux, ces gens du Châtelet, étaient, comme Tassine auparavant, le monde du dehors qui venait à elle, davantage en quelques jours que pendant les neuf dernières années.

— Laisse-nous, Jeanne ! ordonna-t-elle, essayant de contenir les palpitations désordonnées de son cœur.

— Mais...

— Je t'appellerai, s'il est besoin.

Sybille reconnut l'homme en habit aperçu quelques instants plus tôt à travers la vitre et le détailla, à la fois impressionnée par le titre qu'il portait et rassurée par son évidente jeunesse.

De petite taille, mais bien fait de sa personne, il portait l'épée et le pistolet au côté. Sa peau était blanche, ses cheveux bruns, quant à ses manières, autant qu'elle avait pu en juger, elles semblaient de bon aloi.

— Merci à vous, fit le commissaire en s'inclinant brièvement. À qui ai-je l'honneur ?

La voix était douce, mais le regard qu'il leva vers elle la gêna tant il était direct.

— Pardonnez-moi, monsieur le commissaire-enquêteur, je ne me suis pas présenté. Mais entrez, entrez, je vous en prie !

Elle essayait de gagner du temps. Cherchant comment se comporter. Elle suivit le regard du magistrat qui parcourait la pièce, s'arrêtant sur la fenêtre puis repartant vers la longue table, remarquant l'aiguière d'argent, la vaisselle fine... Tout cela en quelques secondes. L'appréhension lui faisait battre le cœur.

— Je vous propose d'aller dans le bureau de mon père, c'est plus confortable. Je suis Sy...

Elle toussota.

— Simon, le... le fils de monsieur Le Noir.

Pourquoi avait-elle dit cela ? Son infime hésitation, elle en était sûre, n'avait pas échappé au commissaire. Tout cela était si inhabituel, même sa voix, d'ordinaire si sourde, lui paraissait plus aiguë. Cet homme allait-il voir à travers elle aussi sûrement que le Capitaine ? Elle trouvait qu'il la dévisageait d'une drôle de façon. Et puis, que leur voulait-il ? Pourquoi demander après son père ?

Elle les mena jusqu'au cabinet dont elle poussa le battant.

— Entrez, je vous prie.

— Je dois parler de toute urgence à monsieur votre père. Votre servante a dit qu'il était parti à la faculté de bon matin ?

— C'est exact.

— Je vais l'envoyer quérir.

— À la faculté, mais...

— Peut-être, en attendant, monsieur, pourriez-vous me faire visiter votre logis ?

Le ton était courtois, mais Sybille comprit que c'était un ordre qu'il lui donnait là.

— Même si nous n'avons rien à cacher, la requête est singulière, vous l'avouerez, monsieur le commissaire, rétorqua-t-elle. Puis-je savoir, d'abord, pourquoi vous désirez voir mon père ? Et que veut dire cette foule dans notre rue ?

— Je désire rencontrer monsieur Le Noir pour deux raisons, monsieur, et la première est que nous avons trouvé, ce matin, le cadavre d'une femme dans l'impasse.

Sybille sentit un frisson glacé lui parcourir le dos.

— Un accident ?

— Non pas, fit le commissaire. Je ne serais pas ici si c'était le cas. Une malemort.

Il la fixait tout en disant ces mots, mettant les mains dans son dos dans une attitude qui devait lui être familière. La jeune fille resta un long moment sans voix. Ses idées se bousculaient. Quel rapport pouvait-il y avoir entre ce cadavre et son père ? Qui était la femme morte ? Pourquoi avait-il dit deux raisons ? Quelle était la seconde ?

Ils étaient debout, face à face, au beau milieu du bureau et elle essaya par des gestes simples de recouvrer son sang-froid. Elle saisit un tabouret et l'approcha du jeune homme.

— Je manque au plus élémentaire devoir d'hospitalité, asseyez-vous, monsieur le commissaire, et vous, sergent…

— Le sergent va donner ordre à un garde d'aller quérir votre père à la faculté et il m'attendra ensuite dans la pièce à côté.

L'officier fit un salut militaire et sortit aussitôt.

— Vous ne m'avez pas demandé quelle était l'autre raison de ma présence ? ajouta le jeune Normand en s'asseyant. La connaîtriez-vous ?

— Non, qu'allez-vous penser ? Je suis juste trop…

Elle retint ce mot infiniment féminin, « bouleversée », et poursuivit :

— J'attendais que vous me l'expliquiez, monsieur.
— Une simple lettre comme nous en recevons tant, mais fort détaillée.
— Une lettre, mais de qui ?
— Votre père enseigne à la faculté de médecine ? fit le jeune homme en esquivant la réponse.

Il n'en dirait pas plus et elle se résigna à répondre :
— Oui. Nous sommes une longue dynastie de médecins.
— Vous aussi, monsieur ?

Ce « monsieur » la troublait à chaque fois. Face à cet homme-là, elle avait le sentiment d'une imposture.
— J'étudie.

Le regard du commissaire s'attarda sur le portrait de Catherine de Neyrestan, les piles de livres aux titres en latin, en grec et en hébreu, les roches sur les étagères... avant de revenir à elle.

— On m'a dit que monsieur Le Noir avait soigné une jeune femme récemment ?
— On vous a dit vrai, monsieur le commissaire, répondit Sybille. Elle s'appelle Tassine. Elle avait les fièvres et mon père l'a guérie.
— Parlez-moi d'elle, voulez-vous ?
— Bien que je ne comprenne pas là non plus la raison de votre demande...

Elle hésita.

— Que vous dire ? Elle est fort jeune, quatorze ans à peine, une gamine venue des bords de Loire, que la vie a malmenée. Elle est devenue femme amoureuse pour survivre. C'est elle qui me l'a dit. Mon père lui a même proposé de la sortir de son état. Elle ne le pouvait ou ne le voulait pas. Mais puisqu'on vous a dit qu'elle était venue, on a dû vous dire tout cela et aussi qu'elle était repartie.

Une pensée atroce l'envahit soudain : « Et si le corps dans la venelle… » Elle la repoussa, tant c'était insupportable.

— Vous avez songé à la même chose que moi, n'est-ce pas ? À quelle heure est-elle partie de chez vous ?

— Dans l'après-midi d'hier, mais je n'ai point regardé l'horloge, je l'avoue. C'était avant les fiançailles du duc de Joyeuse.

— Seule ?

— Euh… non, bredouilla Sybille… avec un ami à elle.

Elle s'en voulut aussitôt d'avoir hésité une fois de plus, mais le commissaire n'avait pas semblé s'en apercevoir. Il poursuivait :

— On m'a dit aussi que monsieur votre père pratiquait des expériences… disons, que nous pourrions qualifier d'« étranges ».

— Mon Dieu, monsieur, il n'y a là rien d'étrange, mon père est médecin et alchimiste.

— Alchimiste… Je sais qu'il en est beaucoup qui se réclament de l'alchimie mais qui ne sont guère que des souffleurs. Recherche-t-il, lui aussi, de l'or ?

— Non, monsieur. Il fait mieux que cela ! s'insurgea Sybille à laquelle, comme à son père, la recherche du métal précieux semblait vulgaire. N'oubliez pas qu'il est médecin !

— Il n'y avait pas offense de ma part, juste méconnaissance. Mais peut-être pourrez-vous m'expliquer tout cela en son temps ?

— J'essaierai, monsieur.

— En attendant, si vous me faisiez visiter son atelier ?

Il regarda autour de lui.

— Ce n'est pas ici. Vous avez un jardin, je crois ?

Sybille s'étonna. Toutes ces questions, et les réponses que le commissaire semblait déjà détenir, la mettaient de plus en plus mal à l'aise.

— Quel est celui qui vous a si bien ou mal parlé de nous, monsieur ? Oui, nous avons un jardin.

— Je ne peux vous le dire, monsieur, mais les accusations qu'il porte contre votre père sont graves et méritent toute l'attention de l'officier du roi que je suis.

— Accusations ? fit Sybille d'une voix blanche.

— Oui, monsieur. Et maintenant, si vous me conduisiez ?

Bien que toujours courtois, le ton avait changé. Sybille se leva.

— Comme il vous plaira, monsieur le commissaire.

45

Tout en suivant les méandres de ce singulier jardin, plus proche d'un petit bois que des habituels potagers de ville, Jean du Moncel fixait la mince silhouette du jeune homme qui marchait devant lui. Quelque chose chez le fils du médecin le gênait. Une grâce particulière jusque dans sa démarche, une grâce d'ordinaire réservée aux femmes. Même ses traits si fins, sa bouche bien dessinée, ses longs cils… « Voilà un jeune homme qui ne déparerait pas à la cour d'Henri III, sa beauté n'a rien à envier à celle des favoris du roi », songea-t-il, avant de chasser cette pensée triviale de son esprit et de revenir à son enquête.

Y avait-il un lien entre la mort de l'Espagnole et ce nouveau cadavre ? Que voulait dire cette mise en scène autour du corps ? Est-ce que la femme sans tête et Tassine faisaient une seule et même personne ? La lettre anonyme parlait d'un lieu secret, de sorcellerie, et même de sabbat... Il avait du mal à relier tout cela au paisible intérieur dans lequel il avait pénétré et à l'être gracieux qui le précédait.

Devant lui, Simon Le Noir ouvrait la porte d'une bâtisse longue et basse aux cheminées noircies. Une sourde appréhension l'envahit. Qu'allait-il trouver là-dedans ? Et que voulait dire le jeune Simon par « mieux » que la recherche de la pierre philosophale ? Il lui semblait que tous les alchimistes voulaient fabriquer de l'or... Il s'avança néanmoins d'un air assuré et entra.

La première chose qui le frappa fut l'odeur, presque exotique, comme celle des échoppes où se vendent galanga, cannelle, poivre et autres graines de paradis... Il respira profondément. Un mélange de salpêtre et d'épices, de camphre aussi...

La pièce était différente de tout ce qu'il connaissait, baignée d'une lumière verdâtre, emplie d'étranges récipients de verre aux formes biscornues, de longues planches où s'alignaient des pierres, des lanières d'écorces, des plantes séchées. Cela ne ressemblait pas pour autant à l'étal d'un apothicaire, c'était un autre univers. Où l'on sentait un ordonnancement particulier. Au beau milieu, une écritoire, qui semblait en être le pivot, portait un registre de cuir rouge aux pages couvertes d'une écriture serrée qu'il supposa être celle du médecin.

Rien ne lui était familier, hormis les mortiers et les pilons, il ne connaissait pas même les noms des objets. C'était un univers nouveau et fascinant qui, pourtant, le ramena quelques années plus tôt. Un souvenir qu'il croyait oublié. Un jeune homme s'était présenté en leur château du Cotentin, il disait se nommer François le Tourangeau[1] et venait de chez leur voisin et ami, Gilles de Gouberville. Il affirmait « vouloir aller aux îles » pour « opérer de sa science ». Il se mêlait de philosophie et avait commandé à la verrerie de Brix la fabrication d'un alambic comme ceux qu'il avait sous les yeux... Monsieur du Moncel, son père, lui avait expliqué que c'était un alchimiste.

— Vous voilà dans l'atelier, monsieur le commissaire...

Jean s'arracha à ses pensées. Un gaillard solidement bâti, les cheveux en bataille, l'air farouche, les avait rejoints.

— ... Et je vous présente notre apprenti, Jacob.

L'autre le fixa, puis marmonna quelque chose d'inintelligible et fit demi-tour, partant à pas pressés vers la pièce voisine.

— Excusez-le, monsieur le commissaire, fit le fils de l'alchimiste. Jacob n'aime guère parler.

— Continuons la visite, monsieur, j'avoue que je suis fort curieux.

À peine entré dans la seconde pièce, Jean eut l'impression de s'aventurer plus loin encore dans l'inconnu. Les murs étaient noirs de suie. Une forte odeur de fumier emplissait la pièce, encombrée par trois fours. Sur la cuvette de l'un d'eux, sur un lit de crottin de cheval, était posée la base d'un objet qui lui évoqua un gros œuf.

Pendant un moment, il oublia son enquête pour ne plus faire qu'observer ce qui l'entourait.

---

1. Voir *Le Journal du sire de Gouberville*, écrit de 1549 à 1561.

— Qu'est-ce donc que cela ? demanda-t-il enfin.
— Une opération alchimique de mon père. Le feu éteint de la fermentation chauffe l'œuf. Le fumier permet d'obtenir une chaleur très douce. En alchimie, il suffit d'un infime écart de température pour que tout soit à recommencer. Et cela représente des nuits et des jours de travail.

La voix du fils de l'alchimiste était moins rauque, elle devenait presque féminine. Jean s'était penché, et ils étaient si près l'un de l'autre qu'il aperçut les fines gouttes de sueur qui se formaient sur la lèvre supérieure de son voisin. Les cils étaient longs et recourbés au-dessus d'un regard d'un vert de porcelaine. Dans ses cheveux roux s'allumaient des reflets d'incendie.

Jean prit soudain conscience de l'attirance qu'il éprouvait et recula comme s'il s'était brûlé.

Sybille le regarda, surprise.

— J'ai entendu des voix, fit Jean, on dirait que le sergent arrive avec monsieur votre père.

Sybille retourna dans la pièce voisine et Jean l'y suivit, détaillant malgré lui la forme gracieuse des jambes que soulignaient les souples bottes de cuir. Il se força à regarder ailleurs, conscient de la force de son trouble. Que lui arrivait-il ? Jamais de sa vie il n'avait éprouvé aucune inclination pour les garçons et voilà que celui-là...

Le sergent entra, suivi d'un homme encore jeune vêtu de la robe rouge des médecins. Une fraise tuyautée empesée entourait son cou, de sous sa calotte noire dépassait une chevelure d'une blancheur de neige.

— Théophraste Le Noir, médecin de la faculté de Paris, fit l'alchimiste en s'inclinant. Vous m'avez fait chercher, monsieur ? J'avoue que j'en suis fort étonné, mais je suis à vos ordres.

Il avait le regard droit, la mine franche.

— Et je vous en remercie, monsieur Le Noir. Croyez bien que je suis désolé de faire irruption ainsi dans votre vie, mais, hélas, ainsi que je l'ai expliqué à votre fils Simon, pèsent sur vous de graves accusations, que j'en suis sûr vous saurez lever.

— De quelles accusations s'agit-il, monsieur le commissaire-enquêteur ?

— Rien ne sert de faire des détours, monsieur. Vous êtes accusé d'assassinat... et de sorcellerie.

À ces mots, le fils de l'alchimiste était devenu si pâle que, pendant un bref instant, Jean crut qu'il allait s'évanouir.

— Crime et sorcellerie, répéta le médecin, visiblement sous le choc lui aussi. Comme vous y allez ! Mais qui aurais-je tué ? Et pourquoi ? Il doit y avoir erreur, monsieur.

— Non, c'est bien de Théophraste Le Noir, habitant rue Perdue, qu'il s'agit.

— Vous dire que tout cela n'est que vile calomnie, ou que je suis innocent de tout ce dont on m'accuse, ne suffira pas, je pense ?

— Non, monsieur, il vous faudra le prouver ! Mais tout d'abord, avant qu'on ne l'emmène, j'ai demandé qu'on porte en votre logis le corps qui a été trouvé dans l'impasse voisine. J'aurais besoin que vous l'identifiiez avant qu'il ne soit confié aux soins de monsieur Antoine Foës.

— Monsieur Foës, je le connais, est un jeune homme qui pourrait prendre la suite du grand André Vésale... Mais de quel corps parlez-vous ?

Jean fit la même réponse qu'au fils de l'alchimiste.

— Venez, monsieur Le Noir.

Théophraste ne bougea pas. Son regard alla de l'intérieur de la Maison Chymique à sa fille.

— Et ensuite, monsieur ? demanda-t-il.

— Ensuite, je vous demanderai de prendre quelques affaires, et me verrai obligé de vous conduire au Châtelet.

— Vous ne pouvez pas faire ça ! s'écria Sybille, la voix montant dans les aigus.

— Je le peux, monsieur, hélas, et je le ferai ! affirma Jean.

— Calmez-vous, monsieur mon fils ! ordonna Théophraste. Je suis innocent, ne l'oubliez pas, et monsieur le commissaire fait son office, rien de plus.

Sybille se tut et baissa les yeux pour qu'on ne puisse voir les larmes qui les emplissaient. Son père reprit :

— Puis-je donner quelques consignes à mon apprenti avant de vous suivre, monsieur ? De façon que des mois, voire des années de travail ne se perdent pas. Nous avançons à grands pas, ces derniers jours.

— Veillez à ce qu'aucun four ne soit allumé en votre absence.

— Bien, monsieur.

Pendant que l'alchimiste et le sergent passaient dans la pièce voisine, Jean et Simon restèrent en tête à tête.

Le Normand s'aperçut que le jeune homme serrait ses mains l'une contre l'autre pour les empêcher de trembler et cela le toucha malgré lui.

— Croyez bien que je suis désolé de tout cela, monsieur, déclara-t-il soudain. Je réserverai à votre père les meilleurs traitements. Et si toutes ces accusations s'avèrent sans fondement, il sera bientôt de retour chez vous, je vous le promets.

Il n'y eut pas de réponse, et le regard de son interlocuteur resta braqué vers le sol.

Jean se reprocha aussitôt sa faiblesse.

Qu'avait-il à promettre, comme si c'était lui qui était en faute ? Il perdait le sens commun. Ce garçon le déconcertait et lui qui, d'habitude, se flattait de sa maîtrise, envia soudain celle de son protecteur, monsieur de Neufville.

46

Le brancard avait été posé entre deux tabourets dans la grande pièce. Des gardes se tenaient de part et d'autre. Théophraste s'approcha de la forme recouverte d'un linceul, la regarda puis leva la tête vers Sybille qui était devenue aussi blanche que la fraise de dentelle qui encadrait son cou mince.

— En tant que médecin, monsieur le commissaire, je suis habitué à tout cela, mais ce n'est pas le cas de mon fils, peut-être pourrions-nous lui éviter ce spectacle ?

— Je n'ai pas besoin de lui, approuva Jean. Il peut attendre dans votre bureau ou dans sa chambre. Sergent ! Accompagnez-le.

Sans un mot, Sybille fit demi-tour, suivie par l'officier.

— Eh bien, monsieur, assez perdu de temps ! Votre avis, fit Jean en soulevant le linceul, dévoilant le cadavre sans tête.

Le visage du médecin ne témoigna d'aucune émotion.

— Comment pourrais-je l'identifier ? demanda-t-il calmement.

— Regardez mieux, monsieur Le Noir, répliqua Jean du Moncel, il y a bien quelque marque, un défaut sur le corps qui vous aidera...

Jean n'acheva pas sa phrase, le médecin fixait un grain de beauté sur l'avant-bras du cadavre.

— Alors, pouvez-vous me dire son nom ?

— Hélas, oui.

La voix du médecin était devenue sourde.

— C'est la jeune femme que j'ai soignée. Elle disait se prénommer Tassine, monsieur le commissaire.

— Quoi d'autre ?

Le médecin se pencha pour examiner le col de la victime.

— Le travail a été proprement fait, sans hésitation, je dirais avec un instrument comme ceux que les chirurgiens ou les barbiers utilisent.

— Quoi d'autre ?

Le médecin secoua la tête.

— Je ne sais, monsieur le commissaire. Monsieur Foës pourra certainement vous en dire davantage. Il a un talent que je n'ai pas.

— Et ce corps décapité qu'on a enduit de blanc ne vous amène pas à d'autres réflexions, monsieur le médecin ?

Théophraste ne répondit pas, son visage s'était fermé comme si les mots que venaient de prononcer Jean l'avaient frappé de plein fouet.

Le commissaire fit signe au garde de rabattre le drap.

— Et ceci, monsieur Le Noir ?

Le commissaire avait sorti de sa sacoche le calice de verre qu'avait tenu la femme sans tête. Il le fit jouer dans la lumière. Un étrange serpent qui se mordait la queue y était gravé. Suivant la façon dont on le bougeait, il paraissait tantôt doré, tantôt d'un vert profond.

— Le cadavre tenait cette coupe entre ses doigts. Avez-vous déjà vu cet objet ?

Pas de réponse.

— Avez-vous déjà vu cet objet, monsieur Le Noir ? répéta Jean.

— Non, monsieur le commissaire.

Et Jean sentit aussitôt que l'alchimiste lui mentait.

— Un cadavre sans tête tenant une coupe à la main... Comprenez bien qu'on vous accuse de sorcellerie et de meurtre, monsieur Le Noir. Et qu'il va falloir vous défendre si vous ne voulez pas finir pendu ou pire, en place de Grève !

Le regard du médecin était absent, comme tourné vers quelque chose qu'il était seul à voir.

— Que veut dire ce serpent ?

— C'est un symbole grec, l'ouroboros.

— Mais encore ?

Théophraste secoua la tête. Un moment passa.

— N'abusez pas de ma patience, monsieur Le Noir. D'autres que moi vous auraient déjà jeté dans un cul de basse-fosse.

Pas de réaction.

— Puisque c'est ainsi, nous verrons cela au Châtelet ! Dites à votre servante de préparer vos affaires !

Théophraste acquiesça d'un bref signe de tête et se dirigea d'un pas lent vers la cuisine où Jeanne attendait. Jean le regarda partir, songeur, puis appela.

Quelque chose lui échappait qui expliquait le soudain revirement de l'alchimiste. Autant l'homme avait été courtois et prompt à répondre avant d'avoir vu le corps, autant maintenant il paraissait accablé et désintéressé par son propre sort.

— Sergent !

Nicolas Sénéchal s'encadra dans la porte.

— Faites venir Simon Le Noir !

Quelques instants plus tard, Sybille entra, très pâle.

— Monsieur, lui annonça Jean sans ménagement, je pense que vous l'avez deviné, votre père a reconnu le cadavre de Tassine.

— Tassine…

Le regard de Sybille alla de la forme blanche qu'emmenaient les gardes au visage du jeune commissaire. Dehors hennissait le cheval de la charrette des morts. Par la porte entrebâillée, on entendait les cris et les ordres secs des archers.

— Je vous laisse votre liberté, pour l'instant, reprit le commissaire, et reviendrai demain vous interroger. Entre-temps, si vous essayez de fuir, je vous ferai rattraper et jeter au cachot. Vous m'avez entendu, monsieur ?

Incapable de prononcer un mot, Sybille hocha la tête.

— Pareillement pour votre servante et votre serviteur. À vous revoir, monsieur.

Une fois les hommes du roi partis avec son père, la porte refermée, la jeune fille poussa un soupir et glissa au sol, évanouie.

47

Rue Perdue, la foule s'énervait, poussait, huait, mais les archers tenaient bon, contenant non sans mal cette marée humaine qui essayait d'approcher de la maison du médecin et de l'impasse où avait été retrouvé le cadavre. Aux piétons s'ajoutaient maintenant des charrois et des cavaliers, bloqués alors qu'ils essayaient de rejoindre la place Maubert.

— Faites reculer et dégagez ces voitures ! ordonna Jean avant de se tourner vers le médecin. La foule est un animal qui peut être aussi dangereux qu'une harde de sangliers. Mieux vaut ne pas l'exciter. Donnez-moi votre parole, monsieur, de ne pas tenter de vous enfuir et je ne vous ferai pas l'infamie de vous mettre des liens.

— Vous l'avez, monsieur.

Alors que les archers prenaient place autour de l'officier du roi et de son prisonnier, et que la petite troupe se frayait un passage vers les quais de la Seine, Côme, dit le Milanais, prit le chemin opposé. Depuis qu'il avait mis ses pas dans ceux du médecin et l'avait vu revenir de la faculté encadré par des gardes, il n'avait rien perdu de ce qui se passait.

Sur le moment, l'arrestation de Théophraste le contraria fort. Au moment où son client lui avait enfin donné l'ordre d'en finir, l'affaire lui échappait. En plus, sa nouvelle maîtresse – une beauté à l'appétit insatiable – menaçait de le quitter.

À moins que... Il suffisait d'un peu de monnaie pour séduire les gardiens et il connaissait les lieux. Descendant même dans l'une des pires geôles, celle qu'on surnommait la « Fosse », une antichambre de l'Enfer où les prisonniers avaient les pieds dans l'eau et où ils ne pouvaient tenir ni debout ni couché. Il avait eu l'impression, en ôtant la vie au détenu, de lui rendre un fieffé service.

Le Milanais se frotta les mains d'un geste machinal. Il songeait à la bourse qu'on allait lui donner et au bijou qu'il achèterait à son exquise amante !

48

Le médecin marchait en silence, encadré par les archers. Jean, tout en l'observant, se demanda une fois de plus s'il était coupable ou victime. Il s'en voulait de sa méconnaissance de l'alchimie, de ne pas savoir ce que signifiaient ce serpent qui se dévorait lui-même et ce corps sans tête. Et il y avait cette lettre anonyme. Qui l'avait rédigée et pourquoi ? Par sens du devoir, par peur ou bien, comme c'était le cas pour la plupart des billets anonymes, par haine et esprit de vengeance ?

L'escouade rejoignit bientôt les quais de la Seine et, quelques instants plus tard, traversa la place de l'Apport-Paris. Les relents de sang et de viscères venus de la Grande Boucherie flottaient dans l'air. Ils passèrent la barrière des Sergents, pénétrèrent sous la haute voûte, et Jean, après avoir rempli le registre d'entrée, conduisit le médecin à son bureau.

Pour une fois, Jean enfila avec plaisir sa longue robe noire de magistrat. Quelque chose dans la signification de ce vêtement, dont l'origine, comme sa charge, remontait au temps ancien de Philippe le Bel, dans l'épaisseur et la raideur du tissu, dans son ampleur, lui fit du bien.

— Asseyez-vous, monsieur, fit le sergent au médecin.

— Mathieu !

— Oui, monsieur le commissaire, répondit le commis.

— Prenez en note tout ce qui sera dit dans cette pièce, sans omission. Je reverrai votre texte avant qu'il soit inscrit au Registre criminel du Châtelet.

— Bien, monsieur, répondit le commis en trempant sa plume dans l'encrier de porcelaine devant lui.

Le commissaire étendit ses jambes, puis se pencha au-dessus de sa table et prit la parole.

— J'aimerais, avant que nous commencions cet interrogatoire, vous dire que si vous êtes innocent, monsieur Le Noir, je ferai tout ce qui est en mon pouvoir afin que vous sortiez au plus vite du Châtelet. Si par contre vous êtes coupable de meurtre et convaincu de sorcellerie... je serai sans pitié.

— J'ai confiance en la justice du roi, affirma Théophraste.

Jean croisa les mains.

— Ainsi que je l'ai expliqué à votre fils, j'ai reçu hier une lettre vous concernant. J'aimerais que vous la lisiez, fit-il en tendant le papier au médecin qui, après un moment, la reposa sur la table.

— Ce n'est qu'un tissu de mensonges écrit par un lâche qui n'a même pas le courage de signer, monsieur le commissaire. Je suis alchimiste et non sorcier. Certes, j'enfreins parfois la loi du couvre-feu avec mes fours, mais c'est là mon seul tort. Quant à l'accusation de meurtre, elle est grotesque.

— Justement, revenons à cette Tassine, qui d'après les dires de votre fils était une femme amoureuse.

Le commissaire fixa son commis dont le regard suivait une mouche qui marchait au plafond.

— Mathieu ! appela-t-il d'un ton sec.

Le commis sursauta et baissa le nez sur sa feuille.

— Veuillez noter, quand nous en aurons fini avec monsieur Le Noir, de me chercher une jeune femme nommée Tassine dans le registre d'écrou du Châtelet.

Je veux savoir si elle a déjà été arrêtée, quel est le logis qu'elle a déclaré, tout cela...

— Oui, monsieur le commissaire.

— Bien. Revenons à vous, monsieur Le Noir. Comment l'avez-vous connue ?

— Le terme est impropre, je ne la connaissais pas plus que tous les pauvres que je soigne gratuitement. Je l'ai guérie et la pauvre enfant est repartie avec son compagnon. Voilà tout.

— Compagnon, qui était ?

— Il ne m'a pas dit son nom, mentit Théophraste.

— Pas même un surnom ?

L'alchimiste secoua négativement la tête.

— Et savez-vous où je peux trouver cet homme ?

— Non. Mais elle m'avait dit loger à l'auberge du *Cheval rouge*.

Le visage du commissaire s'était durci.

— Cela, je l'aurais trouvé, monsieur Le Noir, répliqua-t-il sèchement. Vous rendez-vous compte que vous me demandez de vous croire sur parole ? Et qu'il n'y a, si j'en crois vos dires, que cet homme qui pourrait prouver que la jeune fille est bien sortie vivante de chez vous, ce soir-là ?

— Mes serviteurs, mon...

— Vous imaginez bien que ni la parole de votre fils ni la leur ne pourront vous innocenter.

L'épuisement se lisait sur le visage maigre de l'alchimiste, il haussa les épaules et c'est d'une voix lasse qu'il déclara :

— Que puis-je faire ou dire, si vous ne me croyez pas, monsieur le commissaire ? Renseignez-vous sur moi. Voyez le doyen de la faculté, voyez mon père, mon cousin Guillaume, imprimeur rue Saint-Jacques, voyez tous ceux qui me connaissent : on vous dira que je suis un homme de bien et que je n'ai rien à cacher.

— N'ayez crainte, monsieur Le Noir, je connais mon métier, répliqua, piqué, le jeune Normand.

Il posa la coupe devant lui.

— Vous ne m'avez pas tout dit sur cet... ou... ouroboros. Sa vue a eu l'air de vous troubler.

La bouche du médecin se crispa.

— Vous vous méprenez, monsieur le commissaire.

Jean du Moncel refréna l'irritation qu'il sentait monter.

— Je n'ai pas l'habitude, monsieur Le Noir, de trouver une femme sans tête au corps poudré de blanc et tenant un calice à la main ! Tout cela est une mise en scène. Soit c'est vous qui l'avez faite, soit c'est un autre, et je veux en comprendre le sens. Si vous tenez à la vie, car c'est de votre vie qu'il s'agit, vous devez m'aider !

L'emportement du commissaire n'ébranla pas Théophraste qui demeura le visage fermé, les lèvres serrées.

— Sergent, conduisez monsieur Le Noir à la Gloriette, ordonna-t-il. À vous revoir, monsieur, et faites bon usage du temps que je vous laisse ! Demain, il vous faudra parler ou, même si j'y répugne, je vous confierai à d'autres mains que les miennes !

DES OMBRES DANS LA NUIT

49

Une fois la porte du cachot refermé, Théophraste marcha d'un pas lent vers la meurtrière et, saisissant les barreaux à pleines mains, poussa un long cri. Puis sa clameur se mua en râle et il se tut, regardant sans le voir le ciel qui s'assombrissait déjà.

Au bout d'un long moment, il lâcha les barreaux, gardant leur empreinte rouillée sur sa paume tant il les avait serrés fort, et alla s'asseoir sur sa paillasse, la tête entre les mains.

Il savait enfin qui était son ennemi.

50

Le valet referma sans bruit derrière Brisenez. Les grands rideaux de velours rouge des fenêtres étaient tirés et le laquais mit un moment à discerner la forme allongée sur le lit de repos. Sujet à de fréquents et terribles maux de tête, son maître aimait la pénombre. Juste éclairé par la lueur des candélabres, on eût pu le croire mort tant il était livide sous son maquillage.

— Que veux-tu ?

— Vous parler, mon maître.

— Va au fait !

— Voilà... hésita l'autre. C'est au sujet de l'Espagnole...

Et sans plus reprendre son souffle Brisenez raconta sa visite à l'auberge, la mort de la jeune femme et, surtout, les révélations de la Mouche.

— Un commissaire au Châtelet, dis-tu ? Jean, de son prénom ? Que sais-tu d'autre ?

— Pas grand-chose, mon maître, mais, d'après l'aubergiste, il est jeune, de petite taille, les cheveux bruns, les yeux noirs.

Le regard fatigué du maître de maison passa du buste de César qui dominait son lit à l'horloge dont les rouages cliquetaient doucement.

— Il y a vingt commissaires au Châtelet et je connais la plupart d'entre eux. Nous trouverons facilement celui-là.

— Oui, mon maître.

— Et... qu'on en finisse, tue-le !

— Mais, mon maître, c'est un commissaire...

Pour un tel crime, on passait par la question, puis on était roué vif et exécuté, Brisenez le savait. Pourtant il se tut en voyant le petit homme se redresser sur un coude pour mieux le regarder. La pâleur de son visage avait fait place à une rougeur de mauvais aloi. Comme à chaque fois que la colère le prenait, sa voix se fit plus douce encore.

— N'ai-je pas été assez clair ?

Le laquais s'empourpra.

— Si, mon maître, bien sûr. Je vous obéirai.

— Et camoufle cela en accident ou bien fais accroire que des truands en avaient après sa bourse. On meurt si facilement dans les rues de Paris !

— Bien, maître, fit Brisenez. Puis-je m'en aller ?

— Non, point encore. Que faisais-tu dans cette auberge ? Ne t'avais-je point dit de t'éloigner de cette fille ?

— Si, mon maître, mais… je craignais qu'elle ne nous trahisse et…

— Tu mens ! Et cela fait deux fois que tu me désobéis, tout cela pour une puterelle… Tu peux disposer maintenant.

Cela sonnait comme une condamnation.

— Mais, mon maître…

L'homme tira la sonnette pour appeler ses valets.

— Bien, mon maître, fit Brisenez en s'inclinant très bas.

51

La nuit venait de tomber. Sybille, qui se remettait mal des terribles émotions de la matinée, était à table avec Jacob et sa nourrice. Nul n'avait faim, mais chacun faisait semblant afin de ne pas montrer son découragement aux autres. La jeune fille, après avoir émietté son pain, allait avaler une cuillerée de soupe quand on frappa à la porte. Elle tressaillit.

— Et si c'était père qui revenait ? s'écria-t-elle.

— Non, mademoiselle ! Je ne crois pas, répondit Jeanne. Jacob, va voir.

L'apprenti courut à la porte et entrebâilla l'huis.

— Qui va là ?

— C'est moi ! C'est le Capitaine ! souffla Louis Belcastel en poussant la porte d'autorité. Ferme !

Jacob obéit et le Capitaine, traversant l'antichambre, alla s'incliner devant la jeune fille.

Son visage était livide, ses yeux éteints, et seule la balafre qui courait de son crâne jusqu'à sa bouche gardait encore quelque couleur.

— Mon Dieu, Capitaine, fit Sybille en se levant, c'est dangereux pour vous de venir jusqu'ici.

Elle prit les mains de l'ancien officier qu'elle serra dans les siennes, incapable de rien dire de plus. Le souvenir de Tassine et de l'amour qu'elle portait à celui qui l'avait sauvée de la noyade lui fit monter les larmes aux yeux.

— L'heure est à la vengeance, mademoiselle !

— Oui, répondit Sybille, essuyant ses pleurs d'un revers de main.

— On m'a dit que les hommes du Châtelet avaient emmené monsieur votre père.

— Il est accusé de sorcellerie et d'avoir tué...

— Je sais, la coupa-t-il. Et je sais aussi qu'il est innocent. Tassine m'a parlé de vous, de la façon dont vous l'avez soignée. Je suis venu pour vous dire que je tiendrai mon serment et vous protégerai jusqu'à la mort de moi.

— Merci, Capitaine. Mais c'est mon père que je veux défendre.

— Je suis à vos ordres.

Sybille ne sut que répondre. C'était comme s'il venait de lui remettre une épée ou un pistolet. Elle regarda le fier visage de celui qui lui faisait face, puis l'air anxieux de Jacob et de Jeanne. Et elle sentit grandir cette rébellion qui l'habitait depuis l'enfance. Quelque chose dans la mâle attitude de l'officier effaça d'un coup toutes ses craintes. Elle eut honte de ses larmes, de son désespoir, de sa passivité.

— Vous devez trouver celui qui a tué Tassine, Capitaine. Celui-là est le même qui veut nous nuire.

Louis ne répondit pas.

— Venez, asseyez-vous.

Une fois l'homme à leur table, elle reprit :

— Je comprends seulement maintenant que si mon père vous a demandé de me protéger c'est qu'il pensait être en danger.

Sybille avait l'impression que les événements disparates dont Jeanne ou elle avaient été les témoins s'assemblaient sous ses yeux et éclairaient d'un nouveau jour ce qui venait de se passer.

— Bien des fois, on a voulu attenter à sa vie. Et cela depuis la Saint-Barthélemy. Cette nuit-là, quelqu'un a tracé un signe sur la porte de notre maison. Un signe qui nous condamnait à mort, mon père, Jeanne et moi...

Sybille parla, parla, le visage enflammé. Racontant les attaques dont le médecin avait été l'objet, les assassins qui avaient failli le tuer, la voiture qui avait manqué l'écraser, le tonneau de vin empoisonné... Le Capitaine écoutait. Jacob et Jeanne se taisaient, stupéfaits par la métamorphose de leur jeune maîtresse.

— Enfin, quelqu'un a écrit une lettre pour le dénoncer, conclut-elle. Et peut-être est-ce la même personne qui a tué Tassine. Vous avez raison, Louis, il faut venger Tassine et sauver mon père. Oubliez dorénavant que je suis sa fille, à partir de ce soir, et grâce à vous, je serai son fils et n'aurai plus qu'un seul désir, prouver son innocence.

— Qu'attendez-vous de moi ?

— Partez, Capitaine ! Et faites ce que je ne peux faire, retrouver la trace de Tassine. Il faut prouver qu'elle est bien sortie d'ici. Est-elle retournée au *Cheval rouge* hier ? Qui a-t-elle vu ? Suivi ?

52

Le temps avait filé vite, trop vite. Jean et le sergent Nicolas avaient avalé leur déjeuner tant attendu avant de se séparer, l'un pour faire les recherches sur Tassine que lui avait demandées son supérieur, l'autre pour éplucher ses registres, y compris celui de l'état civil de la famille Le Noir.

À la tombée de la nuit, le commissaire alla frapper à la porte du cousin du médecin, Guillaume Le Noir, libraire de son état, à l'enseigne de la *Rose couronnée*, rue Saint-Jacques.

Un apprenti lui ouvrit et le mena dans l'arrière-salle déserte de l'imprimerie.

Les ouvriers étaient partis et l'endroit, silencieux, sentait l'encre et le plomb. Au fond, non loin des tiroirs contenant les caractères, se dressait la silhouette étrange de la presse avec son plateau de marbre. À la lueur d'une bougie, l'imprimeur finissait d'assembler des caractères dans une réglette de bois creuse. Tout à son ouvrage, il ne redressa la tête que quand Jean se trouva à ses côtés.

Guillaume Le Noir ne ressemblait pas à son cousin. Petit, alors que celui-ci était de haute taille, il avait le ventre d'un amateur de bonne chère et la face réjouie d'un taste-vin. Quand Jean se fut présenté, il s'inquiéta.

— Commissaire au Châtelet, mais pourquoi… Je ne vois pas… Attendez.

Il déposa sa ligne sous les précédentes sur la galée, vaste plateau de bois sur lequel était composé le texte.

— Voilà qui est fait ! Vous savez, si on n'assemble pas les caractères avec rigueur et précision, ils bougent pendant l'impression. Maintenant, je suis à vous, monsieur le commissaire. Mais asseyez-vous, je vous en prie, fit-il en désignant un banc en face de lui. À moins que vous ne préfériez venir chez moi ? J'habite au-dessus avec ma femme et mes enfants. Nous pourrons prendre un peu de vin de Loire.

— Non merci, monsieur Le Noir, restons ici, cela ira très bien. Savez-vous quel est le but de ma visite ?

— Ma foi non, monsieur le commissaire, répondit le libraire avec franchise. Et d'ailleurs, je n'ai jamais, de ma vie, eu affaire aux gens du Châtelet.

— Tant mieux, tant mieux, monsieur Le Noir. Mais ce n'est pas le cas d'un de vos familiers, votre cousin Théophraste.

— Théophraste ? Et pourquoi, mon Dieu ?

— Quand l'avez-vous vu la dernière fois ?

— Il lui est arrivé malheur ?

— Non. Répondez !

— Oh, cela fait bien longtemps ! Deux mois, peut-être. Pour dire le vrai, il me trouve bavard. Nous nous rencontrons moins qu'avant, quand son père, Antoine, réunissait la famille plusieurs fois l'an pour de somptueux repas. Mais vous m'inquiétez, monsieur, que se passe-t-il ? Si mon cousin a des problèmes d'argent, j'ai de quoi…

Jean leva la main.

— Laissez-moi parler, monsieur Le Noir.

Le libraire se recula sur son siège et sortit une petite gourde d'un tiroir. L'autorité de Jean l'avait fait blêmir.

— Tout cela me remue les sangs, voulez-vous un peu de bon vin, monsieur le commissaire ?

Les sourcils froncés de Jean suspendirent son geste.

— Bon, ne vous fâchez point. Je parle, je parle... Que voulez-vous savoir ?

— Tout. Il me semble que j'irai plus vite en vous écoutant qu'en compulsant d'autres registres. Parlez-moi de Théophraste.

— Enfants, nous étions très amis, bien que nous soyons fort différents, en fait, c'est lui qui ne ressemblait à personne. On a souvent pensé que c'était parce que sa mère était morte en couches. Dès deux ans, alors que d'autres ânonnent quelques phrases maladroites, il a commencé à écrire et prononçait des mots savants. Quelques années plus tard, il s'intéressait à la médecine... Faut dire qu'il a été élevé entre son père et son aîné, Robert, médecin personnel de Monsieur le frère du roi...

Philippe, mélangeant passé lointain et présent, expliqua l'accident qui avait rendu Antoine impotent, le mariage de Théophraste avec Catherine de Neyrestan, la petite Sybille. Il parla de la pratique de l'alchimie, des cours des Miracles où le médecin se rendait pour soigner gratuitement, de la Maison de la Charité chrétienne, fondée par l'apothicaire Nicolas Houel, où il prodiguait ses soins...

Jean dut lever la main pour arrêter le flot de paroles.

— Vous avez dit sa fille, hors je ne l'ai point vue rue Perdue. A-t-il eu plusieurs enfants ?

— Non. Juste Sybille, qui est en pension en province depuis son jeune âge. Théophraste a voulu la protéger. Il ne s'est jamais vraiment remis de la Saint-Barthélemy...

— Qui le pourrait ? fit Jean, songeur.

— Imaginez que ses cheveux ont blanchi cette nuit-là, reprit Guillaume Le Noir. Faut dire que bien qu'ils fussent catholiques, on avait tracé une croix sur leur porte et qu'ils auraient pu mourir si mon cousin ne l'avait effacée.

— Tiens donc…

— Si vous saviez, monsieur le commissaire, mais sans doute n'êtes-vous pas de Paris ?

— Non, je suis natif du Cotentin, mais vous disiez ?

— Sous couvert de ce massacre, il y a eu bien des règlements de compte.

Le libraire, qui avait vu des amis perdre la vie pendant ces jours terribles, se tut un moment.

— Revenons à l'alchimie, voulez-vous ? fit Jean. Votre cousin m'a dit qu'il ne cherchait pas la pierre philosophale.

— C'est vrai. Là encore, c'est la médecine qui le passionne. Je ne suis point si érudit que lui, mais je sais qu'il a été ébranlé par les écrits de Theophrast von Hohenheim, plus connu sous le nom de Paracelse. Il désire, comme lui, trouver un élixir de vie. Quelque chose qui pourrait rendre la santé à tous les hommes. Mais je n'en sais guère plus. Ma partie à moi, c'est la botanique.

— Savez-vous ce qu'est l'ouroboros ?

— *Serpens qui caudam devoravit*, le serpent qui a dévoré sa queue, répondit l'imprimeur. Un symbole grec qu'utilisent les alchimistes. L'ouroboros, serpent pour les uns, dragon pour les autres, enferme dans le cercle impénétrable de son corps l'axiome hermétique : Un le Tout. Ou, si vous préférez : Tout est dans tout. Mais ne m'en demandez pas davantage, Théophraste, lui, saura vous répondre.

— Croyez-vous que votre cousin pratique la sorcellerie ?

221

— Pardonnez-moi, monsieur le commissaire, mais non ! Théophraste est profondément croyant et sa pratique de l'alchimie est empreinte de sacré. Parlez-en à son père, Antoine Le Noir. D'ailleurs, Antoine en sait davantage que moi sur l'alchimie, il est fort intéressé aux travaux de son cadet.

— Et le fils aîné, Robert, vous ne m'en avez rien dit ?

— Je le connais mal, monsieur le commissaire. Je suis du même âge que Théophraste. Je sais que Robert est très vite devenu le médecin attitré de grands seigneurs, puis de Son Altesse Monsieur François. Il est fort riche, maintenant. Dans cette famille, l'un ne soigne que les pauvres, l'autre que les riches. Mais, monsieur le commissaire, vous m'avez dit que vous m'expliqueriez...

— Votre cousin, monsieur Le Noir, est accusé de meurtre et de sorcellerie.

53

Jean était reparti de la *Rose couronnée*, laissant Guillaume Le Noir effondré sur son siège.

Il marchait lentement, perdu dans ses pensées, sans prêter attention au fait qu'il était déjà fort tard. La lune était pleine et sa lueur recouvrait tout d'une clarté blanchâtre.

Il fallut que résonne l'appel lointain du guet : « Le guet veille. Il est onze heures, bonnes gens, dormez ! Le guet veille... », pour qu'enfin il hâte le pas. Pressé de se retrouver chez lui, il ne prit pas garde aux ombres qui l'avaient pris en chasse. Il était presque arrivé place Maubert quand il sentit comme un souffle derrière lui.

Il se jeta de côté, juste à temps pour éviter le gourdin qui allait lui fracasser le crâne. Le temps qu'il se retourne, un autre homme le chargeait, armé d'un couteau. Le commissaire plongea sous la lame, dégaina son épée et, d'un mouvement vif, balafra le visage de son assaillant. Ce dernier tomba à genoux, le visage dans les mains, du sang ruisselant entre ses doigts.

Le commissaire s'adossa à un mur. Dans la rue, si on avait entendu le bruit de l'échauffourée, on se gardait bien d'ouvrir portes ou fenêtres. Tout était silencieux, seule, de loin en loin, brûlait la flamme d'une lanterne.

Reprenant son souffle, Jean regarda ses assaillants. À la lueur de la lune, tout paraissait plus inquiétant. Celui qu'il avait blessé s'était relevé et, le visage inondé de sang, avait rejoint ses comparses. Ils étaient cinq à faire cercle autour de lui, armés de gourdins, de couteaux et d'une hache. Derrière eux se dressait un sixième personnage. À sa livrée noire à galons blancs, mais aussi à sa stature de géant et à sa face plate encadrée de cheveux filasses, il reconnut le Brisenez dont lui avait parlé l'Espagnole.

Un bref instant, leurs regards s'affrontèrent, puis le colosse détourna le sien. Il faisait tourner dans ses mains un long bâton de combat, une arme redoutable pour qui savait la manier.

Le commissaire sut qu'il n'aurait pas le temps de se servir du pistolet qu'il portait au côté, une arme qu'il trouvait indigne d'un gentilhomme. Il saisit sa dague et, une lame dans chaque main, attendit.

— À mort ! ordonna Brisenez.

Ses hommes chargèrent aussitôt, l'air décidé, brandissant leurs armes.

Le jeune Normand savait qu'il n'avait pour lui que sa jeunesse et l'habileté avec laquelle il manierait ses lames.

Il évita de justesse la hache et, d'un coup terrible de son épée, trancha le poignet qui la tenait. L'homme s'écroula, pissant le sang, regardant d'un air hébété sa main coupée dont les doigts serraient encore le manche de son arme.

La morsure d'une lame entailla le bras du jeune homme qui esquiva un second coup et enfonça sa dague dans le bras de celui qui l'avait blessé. Il tourna sur lui-même, donnant un grand coup d'épaule à un troisième larron. Les autres avaient reculé, il se remit dos au mur, reprenant son souffle.

Il en avait sérieusement blessé deux, mis hors d'état de nuire un autre, mais ils étaient encore deux indemnes, sans compter Brisenez qui attendait son heure pour l'achever, laissant à ses sbires le soin de l'épuiser.

La partie était loin d'être gagnée. Jean sentait le sang couler le long de son bras, souillant son pourpoint déchiré et sa chemise.

Il respira profondément et serra les dents, il allait vaincre. Il ne voulait pas mourir comme ça, dans une ruelle sale, épinglé au mur par des marauds.

Il remarqua soudain un faible mouvement dans le dos de ses agresseurs. Une silhouette maigre armée d'une canne se glissait sans bruit vers Brisenez. Lajoye, son serviteur. Il n'eut pas le temps de se réjouir, les autres se lançaient de nouveau à l'assaut.

Jean para un premier coup de couteau, puis un second. Pendant ce temps, l'un des faquins l'avait contourné et de son gourdin voulut lui briser le genou. Jean perdit l'équilibre un instant, la douleur lui faisant voir mille étincelles, mais sa rage reprit le dessus, et il enfonça sa dague dans la gorge de l'homme avant de se redresser d'un bond. L'homme au gourdin s'affaissa sur lui-même, raide mort.

— Approchez, marauds, ruffians, pleutres ! hurla-t-il. Qui veut tâter de mon fer ?

Les assassins soufflaient bruyamment sans le quitter des yeux. Là-bas, Lajoye se battait contre Brisenez. La canne du serviteur parait les redoutables coups du géant. L'habileté du premier tenait pour l'instant en échec la force brutale du second. Mais le pauvre Lajoye avait affaire à forte partie : sa canne lui échappa et les coups de bâton commencèrent à pleuvoir sur son dos et ses bras.

Jean n'en vit pas davantage, les autres passaient à nouveau à l'attaque. Il les esquiva et se glissa entre eux. Alors qu'il essayait de se porter au secours de Lajoye sur lequel le colosse s'acharnait toujours, il entendit un bruit qu'il connaissait bien. Celui d'une cavalcade ponctuée de l'appel d'une trompe qui donnait la charge.

La Patrouille !

Les cavaliers vêtus de casaques perses, menés par le chevalier du guet, jaillirent au galop de la place Maubert et s'engouffrèrent dans la rue.

En un instant, ce fut la débandade.

L'un des truands se fit piétiner par les chevaux, les autres crièrent merci plutôt que d'être transpercés par les épées.

Seul Brisenez prit la fuite, mais le chevalier le rattrapa, le coinçant avec le poitrail de son destrier contre un mur. Les archers du guet se précipitèrent à leur tour, maîtrisant le géant qui se débattit, les insultant et écumant de rage.

LE LIEUTENANT CRIMINEL
DE ROBE LONGUE

54

Il était dix heures passées, le lendemain matin, quand Jean du Moncel arriva au Châtelet.

Son valet, Lajoye, malgré ses nombreuses plaies et bosses, avait tenu à nettoyer lui-même la longue estafilade sur le bras de son maître et à recoudre son pourpoint. Puis les deux hommes avaient rejoint le sergent Nicolas Sénéchal chez la mère Leborgne, fêtant par du vin, du pâté et du pain la capture de Brisenez.

C'est donc d'une humeur excellente que le jeune homme monta quatre à quatre les escaliers menant vers l'étage qu'il occupait avec ses collègues. Un lieu qui, à cette heure, lui donnait une impression de ruche bourdonnante. La grande salle commune où travaillaient vingt commissaires-enquêteurs et tout autour, comme autant de rayons, les petites alcôves des bureaux. La reine des abeilles, songea-t-il, étant le lieutenant criminel de robe longue.

Une voix l'interpella alors qu'il saisissait sa robe de magistrat.

— Ah, monsieur du Moncel, vous voilà enfin !
— Salut à vous, commissaire Bonnardeau.

Bonnardeau était détesté de tous. Aimable, voire servile au premier abord, il n'aimait rien tant que dresser les gens les uns contre les autres et distiller des ragots.

— On vous attend là-haut, avertit ce dernier en levant le doigt vers le plafond. Il vous a fait chercher partout. Je lui ai dit que vous étiez sur une affaire urgente et que vous arriviez séance tenante.

Jean était sûr que Bonnardeau avait fait tout le contraire. Là-haut, c'était le bureau du lieutenant criminel qui, à l'heure qu'il était, devait avoir reçu le rapport qu'il avait rédigé la veille au soir sur l'emprisonnement de Brisenez.

— Mais vous devriez quand même vous hâter, continua l'autre en se frottant les mains. Conseil d'ami, bien sûr, vous êtes encore si jeune dans la maison, il faut bien que les anciens vous aident.

— J'y cours, mon cher collègue, répliqua-t-il en enfilant la longue robe noire et en arrangeant sa fraise par-dessus. Et merci de votre indéfectible soutien, je saurai m'en souvenir !

Il planta là le petit homme, releva sa robe, grimpa à toute allure l'escalier en colimaçon qui desservait le bureau du lieutenant criminel et de ses aides.

L'un des commis l'accueillit.

— Ah, monsieur le commissaire du Moncel ! s'exclama-t-il en le reconnaissant aussitôt. Il vous attend, je vais vous annoncer.

Il frappa et le commis n'eut pas le temps de prononcer son nom qu'une voix tonitrua :

— Faites entrer, morbleu !

55

Jean poussa la porte.

— Monsieur le lieutenant criminel, dit-il en ôtant sa toque de velours noir qu'il garda à la main.

L'homme qui lui faisait face, son cou mince enserré d'une fraise godronnée, ne lui rendit pas son salut. Assis à son bureau, il le fixait, son épaisse moustache soulignant son air mécontent.

— Ventre Saint-Gris ! explosa-t-il soudain. Vous êtes le seul de mes hommes, monsieur du Moncel, à me faire son rapport après que les affaires sont achevées ! Ce matin, j'apprends, pêle-mêle, qu'on a essayé de vous tuer, que vous avez continué votre enquête sur les femmes amoureuses et que avez mis en prison un docteur de la faculté de médecine !

Jean laissa passer l'orage sans rien dire.

Après le prévôt royal, le lieutenant qui dirigeait le Châtelet était l'un des hommes les plus puissants de Paris. Mais ce qui faisait sa renommée et lui valait une place méritée dans les pamphlets, gravures et autres tracts, c'étaient ses colères.

— Vous ne dites rien ? gronda son chef.

— Je tiens tout d'abord à m'excuser, monsieur le lieutenant criminel.

— Et ensuite ?

— Je suis venu vous expliquer le pourquoi de l'arrestation de monsieur Le Noir. Je n'ai pas encore écrit de rapport à ce sujet, car...

— Peu m'importe le médecin pour l'instant, fit le lieutenant avec un geste impatient, je veux savoir pourquoi vous avez repris cette enquête sur les femmes amoureuses que monsieur de Neufville vous avait demandé de mettre de côté. Car si j'ai bien compris, ce Brisenez est lié à tout cela ?

— Oui, monsieur. Et pour répondre à votre première question, j'ai considéré l'affaire comme trop grave pour l'abandonner ainsi.

— Votre avis personnel, monsieur, primant sur celui de vos supérieurs !

Jean resta muet. Le lieutenant se leva et fit quelques pas dans son bureau, regardant par la fenêtre avant de revenir vers lui, les talons de ses bottes cavalières faisaient résonner le plancher.

— Expliquez-moi tout cela de vive voix, monsieur du Moncel.

Le lieutenant alla se rasseoir et, posant son menton sur ses mains croisées, le fixa.

— Je vous écoute.

— Merci, monsieur le lieutenant criminel.

Jean expliqua les mutilations sur les corps des prostituées, les fêtes, la mort de l'Espagnole, la description qu'elle lui avait faite de Brisenez et le guet-apens dans lequel il avait failli périr.

— Ce Brisenez est le coupable, voilà tout ! C'est un fou. Il a tué ces femmes comme il a achevé sa maîtresse.

— Pardonnez-moi de vous contredire, monsieur le lieutenant criminel, mais le responsable, c'est celui dont nous ne savons toujours pas le nom, l'organisateur de ces mystérieuses fêtes. C'est lui que je dois trouver.

— Mais enfin, monsieur, vous rendez-vous compte que vous n'avez pour unique témoignage que celui d'une morte !

— D'autres femmes ont parlé, protesta Jean. Je vous ai joint leurs dépositions.

— On sait ce que vaut la parole des puterelles, monsieur ! Qu'on en finisse, nous avons assez à faire en ce moment ! Ah, j'avais oublié, on vous attend au Louvre pour la noce du duc de Joyeuse.

Jean sentit son visage se contracter.

— Et ne protestez pas ! C'est vous qu'on me demande et croyez bien que cela ne m'amuse point ! Quant à ce Brisenez…

— Oui, monsieur.

— Je l'ai envoyé à la question. On vous attend en bas. Finissez-en, monsieur du Moncel !

— Vous savez, monsieur le lieutenant, que je préfère…

— … d'autres méthodes ? Nous n'avons plus le temps pour cela. Et puis, l'homme est un truand. Faites-lui boire une vingtaine de coquemars d'eau et qu'il nous crache la vérité avec ! Sinon, qu'on lui étire les membres ou qu'on lui mette les brodequins !

— Bien, monsieur. Et le médecin ? Me laissez-vous libre de poursuivre mon enquête comme je l'entends ?

— Son frère est un proche de Monsieur, vous le savez ?

— Oui, monsieur le lieutenant criminel.

— Alors, s'il est reconnu coupable, soyez discret ! Sauf s'il y a là sorcellerie, auquel cas… conduisez-le au bûcher ! Mais, finissez-en ! D'autant qu'on m'a annoncé pour encourager ma belle humeur que le Capitaine était réapparu. Et celui-là, il y a assez longtemps qu'il me nargue, je veux sa tête et ses mains !

— Le Capitaine ?

— Un ancien officier du roi devenu truand. On lui doit nombre de vols chez des notables. Il a même osé attaquer le fiacre de Monsieur et volé les bijoux de la duchesse de Nevers ! Il me le faut !

— Bien, monsieur.

Jean salua, remit sa toque et sortit. Une fois dehors, il essuya son front en sueur et essaya, en vain, de recouvrer son calme.

56

Un garde salua le jeune commissaire, qui s'écarta pour laisser passer des soldats encadrant des mendiants que l'on conduisait en prison.

— Commissaire du Moncel !

Il reconnut la voix du sergent qui venait à sa rencontre, tenant fermement dans la sienne la petite main de la Mouche, le gamin de l'auberge du *Cheval rouge*.

— Voyez qui demandait après vous au guichet des sergents, monsieur le commissaire ! déclara Nicolas Sénéchal. Il ne veut parler qu'à vous.

— Ah, te voilà, Guillaume ! fit Jean. Je me demandais si tu ne m'avais pas oublié.

Le visage chiffonné du gosse s'éclaira.

— Ma foi non, messire, puisque j'suis venu tout droit vous dire que j'sais où loge le Brisenez !

— C'est un peu tard, mon gamin ! déclara Nicolas. Brisenez, maintenant, il habite ici ! Et crois-moi, on est aux petits soins pour lui !

— Attendez, sergent ! Explique-toi mieux, Guillaume. Tu veux dire qu'il loge dans un galetas ou une auberge ?

— Non pas, j'as mis du temps, mais avec les orphelins, on a fini par savoir où était sa tanière. J'l'ai suivi plusieurs fois et y rentre toujours au même endroit.

— Continue, l'encouragea le commissaire.

— Il est laquais rue Sainte-Hyacinthe, près des Fossés-Saint-Jacques, dans une demeure où j'as pas pu entr…

La Mouche n'eut pas le temps de finir sa phrase, Jean l'avait attrapé sous les aisselles et le faisait tournoyer en l'air sous les yeux de Nicolas, ébahi.

— Vous ne comprenez pas, sergent ? fit Jean en reposant le gosse. Ce petit-là a trouvé à lui tout seul ce que nous cherchons depuis le début. Grâce à lui, nous savons où vit la bête fauve.

Il se pencha vers le garçonnet.

— Tu as tenu ta promesse, Guillaume, je n'oublierai pas la mienne. Viens !

Spontanément, l'enfant glissa sa petite main dans celle que le commissaire lui tendait.

Ils empruntèrent un long couloir sombre, puis descendirent un escalier menant au premier sous-sol de la prison. Un lieu qui, pour beaucoup, était l'antichambre de l'Enfer.

L'endroit était sinistre, sentait l'urine et la sueur. Une eau glacée et verdâtre gouttait du plafond trop bas. Des cachots des détenus s'élevaient de lugubres gémissements. Ils passèrent plusieurs portes, le gamin enfonçant ses ongles dans la paume du commissaire tant il avait peur.

Enfin, Jean s'arrêta devant une porte et lui désigna un banc placé le long d'un mur.

— Pas besoin que tu voies ça. Attends-nous là, Guillaume !

Le jeune garçon ne se le fit pas dire deux fois. Lorsqu'il se fut assis, il ramena ses genoux contre sa poitrine, les enserrant de ses bras, se recroquevillant sur lui-même. Il tremblait.

Jean poussa la porte.

— Venez, sergent !

La salle de la question ordinaire et extraordinaire était une pièce sombre, juste éclairée par des torches et la faible lumière venue des soupiraux. Aux murs pendaient des chaînes avec des anneaux de fer, des cordes, des poulies. Sur des tables étaient alignés des pinces de toutes sortes, des marteaux, des tenailles, des hachettes, des couteaux... Enfin, au beau milieu de la salle, un brasero, qui servait au supplice du feu, rougeoyait tandis qu'un peu plus loin se dressaient un demi-tonneau et des coquemars, ces marmites ventrues à anse utilisées pour celui de l'eau.

Il y avait là le bourreau et Brisenez, mais aussi le commissaire Bonnardeau et Mathieu Larsay, penché sur son écritoire.

Le truand était ligoté sur une planche. Tandis qu'un aide lui maintenait la tête, le bourreau lui bouchait le nez et finissait de vider un coquemar dans sa gorge. Brisenez avait dû se débattre comme un beau diable, une jarre brisée sur le sol en témoignait. Il avait déjà le ventre enflé.

— Ça suffit ! ordonna Jean. Lâchez-le !

Aussitôt, l'homme en tablier de cuir s'arrêta. Brisenez tourna la tête sur le côté et vomit un flot de liquide avant de se mettre à tousser.

— De quel droit avez-vous commencé sans moi ? demanda Jean. Et que faites-vous là, commissaire Bonnardeau ?

— Ordre du lieutenant criminel, mon cher du Moncel. Mais votre détenu refuse de parler. Combien en a-t-il bu, commis ?

— Trois, monsieur le commissaire, répondit Mathieu.

— Il suffit ! répéta Jean. Et maintenant que je suis là, cher collègue, vous pouvez nous laisser.

— Mais...

— Le lieutenant criminel m'a chargé de cette enquête, n'est-ce pas ?

— Oui, mais...

— Je ne crois pas qu'il apprécierait que je lui dise que vous négligez votre travail tout en perturbant le mien. Vous savez comme il a le sang vif !

Un sourire servile se dessina sur le visage de Bonnardeau.

— Non pas, non pas ! Je voulais juste vous aider, cher collègue.

— C'est chose faite et je vous en remercie ! rétorqua Jean.

Le petit homme fit demi-tour et remonta l'escalier.

Le bourreau attendait. À côté de lui, faisant force bruits et rots, Brisenez soufflait. Le commissaire s'approcha de lui.

— Tu me reconnais ?

L'autre hocha la tête.

— Tu ne veux pas parler ?

— Plutôt crever ! éructa le valet.

— Tu y arriveras bien assez vite, l'ami. Écoute ! Je n'ai aucun goût pour la question et je préférerais te l'éviter, mais pour cela il faut que tu me dises ce que je veux savoir.

— Jamais !

— Tu ne comprends pas bien ! Soit tu parles et je te promets une cellule propre et de quoi manger, soit tu te tais et je te laisse aux mains du bourreau qui a ordre de t'enfiler les brodequins et de te rompre s'il le faut.

Brisenez pâlit.

— De toute manière, ton maître est perdu ! insista Jean.

Il murmura le nom de Sainte-Hyacinthe à l'oreille du truand.

— Tu vois, je sais où il est. Il pensera donc que tu l'as trahi, continua-t-il à haute voix.

— Mais c'est faux ! J'ai rien dit.

— Moi, je le sais, mais pas lui ! Son nom ?

— Y se nomme Scipion, sieur de Rocheblond, lâcha Brisenez, vaincu.

57

Le chevalier du guet était dans les écuries à surveiller les soins donnés aux chevaux de la Patrouille. Les bêtes s'agitaient, piétinant les litières sèches, tandis que les valets les pansaient et les bouchonnaient.

Germain de La Teste repoussa l'un des jeunes palefreniers.

— Non, pas comme ça ! Regarde, de haut en bas. Il faut toujours que le sang remonte.

— Bien, messire chevalier, fit le jeune gars en reprenant la brosse que Germain lui avait arrachée des mains.

— Salut à vous, sire chevalier, fit Jean qui s'était approché, suivi du sergent et de Guillaume.

— Ah, vous voilà enfin, monsieur du Moncel ! s'exclama Germain. Salut à vous, sergent.

Sénéchal fit le salut militaire.

— Venez-vous boire à la santé de notre magnifique reine, mon cher ?

— Ma foi non, point encore. Je suis venu vous rappeler vos paroles de l'autre jour. Vous m'aviez dit : « On ne part jamais seul à ce genre de chasse, sauf à y laisser sa peau. » Je suis venu quérir votre aide et celle de vos cavaliers. J'ai trouvé l'« animal » dont nous parlions l'autre jour.

— Quand ?

— Maintenant !

— Comme vous y allez, monsieur le commissaire ! s'exclama Germain. Vous savez que mes hommes ont travaillé toute la nuit.

— Oui. Mais je me souviens aussi que, parfois, vous nous emmeniez à des exercices de jour.

Une expression amusée se dessina sur les lèvres minces du sire de La Teste.

— Si vous parlez d'exercices, je suppose, cher commissaire, que vous n'avez aucune autorisation signée du lieutenant criminel ou de qui que ce soit d'autre ?

— Ma foi, non ! Je sors de chez le lieutenant qui m'a reproché de le prévenir toujours trop tard. Et comme je ne me suis pas engagé à changer...

— N'en dites pas plus ! L'aventure m'amuse !

Il se tourna vers les palefreniers.

— Préparez les chevaux à sortir. Et toi, là, le petit !

Un gamin jaillit de sous un cheval.

— Va prévenir mes hommes, dis-leur que leur chef les emmène à la chasse !

Quelques instants plus tard, une trentaine de cavaliers à la casaque perse, menés par le chevalier du guet, prenaient le chemin de la rue Sainte-Hyacinthe. Jean chevauchait à côté de Germain, le petit Guillaume en selle devant lui. Les gens s'écartaient à leur passage. Les commerçants les saluaient. Ils arrivèrent bientôt rue des Fossés-Saint-Jacques.

La maison, un grand hôtel particulier, était bien là où la Mouche l'avait indiqué.

Mais rien ne se passa comme le commissaire l'avait escompté.

Les grandes portes étaient ouvertes.

Des serviteurs en livrée en gardaient l'entrée, qui s'écartèrent à leur arrivée comme s'ils les attendaient.

— Cela ne me dit rien qui vaille, lui souffla le chevalier en envoyant des cavaliers faire le tour de la bâtisse et en garder toutes les issues. Soit la bête a fui, soit elle nous attend.

Dès qu'ils se retrouvèrent dans la cour pavée, Jean eut l'impression de reconnaître les lieux tant l'Espagnole avait été précise.

La maison était imposante, ses fenêtres hautes et de lourdes sculptures décoraient sa façade. Une volée de marches menait au perron.

Un laquais s'avança.

— Monsieur le commissaire du Moncel.

Jean essaya de cacher sa surprise.

— Mon maître vous attend en son cabinet.

Le commissaire se laissa glisser à terre, confiant les rênes de sa monture à Germain de La Teste.

— Gardez l'enfant près de vous, chevalier, je vous le confie.

— N'ayez crainte… Et soyez prudent, mon ami.

— Je le serai.

Il chercha Nicolas du regard.

— Sergent, avec moi !

— Par ici, monsieur le commissaire, fit le laquais en désignant le perron.

Ils se trouvèrent bientôt dans une antichambre tapissée de tentures, longèrent un couloir, montèrent un nouvel escalier. Partout des serviteurs en livrée, aussi nombreux qu'au palais du Louvre, ouvraient et fermaient les portes des pièces qu'ils traversaient.

Enfin, le laquais frappa à un vantail qu'il poussa ensuite pour annoncer :

— Monsieur le commissaire du Moncel !

Les deux hommes entrèrent dans un cabinet aux murs lambrissés.

La porte se referma derrière eux. Jean retrouvait de nouveau les détails notés par la jeune prostituée.

Des rideaux de velours rouge encadraient une alcôve où étaient disposés un grand fauteuil et un meuble aux portes marquetées. Une horloge au mur. À l'autre bout de la pièce, un buste se dressait, non loin d'un lit de repos entouré de candélabres. Un buste de César victorieux avec sa couronne de laurier.

La pièce était vide.

Ils restèrent un moment à attendre, puis Jean pénétra dans l'alcôve et passa derrière le fauteuil. Un guichet était habilement dissimulé dans la paroi. Au moment où il se penchait pour l'examiner, un œil s'y encadra.

— Je vous attendais, monsieur du Moncel, fit une voix douce. Donnez-moi un instant, je vous prie, je vous rejoins.

Il y eut le bruit d'un fauteuil repoussé à travers la cloison. Le laquais ouvrit de nouveau la porte, annonçant :

— Messire Scipion, seigneur de Rocheblond.

Et le maître des lieux entra.

Jean n'avait pas imaginé la « bête » qu'il pourchassait ainsi. Avec cet air poupin, ce visage poudré, ce corps rond et court. L'homme était richement vêtu, tout de pourpre, de soie brochée d'or et de dentelles. Son pourpoint de satin, orné de crevés, laissait voir la finesse de sa chemise, ses chausses à trousses s'arrêtaient à mi-cuisses sur un bourrelet de cuir de Cordoue, une fraise godronnée masquait son double menton. Sur sa toque de velours noir était fixé un rubis dont l'écarlate était rehaussé par la pâleur de la plume de cygne qui le surmontait.

— Je ne vous souhaite pas la bienvenue, monsieur du Moncel, puisque vous n'avez pas eu la courtoisie d'attendre mon invitation.

La voix était trop douce.

— Ma foi, sire de Rocheblond, je trouvais que l'invitation tardait, répliqua Jean.

— J'aurais pu prendre la fuite, monsieur le commissaire, mais j'ai préféré vous attendre.

— À moins que nous ne vous ayons pris de court, monsieur ?

— Non pas, non pas ! N'en croyez rien.

Le petit homme alla s'asseoir sur le rebord de son lit de repos et ôta sa toque.

— Voulez-vous prendre place ? dit-il en désignant le fauteuil.

— Je resterai debout, merci.

— Pouvez-vous demander au sergent de vous attendre dans l'antichambre ? Ce que j'ai à vous confier ne regarde que vous.

Jean se tourna vers Nicolas.

— Attendez-moi devant la porte, sergent. Je n'en ai pas pour longtemps.

Une fois l'officier sorti, le commissaire se tourna de nouveau vers son hôte. Le cliquetis de l'horloge lui sembla plus fort dans le silence qui était retombé entre eux. Il avait peine à imaginer cet homme-là en train de tuer et de mutiler des femmes, et pourtant...

— Je vous écoute, monsieur.

— Tout d'abord, il faut que vous sachiez que si je suis resté, monsieur le commissaire, c'est que je désirais vous connaître.

— Il y avait des moyens plus simples.

— Je voulais aussi, reprit Scipion comme s'il n'avait pas entendu, que vous voyiez qui était votre adversaire.

— Vous ne resterez pas longtemps mon adversaire, sire de Rocheblond. Après l'accusation pour meurtres que je vais déposer contre vous, notre relation risque, vous me permettrez le jeu de mots, d'être écourtée. Vous finirez en place de Grève, monsieur, la tête sur le billot !

L'autre se mit à rire, un rire qui fit courir un frisson dans le dos du jeune Normand.

Le petit homme semblait si sûr de lui !

— Ne soyez pas si naïf, commissaire, cela me déçoit. Croyez-vous vraiment que vous arriverez à me faire condamner ?

— Vous reconnaissez donc vos crimes ?

— J'en reconnais bien plus que vos doigts n'en peuvent compter, monsieur. Si vous saviez ! Mais au mot crime, je préfère celui de divertissement. Que sont ces femmes de toute façon ? De la chair, à peine plus que des animaux. Et encore, un cheval a plus de valeur qu'elles.

Une lueur malsaine s'alluma dans les yeux de Scipion.

— Mais croyez-vous que je sois le seul coupable ? Non pas ! À ces fêtes, d'autres m'accompagnaient, d'autres ont fait danser les lames et les crochets, d'autres ont joui de ce privilège de donner la mort.

Jean, qui avait croisé les mains dans son dos, se raidit. Le petit homme poursuivait de la même voix égale.

— Et vous voulez me punir pour ça ! Je suis au-dessus des lois, monsieur le commissaire. Vous voulez que je regrette ? Je ne regrette rien. Croyez-vous les hommes bons et purs ? Je crois, moi, aux démons qui les hantent et qu'il faut satisfaire.

Jean se rappela la phrase de son protecteur Nicolas de Neufville de Villeroy : « Nous avons gardé de l'Antiquité ses lettres, mais plus encore son goût des orgies. »

— Je sais la nature humaine, monsieur, répliqua-t-il, mais je sais aussi qu'il existe des justes !

— Si peu, monsieur, si peu.

Son regard défiait celui du commissaire. Il croisa ses courtes jambes, se perdit un instant dans la contemplation du rubis qui ornait la toque qu'il tenait toujours à la main.

— Quelles preuves croyez-vous avoir contre moi ?

— Suffisamment, monsieur, mais c'est aux juges que j'en parlerai et non à vous.

— Tout le monde sait que j'organise des fêtes et qu'on y boit autant qu'on y baise, monsieur. Pour le reste, vous n'avez que des paroles de puterelles et de truand ?

Les paroles du sieur de Rocheblond faisaient sinistrement écho à celles du lieutenant criminel.

— Et croyez-vous, si vos juges me voulaient condamner, que j'irais seul à la mort ? Avez-vous idée de la qualité de ceux qui viennent à mes fêtes ? Savez-vous que le palais que l'on me prête est celui de monsieur d'Épernon ? Voulez-vous quelques noms ?

Et avant même que Jean ait répondu, l'homme cita plusieurs grands seigneurs, des mignons du roi, de grands bourgeois, quatre médecins, des membres du Parlement et de la Chambre du roi.

— Parmi ceux-là, trois ont torturé et tué. Ah, j'oubliais, ajouta-t-il négligemment, il y a aussi Monsieur, vous savez comme Son Altesse aime se distraire.

— Il suffit, monsieur ! Vous en avez assez dit. Je crois en la justice du roi.

— Moi aussi, monsieur. Je suis donc votre prisonnier, fit le petit homme en se levant. J'ai appelé une voiture et je vous donne ma parole de gentilhomme de ne pas tenter de m'enfuir.

À nouveau, Rocheblond planta son regard dans celui du jeune commissaire.

— Regardez-moi, Jean du Moncel, et dorénavant, comptez-moi pour votre ennemi.

Jean alla frapper à la porte.

— Sergent !

— Attachez les mains de monsieur !

Scipion sursauta.

— Mais je...

Le commissaire continua, s'adressant à Nicolas :

— J'accorde à monsieur de Rocheblond d'aller au Châtelet dans son équipage, mais qu'il supporte l'infamie d'avoir les mains liées... en attendant d'avoir le cou tranché !

L'ÉTOILE DU MATIN

58

Robert Le Noir avait jeté la longe de son cheval à son serviteur et s'était engouffré dans la maison de la rue Perdue.

— Ma nièce, où est ma nièce ? demanda-t-il en bousculant Jeanne qui lui avait ouvert.

D'ordinaire fort calme, le frère de Théophraste avait le visage et les yeux rougis par sa course à cheval, de la poussière maculait sa robe et ses bottes cavalières.

Sybille accourut et il la serra longuement dans ses bras.

— Ma pauvre enfant ! Je suis accouru dès que j'ai appris qu'on avait mené mon frère au Châtelet. Je suis là, maintenant, ma nièce !

— Ne vous inquiétez pas pour moi, monsieur mon oncle, je vais le mieux possible. J'allais envoyer Jacob vous prévenir.

— Que s'est-il passé ?

— On accuse mon père d'avoir assassiné la femme qu'il soignait et aussi... de pratiquer la sorcellerie.

Robert se laissa tomber dans le fauteuil avec, sur le visage, une expression accablée.

— Racontez-moi.

Sybille expliqua la foule dans la rue, comment elle s'était fait passer pour un garçon, les questions du commissaire, le corps sous le linceul et sa décision enfin de tout faire pour aider son père. Omettant juste de parler du Capitaine. Car comment expliquer ce qu'elle ne comprenait pas elle-même, l'absolue confiance qu'elle mettait dans la parole de cet ancien soldat ?

— Il faut que nous trouvions celui qui a fait ça, mon oncle !

Pendant qu'elle parlait, l'excitation l'avait gagnée. Robert s'en inquiéta et lui prit les mains.

— Calmez-vous, ma nièce ! Ce ne sont pas des affaires pour une jeune fille, même vêtue en damoiseau !

Elle esquissa un sourire timide.

— Laissez les gens du Châtelet et la justice du roi faire leur ouvrage.

— Je ne peux attendre, protesta Sybille. Et puis, je veux l'aller visiter, lui porter à manger, le réconforter.

— Non ! C'est mon rôle et non le vôtre.

Sa jovialité habituelle avait disparu, c'était l'aîné des Le Noir qui parlait.

— Pardonnez-moi, mon oncle.

Robert se radoucit.

— Reposez-vous sur moi, ma nièce, et n'ayez crainte, j'ai suffisamment d'entregent à la Cour. Je sortirai votre père de là, je vous le promets. Par contre, je ne veux pas que vous restiez seule ici.

Sybille qui, il y a peu, aurait été réconfortée par de telles paroles, se raidit. Avec toute sa douceur, son oncle, comme son père auparavant, lui enlevait le droit d'agir. Elle redevenait une jeune fille à protéger... Autant dire une enfant.

— Je vous remercie bien, mon oncle, mais je ne suis pas seule. J'ai Jeanne et aussi Jacob.

— Il n'est pas question que vous restiez ! N'oubliez pas qu'on a assassiné dans la ruelle voisine. Non, vous viendrez chez moi, vous y serez en sécurité et je prendrai soin de vous.

— Vous savez bien, mon oncle, que je n'ai pas le droit de sortir.

— Pas plus que notre père Antoine, je n'ai approuvé cette décision, vous le savez. Et, en son absence, c'est moi qui décide, ma nièce. Monsieur mon cadet ne pourra m'en vouloir de vous avoir mise à l'abri.

— Le commissaire m'a fait promettre de rester, argumenta encore Sybille.

Elle refusait de perdre cette force nouvelle qui grandissait en elle et qui disparaîtrait, elle en était sûre, si elle acceptait la protection de son oncle.

— Comment s'appelle-t-il ?

La voix de Robert l'arracha à ses pensées.

— De qui parlez-vous, monsieur ?

— Du commissaire-enquêteur, bien sûr !

— Pardon, monsieur Jean du Moncel.

— Bien, j'irai donc au Châtelet demander à ce qu'il me reçoive. À la fois pour mon frère et pour qu'on vous accorde le droit de...

Robert n'acheva pas sa phrase, on frappait à la porte du cabinet.

— Entrez ! fit-il avant même que sa nièce ait ouvert la bouche.

— Désolée de vous déranger, monsieur Le Noir, fit Jeanne en glissant la tête par l'entrebâillement. Le commissaire vient d'arriver et il veut voir made... monsieur Simon.

— Le commissaire... Cela tombe bien. Je vais lui parler, déclara Robert.

Sybille suivit son oncle dans la grande salle où Jean attendait, debout près de la cheminée. Le jeune homme avait le visage dur, contracté, et Sybille eut peur, soudain, de ce qu'il risquait de leur annoncer. Elle s'inquiéta de nouveau pour son père.

— Robert Le Noir, monsieur le commissaire, je vous salue bien. Je suis le frère aîné de Théophraste.
— Jean du Moncel, monsieur, fit Jean en s'inclinant, ôtant son bonnet de velours noir orné d'une plume de cygne. Je suis venu interroger votre neveu. Mais puisque vous êtes là...
— J'ai d'abord une requête à vous faire, monsieur le commissaire, pourriez-vous tenir notre père en dehors de tout cela ? Il est de santé fragile et j'ai peur que la nouvelle ne lui donne un coup fatal.
— Vous ne l'avez donc pas prévenu à ce jour, monsieur ?
— Point encore, je voulais auparavant chercher le moyen de sortir mon frère de l'impasse dans laquelle il se trouve.
— « Impasse » est un mot bien faible, j'en ai peur, monsieur Le Noir, d'autant qu'hier, votre frère a gardé un silence obstiné. Mais je m'engage à avoir tous les ménagements possibles pour monsieur votre père.
— Je vous en saurais gré, monsieur le commissaire.
— Que pouvez-vous me dire sur les accusations qui pèsent sur votre frère ?
— Ce sont de pures calomnies, monsieur ! Et j'userai de tout mon crédit pour prouver son innocence, croyez-le.
— Connaissiez-vous la femme qui a été tuée ?
— Je n'ai pas pour habitude de fréquenter les femmes amoureuses, monsieur, et ne suis point venu ici quand mon frère l'a soignée. Mais...

Il se pencha, parlant un ton plus bas.

— Point n'est besoin que mon neveu soit au fait de tout cela. Il est de santé fragile, lui aussi. Je peux me rendre au Châtelet ou vous recevoir en mon logis, au jour et à l'heure qui vous conviendront pour répondre à vos questions. À ce sujet d'ailleurs, je voudrais solliciter de votre haute bienveillance l'autorisation d'héberger mon neveu, rue du Four.

La courtoisie et les manières du frère de l'alchimiste rappelèrent à Jean, s'il en était besoin, que le médecin avait longtemps fréquenté la Cour et Ses Altesses.

Il s'inclina.

— Je ne vois aucune raison de m'opposer à votre volonté de protéger votre neveu, monsieur, si vous vous portez garant de lui… Et s'il reste chez vous.

— Vous avez ma parole, monsieur le commissaire, répondit le médecin qui se tourna vers sa nièce.

— Il n'y a donc point à discuter, mon neveu, je vais rentrer chez moi donner ordre qu'on vous prépare une chambre et vous y attendrai. Préparez quelques affaires et que Jacob vous accompagne. Les rues ne sont point sûres. Si vous n'avez plus besoin de moi, commissaire…

— Nous nous reverrons bientôt, monsieur.

— Si c'est en mon logis, vous serez bien reçu, monsieur le commissaire. À vous revoir. À bientôt, mon neveu.

— Dieu vous garde, monsieur mon oncle.

Une fois la porte fermée sur l'aîné des Le Noir, le silence retomba.

Jeanne était retournée à sa cuisine. Jacob était à la Maison Chymique, Sybille se retrouva seule avec le commissaire. Celui-ci ressentit la même impression trouble que la première fois, mais son entretien avec le lieutenant criminel, puis son affrontement avec le sieur de Rocheblond l'avaient mis de méchante humeur. C'est d'un ton sec qu'il déclara :

— Pour ce que j'ai à vous dire, je préfère me retrouver en tête à tête avec vous, monsieur.

— La formule est bien ambiguë, monsieur le commissaire, rétorqua Sybille, surprise.

— Tout comme vous-même, monsieur.

— Mais, je...

Il la coupa :

— À moins que vous ne répondiez à une simple question.

Jean se tut, laissant s'installer un lourd silence.

— Laquelle ? finit par demander Sybille.

— Oh, c'est fort simple. Qui êtes-vous, monsieur ?

— Je... Comment cela ? Je ne comprends pas. Je suis Simon, le fils...

— Théophraste Le Noir et sa femme Catherine, née Neyrestan, n'ont eu qu'un enfant. Une fille, prénommée Sybille, assena le commissaire.

La jeune fille, affolée, chercha désespérément comment se sortir de ce mauvais pas.

— Cessez de mentir, voulez-vous ? Croyez-vous que, nous autres, au Châtelet, soyons si stupides que nous n'ayons l'idée de consulter des registres de naissance ou de mariage ? À moins que vous ne prétendiez être un fils bâtard ?

— Mais non...

— Et puis, il y a encore sur l'appui de la fenêtre un bien curieux ouvrage, fit-il en ramassant le mouchoir brodé oublié par Sybille la veille et en le lui mettant sous le nez. Il me semble qu'hier vous l'aviez en main quand nos regards se sont croisés.

La jeune fille s'empourpra.

— Ce... Ce n'était pas moi, mais... ma nourrice, balbutia-t-elle.

— Si nous cessions cette mascarade ? Si votre père n'était pas accusé de meurtre, nous pourrions en rire, vous et moi. Et maintenant, expliquez-moi pourquoi, depuis la Saint-Barthélemy, même votre cousin Guillaume vous croit en province... Et ne me faites pas perdre davantage de temps, mademoiselle Sybille Le Noir !

La jeune fille s'était assise tant ses jambes tremblaient sous elle. Elle resta un court moment à chercher ses mots, puis redressa fièrement la tête.

— Ce n'est pas une mascarade, monsieur, et je ne cherchais pas à vous tromper ! Je m'en excuse, d'ailleurs. Oui, je suis femme et n'ai jamais, depuis l'enfance, revêtu le costume de mon sexe. Mais que vous importe ?

Les yeux de Sybille étincelaient.

— Expliquez-vous ! fit Jean, déconcerté.

— Puis-je vous faire confiance, monsieur ? Je n'ai guère d'expérience de ce « monde du dehors » que vous connaissez si bien.

Le jeune homme attrapa un siège et s'assit près d'elle. Son ressentiment s'était évanoui. Il cherchait à comprendre, même s'il sentait que ce que la jeune fille voulait lui confier était étranger à son enquête.

— Je vous donne ma parole de gentilhomme de ne rien divulguer, mademoiselle Le Noir. Et je n'ai pas pour habitude de trahir mes vœux.

Un bref instant, leurs regards s'accrochèrent. Celui du jeune homme était si direct que Sybille, gênée, baissa la tête.

Ils ne remarquèrent pas Jacob qui s'était arrêté dans l'antichambre et les observait.

— Cela fait neuf ans que je ne suis pas sortie de cette maison...

— Mais vous deviez être une enfant... Vous vivez recluse ici ?

— Oui, j'avais sept ans la dernière fois que j'ai passé le seuil de cette maison.

Et elle raconta la nuit de la Saint-Barthélemy et les jours qui avaient suivi. Le jeune homme l'écouta sans mot dire jusqu'à ce qu'elle conclue :

— Je n'ai revu ni mon cousin Guillaume ni, depuis longtemps, mon grand-père Antoine. Je vis enfermée ici et j'étudie médecine, alchimie, langues anciennes. Que puis-je ajouter ? Mon père a voulu me protéger en m'enfermant entre ces murs. Jusqu'à aujourd'hui, je lui ai obéi.

— Mais pourquoi vous travestir en garçon ?

Sybille hésita puis – était-ce le regard attentif qui était posé sur elle – elle confia au jeune magistrat ce qu'elle ne s'était jamais avoué à elle-même :

— Je vous envie, monsieur. J'envie votre liberté d'homme.

En cet instant précis, et pour la première fois depuis qu'il avait pris sa charge, Jean oublia qu'il était commissaire. Ils étaient près l'un de l'autre, leurs têtes se touchaient presque.

Jacob, qui ne les avait pas quittés des yeux, recula sans bruit et, une fois dehors, partit en courant vers la Maison Chymique.

Sybille reprit la parole la première. Son aveu l'avait soulagée et elle avait le sentiment d'avoir trouvé un allié en la personne du jeune homme. Quelqu'un qui la comprenait vraiment, qui peut-être pourrait l'aider. Ce n'était pas réfléchi, c'était un élan de son être vers quelqu'un d'autre. Quelqu'un d'étranger à qui, spontanément, elle se livrait.

— J'aurais dû vous dire la vérité, l'autre jour, je le sais, confessa-t-elle.

Cette trop grande intimité, l'attirance qu'il ressentait et ne pouvait plus se cacher prirent Jean au dépourvu. Il se leva brusquement et marcha jusqu'à la fenêtre, regardant dehors sans voir, essayant de reprendre ses esprits.

— Mais je vous ennuie, monsieur.

— Non pas, mademoiselle...

Sybille sentit qu'il fallait revenir à son père.

— Vous disiez, tout à l'heure, que mon père ne se voulait défendre. Mais j'ai peut-être compris pourquoi.

— Je vous écoute, mademoiselle, dit-il sans se retourner, mettant les mains dans son dos dans cette attitude qu'il trouvait si propice à sa réflexion.

— Si vous admettez un instant que mon père est innocent, cela veut donc dire qu'il a un ennemi. Or, cet ennemi, je l'ai réalisé hier en pensant à certains faits, le poursuit de sa haine depuis des années.

Jean se retourna, attentif soudain à ses explications plus qu'à la musicalité de sa voix. Elle s'exprimait avec la fougue qui avait étonné sa nourrice et elle lui conta tous les accidents qui avaient failli coûter la vie à Théophraste.

— Un fiacre, des assassins ?

— Ils étaient six contre lui ce soir-là et il serait mort s'il n'avait été sauvé par les cavaliers du guet.

— Comme moi, hier, avoua le jeune homme.

— On a essayé de vous tuer ?

— Palsambleu, oui ! Et j'en garde encore le souvenir dans ma chair. Mais revenons à cet ennemi, mademoiselle. Et admettons que je ne repousse pas cette idée, avez-vous une piste ?

Sybille secoua la tête.

— Aucune, hélas. J'ai bien pensé qu'à la faculté certains ne l'aimaient pas. La pratique de son art, qu'il veut lier à la médecine, est à l'opposé de la pensée de la plupart des docteurs.

— Mais, en toute logique, votre père doit faire le même raisonnement que vous.

— Oui, je ne comprends pas pourquoi il n'essaye pas de se disculper. Sans doute quelque chose m'échappe...

Jean réalisa qu'elle ne savait rien des détails de la mort de Tassine. Pourtant, n'était-ce pas là ce qui avait troublé plus que tout le médecin ?

— Il faut que je vous explique pour la jeune morte.
— Que voulez-vous dire, monsieur ?
— Je n'ai pas voulu vous heurter, l'autre jour. Cela va vous paraître bien cruel, à vous qui la connaissiez.
— Ne m'épargnez pas, monsieur. Pour sauver mon père, il me faut savoir.

Choisissant ses mots avec soin, Jean raconta le corps mutilé et poudré, la coupe sur laquelle était dessiné l'ouroboros...

La jeune fille pâlit et se signa.
— Pauvre Tassine...

Pourtant, au lieu de défaillir comme il s'y attendait, elle se leva.
— Venez, monsieur, suivez-moi !

59

Ils avaient marché sans un mot dans l'allée qui menait à la Maison Chymique. Sybille poussa la porte et appela :
— Jacob ! Jacob, tu es là ?

Pas de réponse.
— Il doit être sorti. C'est étrange, je ne l'ai point vu passer. Il ne peut être bien loin, il surveille le foyer. Asseyez-vous, monsieur, je vous en prie.
— Pourquoi venir ici ?

— Je ne sais, avoua Sybille, sans doute parce que ce que j'ai à vous dire a trait à l'alchimie.

— Nous parlons bien de la mort de Tassine ?

— Oui. J'ai compris... Ou plutôt, je crois avoir compris quelque chose qu'il faut que je vous explique. Vous me pardonnerez si ma pensée n'est pas aussi claire que celle de mon père.

— Quant à moi, je dois vous confesser ma totale ignorance, mademoiselle Le Noir. Mais je vous écoute.

Sybille resta un moment silencieuse.

— Je ne sais par où commencer, avoua-t-elle. Arrêtez-moi si mes propos sont trop obscurs ou si vous avez des questions. Vous savez peut-être qu'on nomme l'alchimie l'Art sacré d'Hermès ?

— Hermès, le Mercure romain ?

— Oui, mais aussi le Thot égyptien et surtout l'Hermès Trismégiste, un prêtre égyptien[1] dont les écrits sont rassemblés sous le nom de *Corpus Hermeticum* et qui est le père d'une sagesse première, antérieure à notre christianisme. Les Grecs se sont inspirés de ses ouvrages.

Dans la pièce voisine, Jacob s'était approché sans bruit.

Sybille, qui s'était à nouveau tue pour rassembler ses idées et trouver le moyen le plus simple de les exprimer, reprit :

— Le langage alchimique, ses symboles, ses énigmes servent à protéger le secret des opérations et à égarer les curieux. Les livres alchimiques ont l'air d'être des labyrinthes et pourtant, je l'ai compris en avançant dans leur lecture, ils sont chargés d'énergie

---

1. Cette croyance en l'existence d'un Hermès, personnage historique, a perduré jusqu'au premier quart du XVIIe siècle.

subtile. Ils « disent en se taisant » et sous les mots d'innombrables traités qui tous se répondent, qui finalement ne forment qu'Un, se trouve… La Révélation.

— Excusez-moi, mademoiselle Le Noir, mais je ne vois pas quel est le rapport entre le langage hermétique et la mort de Tassine.

— J'y arrive. Mais d'abord, dites-moi, quelle a été la réaction de mon père en voyant le corps ?

— Autant il semblait prêt à se défendre avant ; autant il a été comme frappé de stupeur après avoir vu le corps.

— Peut-être n'y a-t-il pas là un seul message, murmura Sybille, mais plusieurs.

— Expliquez-vous !

— Pour cela, il nous faut revenir au langage alchimique. Les opérations ou les éléments alchimiques possèdent des noms symboliques. Je peux vous citer le Chevalier Bardé de Fer, Le Lion Vert Universel, la Toison d'Or, le Bain du Roi… et surtout celui qui nous intérese aujourd'hui : la Vierge décapitée qu'on nomme aussi la « Femme sans Tête ».

Jean se figea.

— Cette « Femme sans Tête » est un symbole alchimique tout comme le serpent Ouroboros.

— Continuez.

— Dans l'imagerie alchimique, la femme, par son caractère passif dans sa relation à l'homme, et aussi par sa fonction de réceptacle, est souvent assimilée au *dissolvant universel*. Comme le mercure qui, quand on le combine avec le soufre, finit par ne plus faire qu'un avec lui.

— Pourquoi « sans tête » ?

— Ce passage-là de l'opération, la décapitation, est celui de la séparation de la lumière et des ténèbres. La femme, l'épousée, après son union, devient blanche comme l'étoile du matin.

— Ou étoile du Berger, c'est-à-dire Vénus, ajouta Jean qui commençait à relier la figure alchimique dont Sybille lui parlait au corps qu'il avait examiné. D'où la poudre blanche sur le cadavre. Et le calice ?

— Il représente le Vase de l'Esprit, le *Vas spirituale* ou *honorabile*. Il est le *Vase de Nature* des anciens, celui qui contient le vin des sages, le Mercure.

— Et le serpent ou dragon qui figure dessus ? Votre cousin libraire m'a dit qu'il était un symbole grec et qu'il enfermait dans son corps l'axiome : Un le Tout.

— Oui, Tout est dans tout.

— Mais si l'assassin a tué cette femme pour délivrer un message, quel est-il ?

Sybille secoua la tête :

— A priori, celui d'un alchimiste à un autre alchimiste. Et, en même temps, tout l'inverse. D'abord, celui qui a tué a choisi une prostituée, une femme souillée au lieu d'une vierge. Ensuite, avec ce cadavre, c'est un message de mort qu'il nous donne. Thanatos, fils de la Nuit et frère du Sommeil, abhorré de tous, même des Immortels. C'est la mort au cœur de fer et à l'âme d'airain, inflexible, cruelle, rusée.

— Est-ce qu'il se représente lui-même ?

— Je ne sais, monsieur le commissaire. Mais la Femme sans Tête alchimique, elle, est la représentation d'une union sacrée, des ténèbres vaincues et par-dessus tout de la lumière...

— Nous avons donc, au lieu d'un message de vie et de renaissance, un message de mort... murmura Jean.

— Il n'y a que mon père qui puisse aller plus loin. Laissez-moi lui parler. Il faut que j'aille au Châtelet. Il m'écoutera.

Repensant à la salle de la question et à ses murs suintants, aux cellules d'où s'élevaient les râles des détenus, Jean secoua la tête.

— Ce n'est pas un lieu pour une jeune femme, croyez-moi…

Un craquement, comme un bris de verre, dans la pièce à côté le fit s'interrompre. Il sortit son épée, fit signe à Sybille de continuer à parler et marcha lentement vers le laboratoire.

Une fois sur le seuil de la grande pièce, il s'arrêta net.

Un indescriptible désordre régnait dans cette partie de la Maison Chymique, des alambics étaient renversés, des pots contenant du soufre et des poudres de couleur étaient tombés des tables. Le sol était couvert d'éclats de verre, de coulées noirâtres, de paille noircie. Quant au vase, qui reposait auparavant sur son lit de fumier, il s'était brisé en mille morceaux.

Jacob était là, qui se dressait devant lui, le visage, les mains et ses pieds nus en sang.

Sur le moment, le commissaire ne baissa pas sa lame tant son regard était farouche et son attitude menaçante, mais Sybille qui l'avait suivi se précipita vers l'apprenti.

— Mon Dieu, Jacob, que t'est-il arrivé ? Pourquoi n'as-tu rien dit quand j'ai appelé ?

Pas de réponse. Elle regarda le foyer où avait maturé la préparation.

— L'Œuf… Il a explosé ?

L'apprenti acquiesça d'un signe de tête et pâlit quand la jeune femme le prit par le bras.

— Pardon ! Il faut que je regarde tes blessures. Viens, allons de l'autre côté et fais attention aux éclats.

Jean avait remis son épée au fourreau.

— Commissaire, aidez-moi !

Jacob repoussa le bras secourable que lui tendait le magistrat.

— Je peux marcher seul ! protesta-t-il, partant d'un pas chancelant vers la pièce voisine.

Une fois qu'il se fut laissé tomber sur un banc, Sybille nettoya ses plaies sans mot dire. Elle avait été chercher de l'eau et passait avec douceur un linge sur son visage, découvrant de longues estafilades heureusement peu profondes.

Jean la regardait faire, enviant l'apprenti que cette main aux gestes si doux caressait.

— Si vous n'avez pas besoin de moi, mademoiselle, je vais vous attendre dehors.

Il sortit. Il avait besoin de réfléchir aux explications que venait de lui donner Sybille et il pensait à Scipion de Rocheblond. À ce qu'il devait mettre dans son rapport. Au fait qu'en ce moment même, le sergent Nicolas devait prendre la déposition de Brisenez.

60

Après l'avoir inscrit dans le registre d'écrou du Châtelet, Nicolas Sénéchal avait conduit sous escorte le sire de Rocheblond en prison. Une fois dans la geôle, il lui ôta ses liens mais, suivant les consignes de Jean, saisit les anneaux reliés au mur par des chaînes.

— Vous n'allez pas me mettre les fers ! s'indigna le gentilhomme.

— Ce sont les ordres !

— Vous le regretterez, sergent !

L'homme, qui n'avait dit mot pendant tout le voyage, regardant par la fenêtre de son fiacre, le visage impassible, perdait son calme devant l'injure qu'on lui faisait.

— Je vous ferai payer ça.

— Il suffit, messire ! rétorqua le sergent en refermant sans douceur les anneaux autour des chevilles du prisonnier. La mort vous attend, la question aussi, vous feriez mieux de vous repentir.

— Ne soyez pas si naïf, sergent ! Oubliez-vous qui je suis ? Vous n'avez aucune preuve contre moi.

— Votre homme de main vous a donné, répliqua Nicolas, que l'arrogance du détenu échauffait. Et, même si c'est un truand, les juges écouteront sa déposition. Et d'autres vous trahiront.

— Il est déjà trop tard, sergent. Dans toute cette affaire, votre maître n'a gagné que ma haine et une mort certaine ! Dans la partie d'eschets que nous jouons, lui et moi, vous pourrez lui dire qu'il a déjà perdu une pièce maîtresse !

Nicolas refusa d'en entendre davantage et sortit en claquant la porte, ordonnant à deux soldats d'en garder l'issue.

Il redescendit vers les profondeurs de la prison et la geôle de Brisenez. Le garde, qui somnolait sur son tabouret, sursauta quand il lui tapa sur l'épaule et se mit debout en bégayant.

— Pardonnez-moi, sergent ! fit-il en faisant le salut militaire.

— Deux jours d'arrêt, soldat ! gronda Nicolas. Le prisonnier est calme ?

— Oui, sergent. Surtout depuis qu'y s'en est mis plein la panse !

— Comment ça ?

— À mon avis, l'a mangé tout le repas que vous lui avez fait porter. Mais c'est une force de la nature ! Et je crois bien qu'il en voulait encore. Il a fait un de ces vacarmes ! Il hurlait tant que je lui ai dit de se taire. J'ai pas ouvert, j'avais des consignes. Ensuite, j'l'ai plus entendu, il doit ronfler !

— Le repas ? Quel repas ?

Un terrible pressentiment envahit Nicolas.

— Mais le panier qu'est arrivé de la part de monsieur du Moncel, peu de temps après qu'on l'a fait enfermer.

— On lui a pas encore donné de repas ! hurla-t-il. Ouvre cette porte, bougre d'imbécile ! Ouvre !

L'homme, affolé, glissa en tremblant la clef dans la serrure.

Nicolas poussa le battant.

Brisenez gisait au milieu d'une mare de vin. Le panier contenant pain, fromage, jambon et pâté était renversé. Le malheureux avait labouré le sol de ses ongles, ses yeux étaient exorbités et une atroce grimace de douleur le défigurait.

Nicolas se pencha sur le corps. La phrase de Scipion lui revint :

« Dans la partie d'eschets que nous jouons, votre maître et moi, il a déjà perdu une pièce maîtresse ! »

Il n'y avait plus rien à faire, leur principal témoin était bel et bien mort.

61

Sybille laissa tomber le linge rougi dans la bassine à ses pieds.

— Rien de grave, heureusement, dit-elle. Montre-moi tes mains, Jacob. Pourquoi les caches-tu ?

— J'ai rien, maîtresse, grogna l'apprenti, très pâle.

— C'est à moi d'en juger.

Il tendit ses poings serrés. De grosses gouttes de sueur roulaient de son front sur son visage aux traits creusés.

— Cesse de faire l'enfant !

Jacob grimaça de douleur en ouvrant les poings. La chair brûlée était noircie et sanglante.

— Dans quel état tu es ! Je vais te mettre de la charpie et un pansement. Tu dois souffrir le martyre !

L'apprenti fit non de la tête, mais sa maîtresse se leva et sortit d'un casier une fiole dont elle versa trois gouttes dans une cuillère.

— Avale ça ! Un peu de pavot, cela va calmer ta douleur.

Le jeune homme obéit.

— Qu'as-tu fait, Jacob ?

Silence.

— Que veux-tu me faire accroire ? Regarde-moi !

Mais l'apprenti fixait obstinément ses pieds.

— Tu as touché l'Œuf, n'est-ce pas ? Tu as essayé de le saisir ?

Jacob restait muet.

— Tu aurais pu mourir ! J'ai eu si peur quand je t'ai vu ainsi ! poursuivit Sybille en lui passant affectueusement la main dans les cheveux.

L'apprenti releva les yeux.

— Oui, j'ai eu peur. Que crois-tu ? As-tu oublié notre amitié ?

— Pardonnez-moi, maîtresse, souffla Jacob.

— Ce n'est pas à moi qu'il faudra présenter des excuses mais à mon père.

— Oui, maîtresse.

— Oublions tout cela, veux-tu ? Je vais te soigner et, avec Jeanne, nous nettoierons le laboratoire. Allonge-toi sur ta paillasse en attendant que je reconduise le commissaire.

Sybille rejoignit Jean et tous deux prirent le chemin de la maison. Debout sur le seuil, Jacob les regarda s'éloigner puis se détourna.

Jean, dont les pensées n'étaient pas toutes consacrées à son enquête, mais bien plutôt à celle qui marchait à son côté, demanda :

— Comment va votre apprenti ?

— Rien de grave, sauf ses mains, nous allons lui appliquer un baume de millepertuis, c'est souverain contre les brûlures.

— Je me souviens, la guérisseuse en utilisait par chez moi, en Cotentin.

— Vous êtes du même pays que ma nourrice ! s'étonna Sybille. Mon enfance a été bercée par vos chansons…

Elle se tut, réalisant que l'heure n'était pas aux confidences.

— Pardonnez-moi, monsieur.

— En d'autres moments, j'aurais été heureux d'évoquer mon pays avec vous. Il me faut vous remercier. Vous avez été d'une grande clarté, même pour quelqu'un comme moi qui ne connais rien à l'art que pratique votre père.

Sybille s'arrêta.

— M'autorisez-vous enfin à le visiter, monsieur le commissaire ?

— Je vous promets d'y réfléchir, mademoiselle. Laissez-moi un peu de temps. Je veux d'abord lui parler.

— Merci, monsieur.

Ils entrèrent dans la maison.

— Jeanne ! appela la jeune fille.

La nourrice passa la tête à la porte de la cuisine.

— Prends du baume de millepertuis et cours à la Maison Chymique t'occuper de Jacob, il s'est gravement brûlé. Je te rejoins dans un instant.

Une fois la nourrice sortie, Sybille alla ouvrir la porte d'entrée.

— À vous revoir, mademoiselle Le Noir, fit le commissaire en s'inclinant.

Il avait franchi le pas de la porte, il allait remettre sa toque…

— Attendez ! s'écria Sybille.

— Qu'y a-t-il ?

Sybille le regardait, puis elle fixa ce seuil qu'elle n'avait osé franchir depuis toutes ces années. La rue était calme, quasi déserte. Elle sentit le rouge lui monter aux joues.

Elle lui tendit la main, il la saisit, comme s'il avait compris, refermant ses doigts autour des siens. Elle gardait les yeux braqués vers cette frontière invisible qu'elle seule voyait. Soudain, puisant dans cette main qui la tenait la confiance qui lui avait manqué jusqu'alors, elle avança d'un pas, puis de deux.

Elle était dehors ! Avec l'envie de rire et de pleurer.

Jean s'avança encore jusqu'au milieu de la rue et elle le suivit, sa main toujours prisonnière de la sienne.

Elle regardait autour d'elle comme l'enfant qu'elle avait été, neuf ans plus tôt. Redécouvrant les façades des maisons, la place Maubert toute proche, les passants, les voitures à cheval, les odeurs, le bruit aussi.

— Maintenant, je dois vous laisser, murmura Jean à regret.

Il ouvrit les doigts, la libérant comme on libère un oiseau.

— À vous revoir, mademoiselle, dit-il en remettant sa toque de velours sur ses cheveux bruns.

Sybille resta un moment à observer ce monde du dehors qui lui paraissait si vaste. La silhouette du jeune homme avait disparu. Alors elle revint vers la maison, referma et s'adossa au battant, le souffle court.

LE VISAGE DE THANATOS

62

Alors que Jean s'en revenait, songeur, vers le Châtelet, Côme le Milanais s'était glissé dans la prison. Le tueur avait graissé quelques pattes et, moyennant deux ou trois pichets de mauvais vin, avait appris que Théophraste Le Noir était à la Gloriette. Un lieu moins surveillé que d'autres. Sans attendre, il s'était présenté au guichet des sergents.

Contrairement à ce que d'aucuns pensaient, il était toujours plus facile d'entrer dans la forteresse en plein jour. Grâce à la complicité d'un huissier, il se fit passer pour un visiteur. Bien que rares, quelques autorisations étaient accordées aux familles, aux avocats ou aux moines. Le Milanais avait toujours aimé la robe des religieux et c'est ainsi, déguisé en prêtre, cachant ses lames sous l'ample tissu, qu'il pénétra dans les lieux.

Bientôt, de contrôle en contrôle, il se retrouva dans l'escalier qui menait à la Gloriette. Un soldat lui barra le passage.

— Halte là, mon père !
— Dieu vous bénisse, mon fils, dit-il en sortant de sa soutane le faux laissez-passer préparé par

l'huissier. Je vais voir monsieur de Rabérie. Où puis-je le trouver ?

Le garde se signa.

— Au premier, mon père.

Il répéta sa demande quelques marches plus haut au geôlier qui était dans la petite salle donnant sur les cachots de la Gloriette.

— C'est la cellule du fond, mon père, fit l'autre en se levant du tabouret sur lequel il était affalé.

— Merci, mon fils. Et celle de monsieur Le Noir ?

— Pardonnez, mon père, grommela l'autre, mais l'est au secret, celui-là, même pour les gens d'Église.

— Mais non, mon fils, puisque je suis là.

63

Le médecin était debout près du soupirail, les mains agrippées aux barreaux, quand il entendit la porte s'ouvrir.

Il se retourna.

— Bonjour, mon père, fit-il, surpris, en apercevant le religieux. Je me croyais interdit de visite.

— Nul ne peut s'opposer à la volonté de Dieu, mon fils, déclara le Milanais.

Était-ce sa voix, quelque chose dans son regard ? Le médecin, qui allait vers son visiteur, s'immobilisa.

— On dirait que vous avez compris, mon fils ? demanda Côme.

— Il me semble vous avoir déjà vu. Qui êtes-vous ? Que me voulez-vous ?

— Vous avez bonne mémoire, mon fils, c'était sur le Petit Pont. J'étais à vos côtés, j'aurais pu vous tuer.

Je suis la main armée de Dieu, mon fils, et vous êtes l'agneau que je dois sacrifier.

Un frisson parcourut l'échine de Théophraste.

— Je vous laisse le choix, ajouta le Milanais, rejoindre Notre-Seigneur rapidement... ou lentement.

Le tueur sortit la dague qu'il avait dissimulée dans ses larges manches.

— La mort de mes hommes réclame vengeance... Mais est-ce l'habit que je porte ? Je me sens enclin à la clémence.

— Vos hommes ? Ceux qui ont été faits prisonniers par le guet ?

— Oui, mon fils, vous avez la vie chevillée au corps et de la chance aussi, mais cette fois j'ai décidé de m'occuper personnellement de vous.

— Les assassins. Et le fiacre, c'était vous aussi ?

— Oui.

— Et le tonneau de vin ?

— Non.

— Et la croix sur ma porte le soir de la Saint-Barthélemy ?

— Vous vous égarez, mon fils. Qu'on en finisse ! Vous ne m'avez pas répondu, que choisissez-vous ?

— Mourir vite ! répondit Théophraste. Mais avant...

— Avant quoi ?

— Dites-moi le nom de celui qui vous envoie. Que je meure en le maudissant.

— C'est votre droit ! fit le Milanais en se penchant vers lui.

64

Jean du Moncel s'immobilisa, les sens en alerte. Tout était silencieux, trop silencieux. Il saisit le pistolet qu'il portait à la ceinture et avança. Lentement. Un corps inerte gisait sur le sol de la salle des gardes, la tête formant un angle impossible avec le corps. Jean s'approcha de la cellule de Théophraste dont la porte était entrebâillée.

Deux silhouettes s'y battaient au corps-à-corps.

Le père de Sybille défendait sa vie avec une énergie décuplée. Il avait réussi à faire tomber la lame du Milanais et l'avait empoigné comme un lutteur, se serrant contre son torse pour éviter ses coups. Ils étaient arc-boutés, râlant et soufflant. Jean s'approcha et, avant que le Milanais ait eu le temps de réagir, le saisit par le col et le projeta contre le mur.

— Sortez d'ici et donnez l'alerte ! ordonna-t-il au médecin en se plaçant entre lui et l'assassin.

— En garde, monsieur ! fit le Milanais qui s'était déjà redressé et avait sorti une épée de sous sa robe de bure.

Jean se raidit, la voix lui était familière. Il regarda mieux l'homme dont jusqu'ici il n'avait pu scruter les traits.

— Côme ! Côme le Milanais, murmura-t-il.

À son arrivée à Paris, l'homme lui avait dispensé quelques cours d'escrime avant de disparaître. Il avait été un maître redoutable, aux parades habiles et aux fentes puissantes.

L'autre l'avait reconnu.

— Mon jeune élève ! Comment vous appeliez-vous déjà ? Jean. Jean du Moncel. Vous veniez de

Normandie. Pas mauvais combattant d'ailleurs, mais pas assez de technique. Je me souviens.

Jean remit son pistolet à sa ceinture et dégaina son épée.

— Le temps m'est compté, n'est-ce pas ?

Le bout des lames se frôlait comme se touchent les antennes des insectes.

— Oui, répondit le commissaire. Les gardes vont revenir et vous saisir.

— Je suis bon pour le gibet. Une mort indigne d'un maître comme moi, fit-il en attaquant.

Jean esquiva, se souvenant des leçons que lui avait données Germain de La Teste.

L'homme se fendit. Il esquiva de nouveau.

— Qui vous a entraîné ensuite ? demanda le Milanais.

— Le chevalier du guet.

— Fine lame ! Il a été l'élève du grand Figaroli !

Les deux hommes se tournaient autour comme des fauves qui attendent le meilleur moment pour se déchiqueter.

Le Milanais attaqua de nouveau. Et cette fois, Jean riposta, déchirant la robe de bure au niveau du bras.

Côme avait fait un saut de côté. Il regarda la tache sombre qui allait en s'élargissant sur l'épais tissu.

— Vous avez progressé, monsieur ! Compliment !

— Je l'espère, répondit Jean en attaquant de nouveau avec furie.

L'ancien maître d'armes évita l'assaut et se remit en garde.

— Cela ne sera donc point un déshonneur !

— Que voulez-vous dire ? demanda Jean en passant sous la garde du Milanais et en le touchant à la cuisse.

Il y eut un bruit de voix dans le couloir. Les soldats arrivaient.

— Attaquez, monsieur ! fit Côme en se fendant.

Jean plongea à son tour, et le Milanais, au lieu de s'écarter, s'offrit à la lame qui s'enfonça dans sa poitrine.

Jean resta figé, l'autre le regardait avec un drôle de sourire, puis il bascula en avant. Les gardes entrèrent au même moment.

— Silence, vous autres ! Où est le médecin ? cria-t-il.

— Je suis là, monsieur du Moncel, répondit Théophraste, maintenu par deux solides gaillards.

— Lâchez-le !

Le père de Sybille examina le corps du Milanais, puis lui ferma les yeux.

— Vous l'avez touché au cœur, monsieur... et vous m'avez sauvé la vie. Merci.

Jean secoua la tête.

— Je n'ai fait que mon devoir, monsieur Le Noir. Mais je n'ai pas tué cet homme. C'était un excellent escrimeur, je ne sais si j'en serais sorti vivant. Il a préféré mon épée au gibet !

Jean essuya sa lame.

— Nous ne saurons jamais qui l'a envoyé. Emmenez-le avec le corps du geôlier ! ordonna-t-il aux soldats.

— Si vous ne l'aviez pas tué, monsieur, c'est lui qui vous aurait tué. Quant à celui qui l'a envoyé, je connais son nom, il me l'a dit.

Une fois dans son bureau avec le médecin, Jean allait s'asseoir quand son commis arriva.

— Le sergent vous cherche partout, monsieur le commissaire, et aussi le lieutenant criminel. Et vous avez un pli de monsieur de Neufville.

— Est-ce tout, Mathieu ?

— Non ! Le sergent a trouvé le corps du dénommé Brisenez dans sa cellule. Empoisonné.

Jean se figea. Brisenez mort ! C'était Scipion qui lui échappait !

— Où est le pli ?

— Je vous le donne, monsieur, fit le commis en fouillant dans ses poches. Le voilà.

Jean le lui arracha des mains et le décacheta.

> *Cher Jean du Moncel,*
> *J'eusse préféré ne pas devoir vous écrire cette lettre. À l'heure qu'il est, le sire de Rocheblond a quitté la cellule où vous l'aviez fait enfermer. Une voiture est venue le chercher au Châtelet, dont je dois vous taire les armoiries toutes-puissantes.*

Jean suspendit sa lecture. Il se souvenait de la façon dont Scipion l'avait défié. L'homme avait donc l'appui du roi !

> *N'essayez pas de le poursuivre. Aucune des maigres preuves qui sont en votre possession ne sera retenue contre lui et cela ne servirait qu'à exciter la colère de vos supérieurs. En faisant prisonnier Scipion de Rocheblond avec l'aide de monsieur de La Teste, vous avez outrepassé vos fonctions de commissaire et provoqué la colère de monsieur le lieutenant criminel. J'ai abusé de ma position pour que vous ne soyez pas mis à pied, voire incarcéré.*
>
> *Pour moi, cher Jean, vous avez été le plus loin possible. Aller au-delà serait vous perdre. Finissez-en au plus vite avec cette affaire Le Noir. Nous irons ensuite dans ma propriété*

angevine pour prendre quelque repos, vous et moi.

Votre protecteur,
Nicolas de Neufville de Villeroy

Jean replia la lettre qu'il glissa dans sa poche. Il était livide.

— Monsieur le commissaire, vous allez bien ? s'inquiéta le commis.

— Vous, dehors ! explosa Jean, furieux. Courez me chercher le sergent Nicolas Sénéchal !

Alors que le commis se précipitait, le commissaire se tourna vers le médecin qui était resté silencieux.

— Vous savez maintenant qui voulait vous tuer, monsieur.

— Qui vous a parlé de cela ?

— Votre fille Sybille. Qui était derrière ce Côme ?

— Un lâche, monsieur le commissaire !

— Quel est son nom ?

— Je ne puis vous le dire, monsieur. Pas avant de l'avoir eu en face de moi. Mais ce n'est pas lui qui a marqué ma porte à la Saint-Barthélemy !

— Vous voulez dire qu'il y a quelqu'un d'autre ?

Théophraste acquiesça.

65

Jacob avait marché en silence, menant sa jeune maîtresse, toujours vêtue en damoiseau, à travers les rues de Paris. Sybille regardait tout, s'arrêtait souvent. Éblouie par les couleurs des tissus chez les drapiers, assourdie par les bruits, se bouchant le nez aux terribles odeurs des égouts à ciel ouvert.

La vie grouillait partout. Les mendiants pullulaient. Les chiens errants aussi. Et pourtant, Sybille était heureuse. Elle respirait à pleins poumons. Libre, enfin libre.

— Mademoiselle, faut vous hâter ! On n'est pas encore arrivés, grommela l'apprenti.

Elle le regarda mieux.

— Tu es encore en colère contre moi, Jacob ?
— J'suis point en colère, mademoiselle.
— Quoi alors ? Pourquoi as-tu touché l'Œuf ?
— J'sais point ce qui m'a pris. Je croyais...
— Tu croyais quoi ?
— Que vous et le commissaire...

Soudain, Sybille comprit tout.

— Mon Dieu, Jacob, mais tu es jaloux !

Le jeune apprenti s'empourpra.

— Et tu crois que je serais capable d'oublier que nous avons grandi ensemble, toi et moi ?
— J'sais pas.
— Moi, je le sais, affirma Sybille en glissant son bras sous celui de l'apprenti. Tu es mon ami.
— Nous arrivons, mademoiselle !

Ils étaient devant une grande maison bourgeoise. Jacob alla frapper à l'huis et un serviteur ouvrit aussitôt.

— Va prévenir ton maître et lui dire que sa nièce, Sybille Le Noir, est là.
— Entrez, entrez, mademoiselle Le Noir, notre maître vous attend.

Ils restèrent un instant dans l'antichambre, puis Robert Le Noir apparut.

— Ah, ma nièce, vous voilà ! s'exclama-t-il, en la prenant dans ses bras. Je vais vous montrer votre chambre afin que vous puissiez vous reposer un peu. C'est là tout ce que vous avez comme bagage ?

Il désignait le petit balluchon que Jacob portait à l'épaule.

— Oui, mon oncle. Je n'ai pas besoin de grand-chose.

— Donne ça à mon serviteur ! ordonna Robert Le Noir à Jacob ; et va en cuisine demander qu'on te donne un verre de vin et du pain. Et ensuite, rentre chez toi !

Jacob ne broncha pas. Il fixait sa maîtresse.

— Tu n'as pas entendu ? répéta Robert Le Noir.

— Obéis, cher Jacob, et va retrouver Jeanne. Dis-lui que tout va bien.

L'apprenti hocha la tête.

Robert, sans plus se soucier de lui, avait entraîné sa nièce vers l'escalier. Ils montèrent au premier, Sybille s'extasiant à la vue des tableaux accrochés aux murs. Des sculptures dans les niches.

— Que c'est joli chez vous, monsieur mon oncle !

— J'espère que ta chambre te plaira, fit Robert Le Noir en poussant une porte et en se mettant de côté pour la laisser passer.

Sybille entra.

— Mais c'est un palais ! s'exclama-t-elle.

La pièce était plus grande que tout ce qu'elle avait connu. Les murs en étaient tapissés de tentures de Damas, un grand lit à baldaquin en occupait un angle, sur le côté, il y avait une jolie coiffeuse et un siège. Des peaux de bêtes étaient jetées sur le dallage noir et blanc. Une statue de Diane chasseresse sur un socle était placée non loin d'une fenêtre à meneaux.

— Vous serez bien ici, ma nièce. Reposez-vous, je viendrai vous chercher pour le dîner.

Avant qu'elle ait pu protester, il referma la porte.

La jeune fille regarda son nouveau domaine et sourit.

Sur la coiffeuse, près d'une brosse au manche d'ivoire, était posée sur un coussin de velours la broche que son oncle lui avait offerte. Elle l'accrocha à son pourpoint puis, ôtant ses chaussures à boucles, se jeta sur le lit, bras écartés.

Pendant ce temps, Jacob, après avoir demandé le chemin des cuisines à un serviteur, s'était égaré dans la grande maison.

Entraîné par la curiosité, il se mit à explorer le vaste rez-de-chaussée. Il prit l'un des chandeliers de l'antichambre et descendit quelques marches menant à l'entresol, dont il poussa la porte.

L'endroit était aussi sombre qu'un caveau et il serait sans doute remonté si, en levant son bougeoir, il n'avait aperçu une forme sur le sol. Il descendit les dernières marches. La faible lueur éclairait les murs et les poutres noirs de suie.

Sur des tables étaient alignés des pots de verre et de terre emplis de poudres de couleur. Dans un angle s'ouvrait la bouche noire d'un four éteint et, à côté, s'empilait une montagne de bûches. Le sol était de terre battue et, en plein milieu, il aperçut un brasero éteint non loin d'un tabouret renversé.

Mais ce qui l'avait fait s'avancer était ce qu'il avait pris pour un corps de femme. En fait, un tas de tissus. Il se pencha et souleva une robe. Dessous se trouvaient des chaussures à boucles, qu'il reconnut aussitôt pour être celles que sa maîtresse avait données à la jeune Tassine.

Il n'eut pas le temps d'en voir davantage.

Il y eut comme un souffle derrière lui. Quelque chose s'abattit sur son crâne, il bascula, lâchant la bougie qui s'éteignit en heurtant le sol.

66

Théophraste marchait vite, le cœur cognant dans sa poitrine. Il se trouvait rue de la Bûcherie quand il aperçut l'incendie et entendit la sonnerie du tocsin. Plein d'un sombre pressentiment, il se mit à courir, mais il était déjà trop tard.

Là-bas, rue du Fouarre, la maison de son père, la maison de son enfance, brûlait.

De hautes flammes avaient déjà dévoré la toiture et le premier étage. Des poutrelles en feu traversaient les planchers et s'écrasaient au rez-de-chaussée. Hommes et étudiants faisaient la chaîne avec des seaux. Le médecin se fraya un passage au milieu des curieux qui refluaient devant la chaleur de la fournaise. Les maisons voisines s'étaient vidées de leurs habitants et les façades ruisselaient de l'eau qu'on leur jetait.

Théophraste remonta la longue file des porteurs d'eau sans se soucier des protestations de ceux qu'il bousculait. Ce n'est qu'en arrivant près de la maison qu'un sergent l'arrêta dans sa course.

— Halte là, monsieur !

— Laissez-moi passer, sergent ! C'est ma maison ! Mon père… Où est mon père ?

Il regardait autour de lui, cherchant vainement la silhouette du vieil homme.

Il allait s'élancer, mais l'officier le retint d'une main ferme.

— Lâchez-moi ! hurla le médecin hors de lui. Vous n'avez pas compris ? Il doit être là-dedans !

Un soldat se précipita, le saisissant à son tour.

— Au nom du roi, reculez tous ! hurla le sergent.

Un pan de façade se détacha et s'écrasa sur le pavé. Des gens hurlèrent. Les hommes d'armes le lâchèrent si brusquement que Théophraste faillit tomber. Un homme le bouscula pour lancer de l'eau sur l'amas de décombres en feu derrière lesquels devaient brûler les livres de son père... Le fauteuil de son père... Le cadavre de son père.

— Monsieur ! Monsieur Le Noir ! appela une voix qu'il reconnut aussitôt. Vous êtes là. Merci, mon Dieu...

Il ne répondit pas. Hagard, il fixait le brasier. La maison s'ouvrait comme une coquille de noix. Il apercevait des tentures qui brûlaient, des meubles...

— J'étais partie chercher le linge et quand je suis revenue...

La pauvre Robine éclata en sanglots sans même qu'il songe à la consoler. Il imaginait son père dans les flammes, et c'était insupportable. Le malheureux avait dû essayer de s'enfuir, mais avec ses mauvaises jambes... Les gens vidaient leurs seaux, d'autres les remplaçaient.

Il resta un moment ainsi, puis, sans un mot, sans écouter Robine qui hurlait son nom, il se détourna et partit en courant.

67

— Ouvre ! hurla Théophraste en frappant sur la porte. Ouvre !

Un serviteur entrebâilla le battant et faillit le repousser en voyant celui qui se tenait derrière.

Les vêtements du médecin et son visage étaient couverts de cendre, ses cheveux et ses sourcils roussis par la chaleur des flammes.

Il bouscula le laquais et entra.

— Mais, monsieur... protesta l'autre.

— Où est mon frère, faquin ? s'écria-t-il, hors de lui.

— Je suis là, cher frère ! répondit la voix calme de Robert qui descendait l'escalier menant à l'étage. Mais vous-même... Je vous croyais au Châtelet.

Théophraste ne répondit pas, le visage livide, les yeux cernés de noir, il fixait son aîné comme s'il le voyait pour la première fois. Robert se tourna vers son serviteur.

— Laisse-nous !

— Je me suis évadé ! finit par lâcher l'alchimiste.

— Évadé, vous !

L'aîné des Le Noir désigna la porte qui leur faisait face.

—. C'est une salle qui me sert aux réceptions, nous y serons tranquilles. Venez, mon frère !

Théophraste obéit, réfrénant difficilement le tremblement nerveux de ses membres. Son frère était chez lui et il y avait dans son invitation toute l'autorité de l'aîné.

La pièce était vaste, le parquet fleurait bon la cire et, excepté deux grands sièges à l'assise damassée, elle était vide.

Robert referma et alla s'asseoir.

— Prenez place, monsieur mon cadet, nous en avons pour un moment.

Toute jovialité avait disparu de son visage. Sa voix était froide, le ton détaché comme si c'était un autre qui parlait.

Théophraste fit non de la tête et resta debout, ses doigts se refermant sur le dossier du siège. Secoué par la mort de son père, il ne savait par où commencer. Comme dans la prison, quand il avait compris et qu'il avait essayé d'ordonner ses idées. Il refusait encore d'admettre la vérité tant elle était ignoble.

— Notre père… commença-t-il.

— Plus tard ! Maintenant, c'est de nous qu'il s'agit, mon frère !

— Alors, expliquez-vous, monsieur !

Robert leva les yeux vers lui et, dans ce regard, il y avait toutes les réponses. C'est pourtant d'une voix basse, un peu rauque, qu'il ajouta :

— Il n'y a qu'un mot, mon frère. Un seul : la haine ! Seule la haine peut tout expliquer.

Comme son cadet se taisait, Robert poursuivit.

— Vous n'auriez jamais dû naître, Théophraste ! À cause de vous, j'ai tué celle que j'aimais plus que tout… Et qui m'aimait.

Théophraste eut un mouvement d'incompréhension.

— J'allais avoir sept ans quand ma mère est tombée enceinte.

Il avait appuyé sur le « ma ».

— Déjà mon père et elle ne parlaient plus que de vous… Je l'ai poussée dans l'escalier.

Les yeux de l'alchimiste s'agrandirent d'horreur.

Robert, perdu dans ses terribles souvenirs, reprit :

— Non pour la tuer, elle, mais pour vous tuer, vous ! Hélas, elle est morte quelques jours plus tard, et vous non. De ce moment-là, je vous ai haï et j'ai juré votre perte.

Théophraste avait l'impression de recevoir des coups de massue sur le crâne. Il se laissa tomber sur le siège que Robert lui avait proposé. Les deux frères, même adultes, n'avaient jamais été proches, et bien sûr, enfants, s'étaient affrontés. Les querelles, les bagarres, dont ils ne ressortaient jamais sans bleus ou cicatrices, avaient été nombreuses... Mais il n'y avait rien qui aurait pu lui faire penser que tout cela était autre chose qu'une violence ordinaire.

Robert continuait toujours de la même voix monocorde.

— J'ai essayé bien des fois de vous tuer mais votre nourrice était là qui veillait. Jamais je n'ai réussi à la prendre en défaut. Ah, elle tenait à vous, celle-là, autant qu'une mère !

— Hermine... murmura l'alchimiste qui avait aimé la jeune femme comme un fils.

— Oui, Hermine. Hermine qui s'est brisé le cou. Hermine qui avait deviné ma haine et qui se méfiait de moi... Mais pas assez.

— Vous l'avez tuée !

Tout cela lui paraissait impensable, cette haine première, cette haine qui existait même avant sa naissance. Il resta comme paralysé. Robert parlait toujours, il se parlait plus qu'il ne lui parlait.

— Vous avez grandi. Je suis devenu le médecin de Monsieur. Il fallait le suivre dans ses déplacements. Heureusement, il y a eu votre femme, la belle Catherine de Neyrestan. Un nouveau moyen de vous faire souffrir. Vous étiez si jaloux ! Vous souvenez-vous de votre colère quand elle a porté ce magnifique collier ? Hélas, elle vous était fidèle... Alors, je l'ai tuée, un peu de poison, monsieur le médecin ! Vous aviez reconnu les symptômes, pourtant, vous n'y avez pas cru...

C'en était trop. Théophraste s'était dressé, poussant un rugissement de rage. Il se jeta, les mains en avant, sur son frère qui l'évita. Quand le cadet se redressa, les yeux fous, Robert le menaçait de sa dague.

— Je ne voudrais pas vous embrocher tout de suite, mon cher frère ! Et puis, vous ne savez pas encore la fin de l'histoire.

— La Saint-Barthélemy, c'était vous, n'est-ce pas ?
— Oui ! Et le tonneau de vin empoisonné, aussi ! Mais vous avez la vie dure, mon frère.

L'alchimiste secoua la tête.

— Vous êtes fou à lier !
— Que savez-vous de la folie ? gronda Robert. Ne sommes-nous pas tous fous ? Vous le premier, qui avez emprisonné votre fille pendant neuf ans !
— Laissez ma fille en dehors de ça !
— Votre fille, qui est aussi ma nièce, est ici, monsieur mon frère, dans cette maison ! En sécurité avec son oncle.
— Vous mentez !
— Rassurez-vous, elle va bien. Elle se repose dans sa chambre avant de venir dîner.

Théophraste marcha vers son frère. Ses traits étaient si contractés qu'il en était méconnaissable.

— Ne la touchez pas !
— Reculez ! ordonna Robert, appuyant la pointe de sa lame sur la gorge de son cadet. Nous n'en avons pas fini, vous et moi. Il faut encore parler de la puterelle et aussi de notre père. Paix à son âme !

Le cadet hésita puis obéit. Il ne pensait plus qu'à Sybille qu'il fallait sortir de ce cauchemar. Les confidences de son frère dépassaient en horreur tout ce qu'il avait pu imaginer dans le silence de son cachot.

— J'avoue que j'avais l'espoir de vous envoyer au bûcher pour sorcellerie ! Mais puisque vous vous êtes évadé, je vous tuerai de ma main. Mais revenons à la femme sans tête.

— J'ai reconnu la coupe que mon père vous avait offerte quand vous avez eu votre bonnet doctoral et que vous avez préparé votre thèse pastillaire. Il voulait vous initier à l'Art d'Hermès. Et vous avez transformé son message de vie en message de mort !

— L'alchimie...

Robert fit la grimace.

— Sans doute ne suis-je pas assez pur ? Mais revenons à notre père. Il a fallu que je lui explique, à lui aussi. Si cela peut vous rassurer, il n'a pas brûlé vif. Je crois que son cœur s'est arrêté de battre dès qu'il a compris que votre ennemi, c'était moi ! C'est drôle, comme il vous a toujours préféré.

Au moment où l'aîné des Le Noir achevait ces mots, des coups retentirent à la porte d'entrée. Robert alla à la fenêtre donnant sur la rue. Des hommes du Châtelet, commandés par le lieutenant criminel en personne, barraient la rue. Le commissaire du Moncel était avec eux.

— Ils vous cherchent ! s'exclama Robert. À moins que...

Pour la première fois depuis qu'ils se trouvaient dans cette pièce, il se troubla.

— Vous m'avez menti, n'est-ce pas ? Vous ne vous êtes pas évadé du Châtelet !

Théophraste lui faisait face. Et c'est d'une voix calme qu'il déclara :

— Votre maison est cernée, mon frère. C'est vous qu'on conduira à l'échafaud et non moi !

L'aîné poussa un hurlement de rage, se jeta sur son cadet, qui esquiva son furieux coup de couteau, et prit la fuite.

On cognait à la porte d'entrée.

— Au nom du roi, ouvrez !

Robert fit irruption dans la chambre de Sybille qui sauta sur ses pieds, en le voyant entrer, une arme à la main, les vêtements en désordre.

— Mon Dieu, mon oncle, mais que se passe...
— Venez, ma nièce, vite !

Sybille saisit ses chaussures et, avant qu'elle ait eu le temps de réfléchir, son oncle la prit par la main et l'entraîna dans le couloir vers un escalier dérobé.

Pendant ce temps, au rez-de-chaussée, Théophraste ouvrait la porte aux gens du roi. Le lieutenant criminel et ses hommes se ruèrent dans la maison.
— Fouillez toutes les pièces ! ordonna le lieutenant. Il ne doit pas nous échapper.
— Où est votre frère ? demanda Jean du Moncel à l'alchimiste. Et votre fille ?
— Il est monté ! Et je ne sais pas où est Sybille, répondit l'alchimiste, hébété.
Les émotions de ces derniers moments avaient eu raison de lui et il se laissa glisser sur les marches, incapable de tenir davantage sur ses jambes.
Le jeune commissaire se lança vers l'étage, suivi par le sergent et des soldats.

68

Après avoir descendu en courant l'escalier dissimulé dans l'épaisseur des murs, Robert le Noir entraîna sa nièce dans un long et étroit corridor.
— Nous serons bientôt dans une remise, dans une rue voisine, expliqua-t-il.
— Mais enfin, que se passe-t-il, mon oncle ? Qui nous poursuit ?
— Je vous expliquerai plus tard.
— Attendez !

Elle s'arrêta un instant pour enfiler ses chaussures. Le visage de son oncle était marbré de rouge, son regard si différent de celui qu'elle lui connaissait.
— Courez !

Une fois au premier étage de l'hôtel particulier, après avoir visité toutes les pièces avec ses hommes, Jean revint vers le sergent.
— Rien !
— Rien ici non plus, monsieur le commissaire. Hormis la grande chambre et une plus petite, tout est vide ici. Il n'y a même pas de meubles.
Jean se mit à frapper du poing sur les murs.
— Les hommes ont aussi fouillé le grenier. Il doit bien y avoir une issue. Un passage qui nous échappe.
Le sergent l'imita, tapant de petits coups sur les parois. Enfin, l'une d'elles rendit un son creux.
— Ici ! cria-t-il, en poussant une minuscule porte dont le relief était dissimulée par une fresque.
— Un escalier dérobé. Vite !
Jean et ses hommes s'y engouffrèrent.

69

Robert Le Noir ouvrit la porte de la remise. Ils étaient derrière l'hôtel particulier, dans une ruelle déserte. Il tira Sybille qui se raidit.
— Expliquez-moi, mon oncle. Je veux comprendre. Quel est l'ennemi que nous fuyons ainsi ?
— Faites-moi confiance, ma nièce. J'ai des chevaux à l'auberge voisine. Nous aurons vite fait de quitter le pays et de gagner l'Italie.

— L'Italie, mais comment cela ? protesta la jeune fille. Et mon père ? Vous semblez l'oublier ! Il est en prison. On risque de l'exécuter si nous n'arrivons à prouver son innocence. Quelqu'un veut sa mort...

Un horrible soupçon fit bégayer la jeune fille.

— Je... Je ne sais pas ce qui se passe...

— Je n'oublie rien, ma nièce, mais...

Robert s'interrompit et prêta l'oreille : derrière eux, dans les profondeurs du couloir retentissait le bruit d'une galopade.

— Ils arrivent ! Venez !

Ils sortirent dans la rue et coururent pendant un moment, puis Sybille résista, essayant d'ôter sa main prisonnière de celle de son oncle.

— Lâchez-moi, mon oncle, je ne ferai pas un pas de plus avant de comprendre.

— Mademoiselle Le Noir ! hurla une voix lointaine que la jeune fille reconnut aussitôt.

— C'est le commissaire !

Robert s'était immobilisé, lui aussi. Ils se faisaient face au milieu de la ruelle.

— C'est donc vous...

Il y avait une supplication enfantine dans la voix de Sybille, quelque chose qui disait : Contredisez-moi, je vous en prie !

— Je ne voulais pas en arriver là, ma nièce ! fit Robert en la plaquant contre lui comme un bouclier et en reculant.

Là-bas, les soldats menés par le commissaire et le sergent jaillissaient de la remise.

Sybille s'était tue. Elle avait peur, elle avait froid, elle refusait d'admettre que cet oncle qu'elle avait adoré était celui qui avait tué Tassine et voulait la mort de son père.

Là-bas, des silhouettes qu'elle reconnaissait accouraient. Le sergent Sénéchal, Jean du Moncel qui continuait à crier son nom…

Mais il était trop tard. Elle allait mourir.

Et puis, soudain, l'étreinte qui la maintenait se relâcha d'un coup.

Robert Le Noir poussa un terrible cri de douleur. La lame qui menaçait sa gorge tomba à terre, et la jeune fille sentit le corps de son oncle glisser derrière le sien.

— N'oublie pas Tassine ! jeta Louis Belcastel en levant de nouveau son poignard.

70

Les soldats avaient saisi le Capitaine, qui n'avait opposé aucune résistance. L'ancien officier se tenait debout, l'air farouche, le corps enserré par des liens.

Le regard de Sybille alla du corps de son oncle, criblé de coups de couteau, à la silhouette de Louis.

Quand Jean du Moncel entoura ses épaules de son bras, elle ne protesta pas.

— Venez, mademoiselle Le Noir. Votre père vous attend.

— Mais le Capitaine…

Il la regarda.

— Vous le connaissez ?

— Je n'avais osé vous le confier, mais c'était le compagnon de Tassine. Quand mon père lui a sauvé la vie, il a promis en échange de protéger la mienne.

— Il a tenu son serment.

— Sauvez-le, monsieur !

— Hélas, même si je le voulais, je ne le pourrais, mademoiselle. Des gens haut placés veulent sa tête. On lui reproche d'avoir volé, mais surtout d'avoir bafoué la famille royale.

Sybille comprit que rien ni personne ne pourrait sauver l'officier.

— Puis-je, au moins, lui parler ?

Le commissaire hocha la tête.

— Sergent, amenez le détenu !

La jeune fille croisa le fier regard de Louis Belcastel.

— Merci, murmura-t-elle. Merci.

— Ne soyez point triste, damoiselle. Je n'ai point peur de mourir, je suis déjà mort il y a longtemps sur les champs de bataille du roi et, maintenant, je vais rejoindre celle que j'aimais.

Épilogue

Au moment où j'écris ces lignes, Louis Belcastel, dit le « Capitaine », a été décapité. C'est la seule promesse que Jean du Moncel a pu me faire, lui éviter la mort infamante par le gibet. Nous avons veillé, mon père et moi, à ce que l'ancien officier ait une sépulture décente, non loin du corps de sa chère Tassine.

Mon père n'a pas voulu dénoncer le docteur régent Mathieu Humières, son ennemi à la Faculté, mais il a été arrêté sur la foi d'un billet trouvé sur le corps de Côme le Milanais. Le docteur a avoué avoir voulu se venger de mon père et ne s'être jamais remis de son humiliation face au prévôt de Paris. On lui a coupé le poing, percé la langue, puis il a été pendu en place de Grève.

Quant aux noces du duc de Joyeuse, le point culminant en a été la féerie créée par Baltazar de Beaujoyeulx, où Circé, la magicienne, remet son pouvoir entre les mains du roi de France, les chœurs appelant la bénédiction des astres sur le royaume. Sur la voûte dorée tournaient sept grands globes ardents.

« Ô bienheureux le ciel qui de ses feux nouveaux

Jaloux effacera tous les autres flambeaux
Ô bienheureux encore sous ces princes, la terre... »

J'ai perdu mon grand-père. Robine, sa cuisinière, est venue vivre chez nous. Elle ne cesse de se disputer avec Jeanne, mais je crois qu'au fond ces deux-là s'apprécient.

Je pense souvent à mon oncle, à la haine absolue qu'il portait à son frère. Je ne comprends toujours pas, mais il y a bien des choses du dehors que je dois apprendre.

Jacob a été retrouvé ligoté dans une cave chez mon oncle. Fort heureusement, sa blessure à la tête était légère.

Mon père, après une longue période de tristesse, a choisi la vie. Une vie qu'il partage entre ses pauvres et la Maison Chymique.

Jean du Moncel est revenu me voir, après un exil de plusieurs mois en Anjou chez son protecteur, monsieur de Neufville de Villeroy.

Je l'ai trouvé changé. Il n'arrive plus à me regarder en face et souvent, reste silencieux à mes côtés.

Je sais maintenant que je dois devenir femme. Je n'enserre plus ma poitrine d'un bandage, je laisse repousser mes cheveux.

L'autre jour, pour recevoir monsieur du Moncel, j'ai revêtu une des robes de ma mère et enfilé son carcan de perles...

Pourtant, souvent, j'ouvre le grand coffre dans ma chambre et contemple mon pourpoint et mes bottes cavalières. Car si je ne les utilise pas, comment deviendrai-je médecin alors qu'ici, en France, nulle femme ne le peut ?

ANNEXES

À l'usage du lecteur

Affirmation de voyage : acte justifiant d'un voyage, produit pour effectuer une demande de taxe des dépens.
Anges du Châtelet : surnom donné aux sergents.
Athanor : fourneau alchimique.
Azoth : nom donné au mercure utilisé par les alchimistes.
Aureolus : l'*Auréolé* ou *Celui qui est entouré de lumière*.
Antimoine : corps simple intermédiaire entre les métaux et les métalloïdes, dont le principal minerai est la stibine. Augmente la dureté des métaux auquel on l'associe.
Braiet : caleçon.
Chainse : tunique de toile fine, portée surtout comme vêtement de dessous, ou chemise en toile grossière.
Chausses : chaussettes en drap, tricot ou laine, parfois munies de semelles de cuir et maintenues par des lanières s'attachant au-dessous du genou. Le haut-de-chausses était l'équivalent de nos bas.
Cheveux de Vénus : la nigelle de Damas, le *love in a mist*, « l'amour dans la brume » des Anglais.

Courtepointe : couverture de lit piquée et rembourrée.
Docteur régent : titre donné alors aux professeurs, en médecine, mais aussi en droit et en théologie.
Eau régale : mélange d'acide azotique et d'acide chlorhydrique capable d'attaquer l'or (le roi des métaux) et le platine, d'où son surnom.
Femme amoureuse : dénomination des prostituées dans les registres d'écrou du Châtelet.
Galanga : nommé aussi garingal, rhizome de la famille du gingembre.
Genette : espèce de civette, vivant en Afrique et en Europe méridionale.
Gloriette : une des prisons hautes du Châtelet. Le droit de geôlage en était de 2 deniers pour la place et de 4 pour le lit de paille.
Griesche : partie de la prison du Châtelet réservée aux femmes.
Haunter : fréquenter en patois normand.
Herbe de la Saint-Jean : millepertuis.
Lapins ferrés : surnom des cavaliers du guet.
Lectiones ordinarie : lectures faites par les maîtres régents.
Mistembec : beignet.
Œuf alchimique ou **matras** : réceptacle que l'on chauffait sur l'athanor, il pouvait être de terre, de verre ou de métal. On lui donnait différents noms hermétiques tels que « chambre nuptiale », « ventre de la mère »…
Orphelin : jeune mendiant. Selon Henri Sauval, les orphelins allaient presque nus, chargés de paraître gelés et tremblant de froid, même en été.
Papier vérine : papier graissé, utilisé avant les vitres, pour obstruer les fenêtres.
Patenôtres : chapelets.

Probatio temporis : première partie de l'examen donnant droit au baccalauréat de médecine (qui se préparait, à l'époque, en deux ans et comprenait trois parties).

Registre d'écrou : registre des emprisonnements.

Sabouleux : mendiants simulant l'épilepsie.

Sandaraque : sulfure d'arsenic.

Souffleurs : mot employé pour désigner les faux alchimistes, ceux que la seule recherche du métal précieux intéresse.

Thèse pastillaire : de *pastillaria*, « pâtisserie », car le passage de thèse était suivi d'un repas offert par le jeune docteur aux régents.

Paris d'hier à aujourd'hui

Fief d'Alby : dite aussi « grande cour des Miracles », située entre la rue du Caire et la rue Réaumur.
Île aux Vaches : incorporée à l'île de la Cité.
Île Louviers : intégrée au quai Henri-IV.
Île Notre-Dame : devenue l'île Saint-Louis.
Port-aux-Tuiles : ancien nom du port de la Tournelle.
Rue Perdue : devenue rue Maître-Albert.
Rue de Béthisy : disparue lors du percement de la rue de Rivoli.
Rue Tirechape : disparue lors de l'ouverture de la rue du Pont-Neuf en 1854.
Rue aux Fers : correspondait à une partie de la rue Berger.
Rue Sainte-Hyacinthe : cette rue menait à la porte Saint-Jacques, démolie en 1684.

Ils ont vécu au XVIe siècle, ou bien avant...

Baïf, Jean Antoine de (1532-1589) : poète français né à Venise. Auteur des *Mimes* et des *Passe-Temps*, fut un des sept poètes de la Pléiade, qui voulait remplacer les vers rimés par des vers métriques à la façon des Anciens. L'Académie de Baïf a été sous la protection de Charles IX, puis d'Henri III.

Beaujoyeulx, Baltazar de (Baldassarino di Belgioso, dit) (début XVIe-1587) : grand musicien, violoniste, chorégraphe, organisateur du mariage du duc de Joyeuse en 1581.

Catherine de Médicis (1519-1589) : épouse en 1533 le roi de France Henri II, dont elle aura sept enfants (François II, Élisabeth, Claude, Charles IX, Henri III, Marguerite, François). Naîtront aussi un fils naturel de Flamin de Lewinston et une fille naturelle de Filippa Duc. Son influence politique sera prépondérante sur les choix de la Couronne.

Charles IX (1550-1574) : fils d'Henri II et de Catherine de Médicis. Roi de France de 1560 à 1574. Épouse, en 1570, Élisabeth d'Autriche, fille de Maximilien II. Il aura une fille, Marie-Élisabeth, qui meurt à l'âge de six ans, et un fils naturel de Marie Touchet, Charles de Valois, comte d'Auvergne puis duc d'Angoulême (1573-1650). De santé fragile, il meurt à vingt-quatre ans.

Clouet, François (1522-1572) : fils d'une illustre famille de peintres et de dessinateurs français. Né à Tours. Peintre ordinaire du roi, on lui doit de nombreux tableaux et une série de dessins d'une grande finesse.

Duprat, Antoine : prévôt de Paris en 1553, il exerça sa charge jusqu'en 1589, date de son décès.

Flamel, Nicolas (1330-1418) : né à Pontoise. Écrivain public et libraire-juré de l'université de Paris, copiste. Il doit sa célébrité et sa légende à son incroyable fortune et à la publication, en 1612, du *Livre des figures hyéroglyphiques* qui le rendra célèbre dans les milieux hermétistes.

François de France (1555-1584) : fils d'Henri II et de Catherine de Médicis. Presque nain à sa naissance, on le baptise Hercule. Il changera de prénom à la mort de son frère François II en 1560. Il est à l'origine du complot des « Malcontents ». Duc d'Alençon, de Touraine, de Brabant, de Château-Thierry, il recevra de son frère Henri III l'apanage de l'Anjou en 1576. Il prend place à la Cour sous le nom de Monsieur. Il ne se maria jamais et mourut de la tuberculose à trente ans.

Galien, Claude (v. 131-201) : médecin grec, né à Pergame. Fils d'architecte, il fut le médecin de Marc Aurèle. Il fut la grande autorité médicale jusqu'au XVIIe siècle. Anatomiste, il eut le tort de donner trop d'importance au raisonnement au détriment de l'observation.

Geber : de son vrai nom Jabir ibn Hayyan, né vers 721 à Tus en Perse. Orphelin, il étudia le Coran, les mathématiques, l'alchimie. Il s'établit alchimiste à la cour d'Haroun al-Rachid. Rédigea de nombreux traités d'alchimie, mais aussi des tables astronomiques, des commentaires sur Euclide ou Ptolémée, abordant des sujets aussi différents que la philosophie, les miroirs, les machines de guerre... La disgrâce de ses protecteurs, les Barmécides – ministres d'Haroun al-Rachid –, le fit retourner chez lui, à Tus, où il mourut aux alentours de 815.

Henri III (1551-1589) : fils d'Henri II et de Catherine de Médicis. Roi de Pologne, puis roi de France de 1574 à 1579. Épouse en 1575 Louise de Lorraine-Vaudémont. Meurt assassiné par le moine jacobin Jacques Clément. Sans descendance.

Henri de Navarre, futur Henri IV (1553-1610) : fils d'Antoine de Bourbon et de Jeanne d'Albret. Roi de France et de Navarre de 1594 à 1610. Marié d'abord à Marguerite de Valois (1572), puis à Marie de Médicis (1600). Il aura six enfants, tous du second lit. Sept enfants légitimés de quatre de ses maîtresses (Gabrielle d'Estrées, Henriette d'Entragues, Jacqueline de Bueil, Charlotte des Essarts). Et une fille non légitimée de la dernière. Meurt assassiné par Ravaillac.

Hippocrate (460-377 av. J.-C.) : créateur de la médecine clinique. Il posera les bases de l'éthique médicale et son œuvre, le *Corpus Hippocraticum*, nous parviendra par des traductions en langue arabe.

Houel, Nicolas (1524-1587) : apothicaire, maître juré, il exerça son métier à Paris, rue de la Tixandrerie. Après une trentaine d'années passées dans la pharmacie, il voue sa vie aux pauvres et aux orphelins et crée La Maison de la Charité chrétienne dans l'ancien hôpital de Lourcine. Il s'engage à assurer aux orphelins le gîte et le couvert, l'habillement et l'enseignement de l'art des apothicaires afin qu'ils puissent eux-mêmes aller ensuite soigner les pauvres. Grâce à lui, après sa mort, sera créé un enseignement public de la pharmacie.

Joyeuse, Anne, duc de (1560-1587) : baron d'Arques, amiral de France, gouverneur de Normandie, gouverneur du Havre, gouverneur du duché d'Alençon, archifavori du roi Henri III, il épouse Marguerite de Lorraine en 1581 et tombe en disgrâce peu après. Il mourra avec son jeune frère, Claude de Saint-Sauveur, à la bataille de Coutras.

Le Jeune, Claude (1530-1600) : musicien français né à Valenciennes, un des maîtres de l'art polyphonique vocal. On lui doit des chansons mesurées à l'antique, des motets, des psaumes à quatre ou cinq voix.

Le Noir, Guillaume : fils d'une dynastie de libraires-imprimeurs au XVIe siècle, à l'enseigne de la *Rose blanche couronnée*, rue Saint-Jacques à Paris.

L'Estoile, Pierre de (v. 1545-v. 1611) : chroniqueur français. Fils et petit-fils de magistrat, né à Paris, magistrat lui-même, catholique, audiencier de la chancellerie. À la mort de Charles IX, il rédige, chaque jour, les « Registres Journaux », chronique des événements sous Henri III, de 1574 à 1611.

Marguerite de Valois : fille d'Henri II et de Catherine de Médicis, elle épouse Henri, futur Henri IV, en 1572 et acceptera la séparation. Restera sans enfant.

Monanteuil, Henri de : doyen de la faculté de médecine de Paris en 1581.

Neufville de Villeroy, Nicolas de (1543-1617) : robin à l'annoblissement récent (son arrière-grand-père aurait été marchand de poissons aux Halles), c'était un étonnant homme politique, il exercera sous les Valois pendant vingt et un ans, puis sous Henri IV pendant vingt-deux ans. Homme de cabinet, catholique fervent, pacifique et laborieux, il a été conseiller politique du duc de Mayenne, secrétaire d'État aux Affaires étrangères et ministre des Affaires étrangères. Il publie en 1590 un *Avis d'État sur les affaires de ce temps*. Son fils Charles devient gouverneur de Pontoise.

Paracelse (Philippus Theophrastus Aureolus Bombastus von Hohenheim, dit en en français) (1493-1541) : alchimiste, astrologue et médecin. Naît le 10 novembre à Einsiedeln en Suisse, dans la région de Zurich, sur la route du pèlerinage de Saint-Jacques de Compostelle. Fils de médecin, il s'efforcera d'introduire dans la médecine l'emploi des composés minéraux. Grand voyageur, il professa à Bâle. La plupart de ses ouvrages (*Paragranum*, *La Grande Astronomie*,…) ne seront publiés qu'après sa mort. Il meurt à Salzbourg à l'âge de quarante-huit ans.

Paré, Ambroise (v. 1509-1590) : célèbre chirurgien français. Il sera le chirurgien des rois, de Henri II à ses descendants François II, Charles IX et Henri III. D'un milieu modeste, ne connaissant pas le latin, il deviendra apprenti barbier. Il s'engage comme chirurgien des armées pendant plusieurs campagnes, notamment en Italie, et devient maître barbier chirurgien en 1541. De son mariage avec Jehanne Masselin naissent trois enfants, François, Isaac et Catherine. Paré, avec l'appui du roi (le latin lui fait toujours défaut pour obtenir son diplôme), deviendra chirurgien juré. Il meurt peu après l'avènement d'Henri IV.

Philibert de Neyrestan : gentilhomme de la maison du roi, vieille noblesse issue de la vallée du Mars, dans les rudes terres d'Auvergne.

Rupescissa, Johannes de (nom latinisé de Jean de Roquetaillade) (vers 1310-vers 1365) : franciscain. Une grande partie de l'alchimie et cela, dès le XIIIe siècle, s'est centrée vers la recherche de l'or potable. La pensée de Rupescissa était orientée sur l'étude de la corruption qui, par le biais des quatre éléments auquel le monde vivant est soumis, le dégrade et le conduit à la mort. Il voulait soustraire l'homme à ce cycle par l'usage de la quintessence, une substance incorruptible. Il a écrit plusieurs ouvrages dont le *De consideratione Quintae essentiae rerum omnium* (*La Vertu et propriété de la quinte essence de toutes choses*).

Theophrastos (vers 372-287 av. J.-C.) : le « *divin parleur* ». Surnom donné au savant grec (naturaliste, botaniste, physicien) Tyrtamos qui succéda à Aristote au lycée d'Athènes.

Vésale, André (1514-1564) : né à Bruxelles, il fait ses études au collège de Louvain puis à la faculté de médecine de Paris. Il enseignera à l'université de Padoue, entrera au service de l'empereur Charles Quint, puis à celui de Philippe II d'Espagne. Il publiera la quasi-totalité de son œuvre considérable en six ans. Chirurgien, anatomiste, il est le premier à contester l'autorité de Galien. Il publie le *De humani corporis fabrica* en 1543, premier véritable traité d'anatomie. Il mourra après le naufrage du bateau qui le ramenait de Jérusalem en Italie, sur l'île de Xanthe où il est enterré.

Pour les plus curieux…

— *Qu'est-ce que l'alchimie ?* Pierre Lazlo, Hachette, coll. « Questions de science », 1996 ; nouvelle éd. augmentée, Hachette, coll. « Pluriel », 2003.
— *Alchimie et paracelsisme en France à la fin de la Renaissance (1567-1625)* Didier Kahn, Droz, coll. « Cahiers d'humanisme et Renaissance », 2007.
— *La Rationalité de l'alchimie au XVIIe siècle.* Bernard Joly, Vrin, coll. « Mathesis », 1992.
— *Alchimie asiatique* (l'alchimie chinoise et indienne). Mircea Eliade, L'Herne, coll. « Méandres », 1990.
— *Forgerons et alchimistes.* Mircea Eliade, Flammarion, coll. « Homo sapiens », 1956 ; nouvelle éd. corrigée et augmentée, Flammarion, coll. « Champs », 1977.
— *Cosmologie et alchimie babyloniennes.* Mircea Eliade, Gallimard, coll. « Arcades », 1991.
— *Écrits alchimiques.* Nicolas Flamel, Les Belles Lettres, coll. « Aux sources de la tradition », 1993.
— *Le Procès de l'alchimie.* Jean-Pierre Baud, Cerdic, coll. « Recherches institutionnelles », 1983.

— *La Voie hermétique. Introduction à la philosophie d'Hermès*. Françoise Bonardel, Dervy, 2011.
— *L'Alchimie*. Eric John Holmyard, Arthaud, coll. « Signes des temps », 1979.
— *Alchimie. Études diverses de symbolisme hermétique et de pratique philosophale*. Eugène Canseliet, Jean-Jacques Pauvert, 1964 ; nouvelle éd. revue et augmentée, 1978.
— *Histoire des sciences arabes*, tome 3 : *Technologie, alchimie et sciences de la vie*. Sous la direction de Roshdi Rashed, Seuil, coll. « Science ouverte », 1997.
— *Les Fils de Caïn : l'image des pauvres et des vagabonds dans la littérature européenne du XVe au XVIIe siècle*. Bronislaw Geremek, Flammarion, 1991.
— *Truands et misérables dans l'Europe moderne (1350-1600)*. Présenté par Bronislaw Geremek, Gallimard, coll. « Archives », 1980.
— *Les Marginaux parisiens aux XIVe et XVe siècles*. Bronislaw Geremek, Flammarion, coll. « Histoire vivante », 1976 ; Flammarion, coll. « Champs », 1990.
— *Le Sire de Gouberville : un gentilhomme normand au XVIe siècle*. Madeleine Foisil, Flammarion, coll. « Champs », 2001.
— *Médecine du monde. Histoire et pratiques des médecines traditionnelles*. Claudine Brelet, Robert Laffont, coll. « Bouquins », 2002.
— *Les Nouveaux Remèdes naturels*. Jean-Marie Pelt, Marabout, 2007.
— *Magie, meurtre et médecine. Des plantes et de leurs usages*. John Mann, Georg Éditeur, coll. « Terra Magna », 1996.
— *Histoire et dictionnaire de la police, du Moyen Âge à nos jours*. Michel Aubuin, Arnaud Teyssier et Jean Tulard, Robert Laffont, coll. « Bouquins », 2005.

10/18, une marque d'Univers Poche,
est un éditeur qui s'engage pour
la préservation de son environnement
et qui utilise du papier fabriqué à partir
de bois provenant de forêts gérées
de manière responsable.

Impression réalisée par

CPI
BRODARD & TAUPIN

La Flèche (Sarthe), 3003671
Dépôt légal : février 2014
X05882/01

Imprimé en France